KB166391

*이 책은 해남관광문화재단의 지원으로 출간되었습니다.

땅끝, 제복 입은 사람들

박병두 외 지음

1판 1쇄 발행 | 2023. 12. 1

기획 | 인송문학촌토문재
대표자 | 박병두
전라남도 해남군 송지면 땅끝해안로 1629-20
대표번호 | 061-535-3259
이메일 | insonpbd@hanmail.net

발행처 | **Human & Books**
발행인 | 하응백
출판등록 | 2002년 6월 5일 제2002-113호
서울특별시 종로구 삼일대로 457 1409호(경운동, 수운회관)
전화 | 02-6327-3535~7, 팩스 | 02-6327-5353
이메일 | hbooks@empas.com

ISBN 978-89-6078-774-2 03810

땅끝,
제복 입은
사람들

박병두 외 지음

인송문학촌토문재

차례

군인

교도관

땅끝, 해남의 제복 입은 사람들을 위하여

객지에 살다가 고향 해남에 우거寓居를 마련했다. 문우文友들과 흘러가는 구름이나 해남 바다를 보면서 망중한忙中閑을 즐기려 했기 때문이다. 그렇게 마련한 집이 토문재다. 하지만 해남에 돌아오면서 일복을 타고 났는지, 오지랖이 넓은지, 아니면 못된 송아지 엉덩이에 뿔이 났는지, 이런저런 모임과 일이 많아졌다. 고향이기에 또 어쩔 수 없는 일이기도 했다.

2022년 역시 해남이 고향인 최형호 (전)해남소방서장의 제안으로 경찰, 소방과 간부, 교도소와 교육지원청 직원들이 모여 친선을 도모하기 위해 작은 체육대회를 개최했다. 체육대회라 해야 별 게 아니고 그저 족구시합이었다. 이 시합을 주관하는 모임을 족발회(족구발전회)라고 불렀던가. 이 족발회를 계기로 소방, 경찰, 군부대, 교도소 4개 기관은 더 특별한 인연을 쌓아갔다고 했다. 그런 소문을 듣고 기관장 4분을 토문재로 초대했더니, 삼겹살과 막걸리와 과일을 싸들고 토문재를 방문하셨다.

그때 여러분들이 정담을 나누다가 누가 먼저랄 거도 없이 함께 책을 한번 만들어보자 해서 나온 아이디어가 바로 이 책 『땅끝, 제복 입은 사람들』이었다. 제복 입은 사람들은 국가의 공복公僕이면서 국민의 복리와 안전을 위해 살아가면서도 정작 자신들의 이야기는 잘 표현하지 못한다. 하지만 그렇다 하더라도 하고 싶은 말도 있다. 오늘날과 같은 자기표현의 시대에는 젊은 제복들의 표현 욕구는 강하며, 그런 이야기를 모아서 애향심과 자긍심을 다져보는 것도 보람있고 가치있는 일로 생각되었다. 또한 요즘은 적극적인 PR시대라 제복도 홍보해야 한다. 그렇게 의기투합, 일이 시작되었다. 더 단순하게 말하면 이 책은 해남도 알리고, 해남에서 묵묵히 제 할 일을 다하는 제복입은 사람도 알리자는 취지로 기획되었다.

2023년 원고가 모아졌다. 각 기관의 특성을 고려하여 경찰의 원고는 해남만이 아니라 범위를 조금 확대하였다. 원고를 주신 필자 중에는 해남이 고향인 분도 계시고 그렇지 아니한 분도 계신다. 하지만 모두 해남이라는 지역과의 인연으로 인해 모두 한 책에서 만나는 운명이 되어버렸다. 옷깃만 스쳐도 인연이라 했는데, 우주 중에서 지구, 지구 중에서 대한민국, 대한민국 중에서 전라남도, 전라남도 중에서도 해남 땅에서 짧게는 1, 2년에서 길게는 수십 년을 함께 살면서 느낀 점을 책으로 엮었으니 그 또한 인연이 광대廣大하다.

원고를 주시고 원고 수집에 고생하신 배승관 해남경찰서장님, 최진석 해남소방서장님, 유광철 해남대대장님, 지경선 해남교도소장님께 감사드립니다. 아울러 이 책 발간을 지원해 주신 해남군과 해남문화관광재단에도 깊은 감사를 드립니다.

2023년 12월 인송문학촌 토문재에서
박병두

해남8경_명량노도

해남8경_두륜연사

해남8경_고천후조

해남8경_연봉녹우

해남8경_달마도솔

해남8경_우항괴룡

해남8경_육단조범

해남8경_주광낙조

땅끝,　　　　　　　　　　　　　　　　제복 입은

배승관	강광	강영규
강을봉	권장섭	김기현
김복준	김송심	김재민
김정남	문석현	박경순
박병두	박화진	변상옥
안주영	양희봉	유대운
윤명수	윤성인	윤승원
이동섭	조용연	최영종

사람들　　　　　　　　　　　　　　　　경찰

고향에서 만난 해남경찰의 소망

배승관 해남경찰서장[*]

만나뵙게 되어 정말 반갑습니다.

저는 오늘 한반도 최남단에 위치한 '산 좋고 물 맑고 인심 좋은 고장인 고향 해남'의 치안 책임자로서, 자랑스러운 해남경찰의 일원이 된 것을 매우 자랑스럽게 생각합니다.

먼저, 지금 이 시간에도 치안 현장에서 위험과 고충을 감내하며 주민들의 안전한 삶을 위하여 묵묵히 소임을 다하고 있는 해남경찰 여러분들의 노고에 깊이 감사를 드립니다.

또한, 언제나 해남경찰에게 아낌없는 성원과 지지를 보내주시는 해남군민 여러분께도 깊이 감사드립니다.

아울러, 지난 1년간 남다른 열정과 탁월한 리더쉽으로 해남경찰을 훌륭하게 이끌어 주신 전임 공정원 서장님께도 경의를 표하며 앞날에 발전과 영광이 함께 하시길 기원합니다.

*69년 전남해남출생, 해남고, 경찰대학 졸업, 전남 장성경찰서장 능

자랑스런 해남경찰 동료 여러분!

지난해 이태원 참사와 금번 집중호우에 따른 자연재해를 겪으면서 안전에 대한 국민적 관심과 함께 경찰에 대한 기대 또한 날로 커져가고 있습니다.

이러한 어려운 상황에서도 지역민들의 안전확보와 보호에 최선을 다하겠다는 각오를 다지며, 우리 해남경찰이 나아가야 할 방향과 저의 다짐에 대해 밝히고자 합니다.

첫째, 현장대응 능력을 더욱 향상하여 국민안전 확보에 만전을 기하겠습니다.

각종 범죄, 사건사고, 재해·재난 현장에서의 최초 경찰활동은 평소 부단한 훈련과 학습을 통해 주저함이 없어야 하고 신속하게 이루어져야 합니다.

또한, 능력 차가 있는 경찰관 개인이 아닌 경찰서 전체가 역동적으로 움직일 수 있도록 하여야 합니다.

이를 위해 지속적인 반복 훈련뿐만 아니라 중요사건 발생 시 출동하는 경찰관을 경찰서 해당 기능이 자동적으로 원조할 수 있는 다양한 방법을 강구하겠습니다.

둘째, 치안정책과 관련하여 빅데이터, 인공지능, 첨단장비 등 과학치

안 기술들은 적극 활용해야 하겠습니다.

최근, 안전에 대한 국민들의 관심이 많아지면서 경찰의 업무 또한 그 영역이 예전보다 무한히 확장되고 있는 것이 현실입니다.

한정된 경찰인력으로 최대의 효과를 발휘하기 위해서는 결국 과학기술과 장비의 효율적인 이용이 필요합니다.

따라서, 각종 계획을 수립함에 있어 목표달성이 위한 가장 효율적인 방법이 무엇인지 고민해 주시고 관련된 최신장비나 과학기술은 없는지 꼭 확인해주실 것을 당부합니다.

셋째, 존중과 배려의 직장분위기와 조직문화를 만들어 가야겠습니다.

현장경찰관의 어려움이 무엇인지 파악하고 이를 해결하는 직장, 동료 경찰관을 이해하며 서로 협력하는 직장이 되도록 노력하겠습니다.

특히, 직장협의회를 중심으로 여러분과 활발히 소통하여 불합리하고 포퓰리즘적인 형태는 개선하여 본연의 기본업무에 충실할 수 있도록 만들어 나가겠습니다.

마지막으로 공정하고 투명한 인사가 되도록 노력하겠습니다.

보직과 승진은 한정되므로 모든 사람들이 만족할 수는 없지만, 보직에 부합하지 않은 사람이 임명되거나 자격이 없는 사람이 승진하는 경우라면 공정한 인사라고 할 수 없을 것입니다.

오로지 객관적인 자격과 능력, 성과에 따라 공정하게 평가하겠습니다.

무더운 날씨에도 따뜻하게 맞아주신 해남경찰 가족 여러분께 다시 한번 감사드리며, 여러분과 여러분의 가정에 건강과 행복이 함께 하시길 간절히 기원합니다.

사랑하는 가족에게

강광 전직 경우

1. 아내에게 주는 편지

펄펄한 젊은 시절 동생 담임 선생으로 만나
결혼한지 어느덧 57년.

괴로움과 역경을 반복하며 살아온 과거가 새롭게 스쳐가네.
당신은 1남 5녀의 어머니로 우리들의 아이를
기르고 가르쳐 사람 만드느라 주름살만 늘었네.

국민의 생명 재산 지켜 민생 치안 확보한다고
학교 한 번 못찾아 간 게 마냥 후회스럽네.

고향 와서는 고향을 위한다고 밥 한 그릇 같이 먹어 보지도 못하고
고생시킨 당신에게 미안하기 그지 없답니다.

그러나 결코 정읍 시민들은 헛된 인생살이를 하지 않았다고
인정해 주시니 그나마 위안이 된다오.

우리는 백 년도 살지 못하고 언젠가 헤어지지만
세상이 끝나도 후회없도록 당신만을 위해 살고 싶답니다.

이제는 오직 당신만을 위해 사는 남편이 되겠다고 다짐하며
당신의 건강만을 기원합니다.

여보! 당신 사랑합니다.

2. 딸에게 주는 편지

장한 내 딸 희정아, 끝내 해냈구나!
어려운 여건 속에서도 집념과 끈기로 교장이 되었구나
교육자로서 최고의 자리요 보람이다.

가슴 벅차 할 말도 많지만 다 접어두자.
오직 2세들을 위한 교육이념으로
생애를 바친 결실이며 피나는 노력의 결과라네.

참으로 대견한 내 딸, 고맙고 장하다.
어머니와 같이 온 가족과 함께
진심으로 축하한다, 수고 많았다.

노력 없이 얻어지는 것이 있더냐? 어찌 이것 뿐이랴!

부모에 대한 사랑과 효심은 이루 말할 수 없지.
효도를 다하면서 형제우애를 다지는 큰딸 역할을 역시 다 하니
진정으로 고맙기 그지없다.

그보다 더 큰 일은 남편이 간, 신장이 나빠 투병생활을 하자
심혈을 기울여 간호하였지만 병세가 약화되어,

간과 신장 이식수술을 하지 않으면 살 수 없다는 의사의 판정.
땅이 꺼지는 충격이었다.

아내로서 남편을 살리려는 부부 사랑으로 아들의 간을 아버지에게
이식시켜 주고,
본인의 신장을 남편에게 이식시켜 주며,
같이 병원 생활하고 잘 간호해서 이제 정상적인 삶을 살 수 있도록
회복되어
직장에도 나가게 되고,
1남 2녀 자녀들과 행복한 생활을 하고 있으니, 이 또한 얼마나 장한
아내인가!
우리 사회의 규범이 되고 칭찬받을 부부요,
이 나라의 교육자요 교장선생이라고 자랑하고 싶구나.

또한 두 딸을 잘 가르치고 뒷바라지하여 국가고시에 합격시켜 큰딸,
작은딸
모두 서울 중학교, 고등학교 정교사로 근무하고
아들은 대학 재학 중이니 역시 칭찬해 주고 싶다네.

앞으로 교장으로서 책임을 잘 수행해서 2세 교육의 발전이 있기를
바라며,
온 가족들의 건강과 행운이 함께 이루어지기를 기원하며,
간절하게 기도드린다.

자랑스러운 경찰관

얼마나 멋지고 자랑스러운 공직자인가
국민의 생명 재산을 보호하고 사회 안녕질서를 유지하는 역군

슬픔과 괴로움이 있으면 찾는 경찰관
국민에게 봉사하고
질서를 지키는 경찰관

숱한 역경과 난제가 겹쳐도 흔들리지 않는 경찰관
그대가 있는 곳에 국민 행복과 국가 발전이 있다오

8·15해방, 6·25동란, 4·19혁명, 5·16군사정변,
5·18광주민주화운동, 촛불시위 격변기에
슬기롭게 국가를 지켜 오늘의 대한민국,
세계 10대 수출국이 되었도다

참으로 장하도다 대한민국 경찰관 진심으로 칭찬한다
국민이여! 우리 경찰관에게 사랑과 용기를 주옵소서

경찰관은 국민의 사랑과 격려를 먹고
오직 국민과 국가를 위하여 힘차게 전진할 뿐이다

그대가 있어 행복하다 국립 경찰이여 영원하리라.

고향

듣기만 해도 가슴 설레는 고향
태어나고 자라서 키워 준 영원한 고향

그 고향은 유서 깊은 고창 지대요 먹거리를 지켜준 농촌
민심이 후하고 충효정신이 살아 숨 쉬는 고향

나를 만들어 주고 국가와
국민을 위해 봉사한지 37년!

청춘을 바치고 애간장 녹이는 세월이 아니었던가
그래도 고향이 고마웠고 행복이 있답니다

항상 든든한 고향이 있어
민선시장 경찰서장을 가슴에 담았지 않은가

경찰의 뿌리를 찾아서

강영규 전직 경우

들어가면서

청운의 꿈을 안고 희망찬 미래를 향하여 열심히 공부하던 고교 시절 "불휘 기픈 남간 바라매 아니 뮐쌔 곶 됴코 여름 하나니 새미 기픈 므른 가마래 아니 그츨쌔"라는 〈용비어천가〉 단락을 밑줄 쳐 가면서 열심히 암송했던 시절이 있었다.

흔히들 뿌리는 식물이 성장하는 과정에 있어서 흡수작용과 지지 작용, 그리고 저장작용을 하고 있다고 알고 있다. 흡수작용은 사람이 물이 없으면 살 수 없듯이 식물도 물이 없으면 살아갈 수가 없다. 물을 식물의 몸 안으로 빨아들이는 것은 뿌리의 역할이며, 바람에 흔들리지 않게 지탱하는 것 역시 뿌리의 작용이라는 것을 잘 알고 있다.

필자는 어려서부터 멋진 경찰이 되고 싶다는 꿈을 가지고 자라났다. 학교졸업 후 경찰이라는 직업에 인생을 걸고 청춘을 바쳤다. 경찰은 나에게 자존심을 심어주었고, 가슴 펴고 살 수 있는 뿌리가 되었다. 이제 경찰의 임무를 후배들에게 물려준 이 시점에서 우리 경찰의 뿌리는 어디부터인가를 한번쯤 생각해 보는 것은 상당한 의미가 있다고 생각한다.

나는 누구이며 어떻게 살아왔는가?

내가 서있는 현 지점의 위치는 어디인가?

나는 경찰이라는 조직을 위하여 무슨 흔적을 남겼는가?

여러 차례 혼자서 물어보고 대답하면서도 뿌리에 대한 시원한 대답을 내놓지 못하는 답답한 심정이었다.

한편, 그 옛날 내가 지니고 살아왔던 경찰에 대한 꿈을 자신의 꿈으로 실현하기 위해 노력하고 있는 젊은 후배들에게 강의를 하면서, 특히 한국 경찰사를 강의하면서도 이 문제에 대해 의구심이 있었던 것도 사실이다. 그러다가 2019.10.5 백범 김구 기념관 컨벤션홀에서 개최되었던 대한민국 임시정부 100주년 행사에서 "백범 김구와 대한민국 임시정부 경찰" 학술 세미나는 다시 한번 경찰의 뿌리를 생각해 보는 계기가 되었다.

우리들이 배운 역사의 무수한 사건들 가운데 과연 어떤 역사는 발전이며, 어떤 역사는 퇴행인지 우리의 후손들에게 물려주기 위한 더 나은 방향은 무엇인지를 생각하게 한다. 이러한 관점에서 우리의 역사를 분석하여 보면, 크게 보아 고조선 시대부터 한일합방의 시기인 1910년까지의 단계와, 1910년부터 1945년까지의 우리의 부끄러운 역사인 일제시대의 암울치욕의 시기와, 1945년부터 현재까지로 3단계로 분류하는 학자의 관점을 동의하는 측면에서 검토하여 보기로 한다.

1단계인 고조선 시대부터 1910년까지의 역사는 왕정의 역사라고 하는 데는 이견이 있을 수 없다. 고조선과 삼국과 고려를 거쳐 조선에 이르기까지, 어느 시대 할 것 없이 임금이 다스리는 나라 즉, 왕정의 역사였다. 왕정의 역사는 그들끼리의 나라라고 정의하는 학자도 있다. 이 시대의 왕은 절대 군주였다.

절대군주는 어떤 가치와 어떤 훈련과정을 통하여 지위를 행사했는가? 대체로 구중궁궐에서 태어나고 그 안에서 어린 시절을 보냈고, 성인이 되어서도 궁궐 밖의 민생들과는 거리가 먼 사람이었다. 백성들이 사는 세상과는 너무 다른 생활이다. 군주가 바라는 세상은 백성이 바라는 세상과 너무 다른 세상이다. 소위, 말하는 그들끼리의 나라, 그들만을 위한 왕이었을 것이다. 이러한 절대 권력에는 자기의 생존을 위한 권력에 순종하는 신하가 나타나기 마련이다. 이러한 왕조는 백성의 지지를 받기 어렵고, 왕은 백성의 삶을 제대로 살필 수 없는 시스템이다. 이러한 표현을 입증하여 주는 역사를 고대역사에서부터 근대사와 현대사를 공부하는 과정에 의문점이나 큰 비판 없이 배웠다.

조선말기 치욕의 1910년을 전후하여, 그 당시 어느 누구도 왕정을 부활하자고 주장하는 사람이 없었고, 그 당시 조정의 책임자 누구도 책임지는 사람이 없었다는 역사가 백성과 거리가 먼 왕과, 왕과 거리가 먼 백성임을 증명하여 주는 것이다.

이러한 현상은 현대를 살아가는 우리에게 큰 교훈을 던져 주고 있다. 규모가 크거나 작거나 관계없이 지도자 즉, 조직의 책임자는 구성원들과 항상 가까이에서 서로 소통하고, 조직의 문제를 함께 풀어야 한다는 평범한 진리를 깨우쳐 주는 것이다.

2단계인 1910년부터 해방의 기쁨을 만끽한 1945년까지의 역사는 우리 민족이 한 번도 경험하여 보지 못한 모진 굴욕의 역사, 치욕의 역사라는 것을 우리는 잘 알고 있다. 이러한 치욕의 역사의 끝자락에서 해방의 기쁨을 즐겨 볼 시간적 여유도 없이 우리는 모스코바 3상회의라는 국제적 결정에 따른 찬탁과 반탁의 소용돌이와, 좌우 이념대립의 소용돌이 속으로 빨려 들어간 역사가 오늘에까지 이르고 있다. 3단계인 1945년 이후 오늘에 이르기까지 남북분단이라는 현실에서 동족상잔의 참혹한 현상을 맞게 되었고, 남쪽은 자유주의 경제체제 아래서 세계의 상위권에 진입하는 경제대국으로 성장했다. 반면 지금도 절대왕정 군주체제와 비슷한 북쪽은 백성들의 삶과 지도자의 삶이 완전히 다른 모습이라는 것을 모르는 사람은 없다. 특히, 앞에서 언급한 두 번째 단계를 자세히 살펴보면, 당시의 우리의 역사는 엄청난 변화의 시기였다.

이 시기를 일부 학자들은 역사의 대전환기라고 부르기도 한다. 20세기 한국사는 나라를 빼앗겼다가 독립운동으로 다시 나라를 되찾았다는 역사만이 아니라, 이러한 측면보다는 문명사의 대전환이 있었던 시기라고 평가한다. 그 이유로 우리의 역사는 오랜 중국의 문명권에서 벗어나 서유럽문명권으로 편입된 시기가 20세기였으며, 이것은 한국문명의 대전환이었다. 또한, 종교적인 입장에서 보면 성리학의 기본에 충실하면서 이를 실천하기 위하여 많은 노력을 기울였던 유교 문명권에서, 새로운 기독교 문명권의 진입이라는 엄청난 변화와, 대륙 농경문명에서 해양산업과 상업의 발전이라는 일대 변화를 겪으면서, 국민들의 정서가 크게 달라지는 엄청난 변화를 거치게 된 시기였다.

기미독립운동의 역사적 교훈

역사는 1910년 이래 한국은 일본의 조선총독부 통치하에 놓이게 되자, 한민족의 항일 독립투쟁은 각지의 의병을 낳고, 널리 민족계몽 운동으로 발전하여 갔으며, 일본은 이러한 민족독립운동을 탄압하기 위하여 헌병경찰제도를 실시하여 항일독립운동 투사들을 학살, 투옥하고 일체의 결사와 언론활동을 금지하였다고 기술하고 있다. 이러한 시기에 한국의 지도자들은 해외로 망명하고, 여러 가지 방법의 투쟁으로 국권회복에 앞장섰으며, 국내의 대다수 농민은 말할 수 없는 생활고를 겪게 되었으며, 지식인, 학생, 종교인과 농민 노동자에 이르기까지 모든 국민의 반일 감정이 최고조에 달하게 되었다.

이어 1919년 1월 22일 고종황제가 갑자기 승하하자, 일본인들에 의한 독살설이 유포되어 한민족의 일본에 대한 증오심이 최고점에 달하게 되었다. 기미년 3.1운동은 피압박 민족 운동사에서 세계사적인 대사건이었으며, 내적으로 피어린 저항이었고, 외적으로 아시아와 중동지역의 민족해방운동을 촉발하는 계기가 되었다.

한편 1918년 미국의 윌슨 대통령은 모든 민족은 자신들의 의사로 국가를 건설하고 운영할 수 있고, 어떤 간섭도 받지 않을 권리가 있다고 주장하였다. 여기에 우리나라를 비롯한 이민족들의 지배를 받고 있던 수많은 민족이 자극되어 봉기 운동을 일으켰다. 3.1운동도 여기에 힘을 얻어 전국적인 저항운동으로 번지게 되었다.

임시정부시절 경찰의 역사와 활동
경무국 설치와 경찰활동

1910년 일제의 한국강점과 침탈 이후 중국 상해에 많은 애국 독립운동가들이 모여들었으며, 이 분들은 1917년 '대동단결선언'을 통하여 임시정부 수립을 주장했다는 기록이 있다. 이는 국내외 독립운동자들이 대동단결하여 유일무이한 민족의 대표 기구를 세우자는 것으로, 대동단결의 당위성과 국민주권설을 제창하였다. 나아가 민족대동의 회의를 열어 임시정부를 수립하자고 천명함으로써 임시정부의 수립이 민족 내부적으로 잉태하고 있었다. 1919년 4월 11일 상해에서 수립된 임시정부는 헌법인 '대한민국 임시헌장'을 통해 '국민의 신임' 즉, 국민으로부터 주권을 위임받아 수립되었음을 밝혔다. 계속하여 임시정부는 "대한민국은 민주공화제로 함"이라 하여, 한국 역사상 최초의 민주공화제 정부임을 명확히 하였다. 임시정부는 수립 직후인 1919년 4월 25일 정부의 조직과 체제에 대한 '대한민국 임시정부 장정'을 공포하였다. 국무총리를 수령으로 한 국무원을 비롯하여 외무부, 내무부, 재무부, 군무부, 법무부, 교통부 등의 정부부서의 조직, 구성, 임무 등을 규정하여 정부의 조직과 체제를 갖추었다. 장정에 의하면 내무총장은 "헌정주비·의원선거·경찰·위생·농상공무와 종교자선에 관한 일체사무를 통일함"이라 하여, 내무부를 경찰에 관한 최고 관청으로 규정하고 있다. 그리고 임시정부 최초의 경찰기관인 경무국이 창설되었다. 경찰의 최고 관청인 내무총장의 보좌기구로서 내무부에 비서국·지방국·농상공국(이것은 미 개설)과 함께 경무국이 설치된 것이다.

경무국의 조직

1919년 4월 11일 상해에서 임시정부가 수립된 후, 같은 날 내무총장에 안창호, 차장에 신익희가 선임되었다. 수립 직후 임시정부는 각 부서의 운영에서 차장제를 시행하였다. 같은 해 4월 25일 공포된 '대한민국 임시정부 장정'에 의거해 내무부 산하에 경무국이 설치되었다. 여러 과정을 거쳐 경무국장이 임명된 것은 8월 12일이었다.

경무국은 1919년 8월 12일 김구가 국장으로 임명되면서 그 구성이 시작되었다고 할 수 있다. 당시 경무국 급여를 받았다는 기록이 새삼 관심을 갖게 한다. 임시정부는 급여규정을 두었으며, 임시 생활보조비 지급규정을 제정하여 부교령 제12호를 발포하였다는 기록이 있다.

친일경찰 논란의 배경

1945년 9월 2일 일본 도쿄만에 정박한 미 전함 미조리호 함상에서 일본정부 대표 시게미쓰 마루모 외무대신과, 연합군 사령관 맥아더와의 사이에 항복문서가 조인됨에 따라, 일본의 주권은 사령관의 권한으로 넘어가게 되었다. 당시 한국은 구축국이었거나 가담하여 연합국에 대항하여 싸운 적국이 아니었음에도, 일본의 식민지였다는 이유로 피점령지로 분류되어, 우리의 의사와 관계없는 세계사의 한 획을 긋게 되는 역사를 맞이하게 된다. 사실, 한국은 피점령지가 아닌 해방지여야 함에도 일본 제국주의의 일부분인 적국으로 분류된 것이다. 따라서 구축국에 대한 정책이 그대로 적용되어 정치적 주권이 부정당하고, 현지의 자치권도 인정되지 아니하여 미군에 의한 남한 통치가 시작된 것이다.

1945년 9월 7일 더글라스 맥아더 태평양 미 육군 총사령관 포고령이 발표되었으며, 1945년 9월 14일 발표된 아놀드 미군장관의 성명서에 연합국 최고사령부 포고문중 제1호 38조에 의하여 현재 한국(북위 38도 이남)의 경찰기구는 그 기능을 계속하고 있다.

"3호: 현재의 경찰기구는 일본정부와는 전혀 관계없고, 군정장관인 나의 밑에 운영되어 조직의 실권은 내가 부여한다. 4호: 경찰관은 나로부터 다음과 같은 권한을 부여한다." 는 내용 등이 있었다. 한편, 포고령 내용 중 "한국인 및 일본인으로 되어 있는 경찰관은 종국에 있어서 전부 한국인으로 조직하기로 한다. 유능한 한국인 채용 및 훈련을 속히 실시할 것이다."도 있었다. 이러한 포고령에 따라서 경찰조직에 대한 여러 정책이 바뀌게 되는 계기가 되었다.

1945년 8월 15일 일본의 패전과 함께 광복이 되었지만, 미군이 진주하는 9월 8일까지 남한은 사실상 치안공백 상태와 같았다. 일제 경찰들이 정상적으로 경찰권을 행사할 수 없었고, 일제 경찰이었던 한국인 중 80~90%는 도망을 가거나 숨어 버렸다.

그해 8월 16일부터 25일까지 중대사고 914건 중 경찰서 습격·점거 149건, 총기·탄약 탈취 41건, 일본인 경찰에 대한 폭행·협박 66건, 한국인 경찰 폭행·협박 111건 등 경찰과 관련된 사고가 367건으로 40.1%를 차지하였다. 이들 중 대부분은 17일부터 21일 사이에 발생하였는데, 당시 국민이 일제 경찰에 대해 얼마나 분노하고 있었는지를 알 수 있다. 이러한 사건은 미군정 책임자인 하지 중장의 판단에도 큰 영향을 미쳤을 것이다. 결국 이런 부분은 이후 미군정이 일제경찰 출신들을 등용한

원인 중 하나가 되었다고 생각된다. 또한, 미군정은 소비에트 연방의 확산을 막기 위해 남한의 공산화를 방지하고 친미 정권을 수립할 필요가 있었기 때문에, 기존의 경찰조직을 활용하는 것이 보다 효과적이라고 판단했을 것이다.

광복 이후 새로운 한국인들이 대거 경찰에 투신하여 1946년 기준으로 전체 경찰 2만 5천여명 가운데, 일제경찰 출신은 5천명으로 20% 정도이고, 80%의 대다수는 일제경찰과 무관하였다. 역으로 경위 이상 간부급들은 1946년 5월 기준으로 경위 이상 1,157명 중 82%인 949명이 일제경찰 출신이었다. 미군정의 입장에서는 특별한 경우를 제외하고 신규 임용자를 즉시 간부급으로 대거 배치하기보다는 경력자를 필요로 했기 때문이었을 것이다. 조직운영의 주요 권한을 가지는 간부급의 대다수가 일제경찰 출신이었다는 사실은 한국경찰 역사를 부정적으로 인식하게 하는 부분이다.

마치면서

동서고금을 통하여 역사의 순환은 수많은 곡절과 굴곡이 있게 마련이며, 경찰의 역사 또한 이러한 범주에서 벗어날 수 없는 것이다.

각 나라의 경찰의 역사 또한, 시대의 흐름과 궤를 같이하는 것이며, 어느 시대 공무원이라도 국민속의 공무원으로, 국민과 함께 숨 쉬고 생활하는 것이며, 경찰이라는 공무원도 같은 차원에서 보는 것이 타당하다고 생각한다.

보람꽃을 피우는 은퇴자의 하루

강을봉 전직 경우

저는 동두천 경우회 사무국장 강을봉입니다. 하루는 치매공공 후견인으로, 또 하루는 안전강사로, 또 다른 하루는 음악치료사로, 다음 하루는 시낭송을 재능기부로, 다음 하루는 직업인 강사로, 다음날은 친목회 회장으로 일주일을 열심히 살고 있습니다.

현장에서 우리 경찰이나 경우회의 활동상을 열심히 홍보하여 경찰의 위상을 높이는 데 일조하고 있다고 자부합니다.

그런데 많은 현역 후배 직원들이 경우회 자체를 잘 모르고 있고 또한 알고 있다 해도 별 관심이 없는 게 현실이더라구요. 자신들은 마치 자신이 퇴직을 하면 다른 조직에서 있었던 사람처럼요. 이러한 문제점을 해소하는 것이 중요한 과제라고 생각합니다.

저는 경찰관 34년을 마지막으로 공직생활 은퇴 이후 뭔가 보람된 일을 하고 싶다고 생각하고 있던 중 치매공공 후견인 제도가 있다는 걸 알게 되었고, 일반인이나 주변인들의 치매인에 대한 인식 부족으로 치매노인의 삶의 질이 더욱 악화되는 경우가 많아 나의 장점으로 치매노인을 잘 케어할 수 있지 않을까 하여 지원하여 경쟁을 뚫고 공공후견인 일을 하게 되었습니다.

후견활동에 이어 경기도 재난안전본부에서 실시하는 공개 오디션을 통과 안전강사 자격을 취득하여 학교, 요양원, 노인정 등에 300여 회 강의를 실시하는 한편 음악치료사 자격증을 취득하여 요양원, 노인정에 재능기부를 3년째 하고 있습니다. 경기도 시낭송협회 소속으로 각종 행사에 초대되어 시낭송을 재능기부하고 하는 등 경찰 퇴직 이후에도 활발한 활동을 하고 있습니다. 나름대로 경찰위상 제고와 보람있는 노후생활을 하고 있다고 자부합니다.

그중 공공후견 활동 관련 사례를 보면, 한 사례자는 치매 중기 단계인 자로 공동화장실을 사용하는 단칸방에 살았습니다. 등급도 받지 못하고 일체의 외부 출입을 거의 삼간 채 수급비로만 생활하고 있었습니다. 치료도 받지 못하고 담배와 술에 의지하고 아주 비위생적인 환경에서 지내고 있어 이 대상자를 구제하기 위하여 관계자들이 계속적으로 방문 설득했으나 강하게 이를 거부하고 자신은 여기서 죽겠다며 배타적인 모습을 보여 주변 사람들에게 안타까운 모습을 보이던 사례자였습니다.

이를 극복하기 위하여 후견인으로 사례자를 케어하게 되었는데 처음에는 후견인에게 대상자가 강하게 거부하면서 출입 자체를 못하게 하며 저항하였으나, 교육을 받은 커리큘럼에 따라 인내를 갖고 한 달가량을 거의 매일 문 앞을 방문하면서 당신의 친구가 되고자 한다는 진심을 보여주자 피후견인이 마음의 문을 열고 완강하게 거부하던 방 출입 허용과 외출 동행하였으며 병원 등을 동행, 등급을 받게 하여주어 요양사를 매일 방문케 하여 거주지를 청소하는 등 환경을 정리했습니다. 피후견인을 계속적으로 방문, 진심을 보여주자, 굳게 닫혀있던 마음을 열면서 당신은 친구라고 생각한다며 다가왔으며 1년 내 목욕을 하지 않아 냄새가 나 불결하였던 피후견인을 목욕탕에 동행 씻겨주고 후견인 차에 동승시켜 해장국을 같이 하자 눈물을 흘리며 평생 혼자라고 생각하였는데 의정부에서 처음으로 자가용도 타보고 이렇게 맛있는 음식을 먹어 본다며 친구가 정말 고맙다며 눈시울을 붉힌 바 있었습니다. 이를 통해 치매 독거노인에게 후견인의 인내와 진심 어린 접근이 얼마나 중요한지 느끼게 되었고 사례자는 2년 후 심근경색으로 사망하였는데 장례식까지 치루게 하는 등 고인을 보낼 수 있어 후견인으로서 자긍심과 보람을 갖게 되었습니다.

또한 피후견인 관리업무를 부여받고 통장을 살펴보니 그동안 치매로 인하여 통장관리가 안 되어 계속적으로 0원으로 잔고가 되어 있어 통장관리를 한 결과 200만 원의 잔고가 되도록 만들었습니다. 이를 통하여 후견인의 역할이 얼마나 중요하다는 것을 사례자를 통해 경험으로 느끼게 되었습니다.[1]

또 다른 피후견인 80대 중반 A씨는, 처음 거주지를 방문하여 처한 환경을 보니, 우선 TV가 고장 나 답답한 하루를 보내고 있어 우울함이 더하고 있다고 판단, 후원자를 통하여 새로운 TV를 설치해주니 바로

---

1 동 사례는 복건복지부에서 모범사례로 애니메이션으로 제작하여 관련 기관에 배포홍보 함.

즐거워하는 모습을 보였습니다. 내가 가진 달란트인 기타 연주와 노래를 방문할 때마다 하여주고 특히 팔순 잔치를 대상자 거주지에서 관계자들을 초청, 조촐하게 자리를 만들어 주자 너무나 즐거워하는 등 우울증세가 많이 완화되어 가는 모습을 볼 때 보람을 느꼈습니다. 이처럼 치매 노인에게 즐거움과 행복감을 느꼈다고 해 줄 때 저의 보람 또한 컸습니다.[2]

이렇게 퇴직 후 여러 활동을 잘 할 수 있었던 것은 오랜 경찰 생활에서 익힌 노하우에서 나왔다고 생각이 되며 경찰을 퇴직한 후 어떠한 마음 자세가 중요한지 알게 되었으며 자신의 노후 생활에 많은 영향을 준다고 생각합니다.

많은 경우 회원이 은퇴 후 자기 생활을 하지 못하고 집에만 있거나 할 일 없이 소일하고 있어 우울증 등에 시달리고 있다는 소식을 접할 때마다 안타까운 생각이 듭니다. 은퇴후 또 다른 나를 발견하기 위한 노력을 하여 남은 인생을 좀더 보람있게 보내면 어떨까요?

---

2 동 사례는 CBS에서 공공후견인의 독거노인 케어사례로 제작하여 유튜브에서 80만 회를 돌파하였고 2천여 개의 긍정 댓글이 달렸음.

도솔암_전경범

교통정보였습니다

권장섭 전직 경우

새벽 4시 30분⋯ 요란스러운 알람 소리에 잠을 깬다.

KBS 아침 메인 뉴스인 '뉴스광장' 프로에 연결되는 교통정보를 실시간 생방송으로 진행하기 위해서다.

월요일부터 토요일까지 하루도 빠짐없이 아침 6시 47분이면 "안녕히 주무셨습니까? 출근길 교통정보 시간입니다"로 시작하는 전국 송출 방송과 07:47분 수도권 뉴스, 09:57분에 (아침마당 다음에 이어지는 930 로컬뉴스) 전해지는 숨 막히는 교통정보는 이런 역사를 가지고 있다⋯

지금은 7시 후반 수도권 뉴스에서 한번 연결하는 것으로 변경되었지만 당시에는 꼬박 세 번씩 연결했고 큰 눈이 내리거나 태풍이 지나갈 때는 뉴스광장 첫 타임 헤드 뉴스로, 삼풍백화점과 성수대교 붕괴 사고, 아현동 가스관 폭발, 올림픽대교 주탑 부근 헬기 추락사고 등과 같이 특별한 재난이나 대형 사고가 발생했을 때는 정규 방송 중에도 긴급 편성되는 등 서울지방경찰청 교통 정보센터에서 운용하는 교통관

제용 현장 CCTV는 교통정보 제공에 대단한 역할을 수행하였다.

서울지방경찰청 교통정보센터는 대통령을 비롯한 정부 중요인사와 우리나라를 방문하는 국빈 경호 경비 업무, 대형집회 및 마라톤 등과 같은 행사관련 교통관리와 서울 시내 31개 경찰서 교통경찰관의 전반적인 업무를 직접 지휘, 감독, 지원하는 부서로 한마디로 말하면 수도 서울의 traffic control tower이다.

1980년, 시경 싸이카 기동순찰대 요원으로 발탁되어 대통령 기동 경호업무와 국빈 방한 시 에스코트 요원으로 6년간 근무하다 86 아세안게임 교통관리를 끝으로 교통 외근 근무를 마치고 내근 부서인 교통정보센터로 자리를 옮겼고 30년 5개월간의 경찰살이 중 28년 6개월을 교통경찰로 봉직했다.

지금의 교통정보센터는 원래 종로구청 별관 5층에 자리하고 있었는데 89년 말에 종로구 내자동에 위치한 지금의 서울지방경찰청사가 준공되면서 청사 5층으로 자리를 옮겼다.

당시에는 공식 명칭이 교통관제센터였다. 교통관제라고 하면 뭔가 제어하는 뜻이 담겨 있고 명령 강제하는 어감도 있어 80년대 후반쯤 교통정보센터로 변경하게 되었고 시내 안쪽 지역 위주로 설치된 12대의 CCTV와 종합상황판(현장 roop검지기에 의한 정체도 현출 장비)이 정보 수집의 기본 장비였지만 종합상황판의 정확도가 떨어져 다양한 교통정보 수집은 사실상 어려운 상태였다.

물론 예산의 한도 내에서 매년 CCTV 증설은 계속해서 이루어졌지만 증설이라야 1년에 고작 1-2개소 정도였고, 88올림픽 때 비로소 교통 중요지점 30여 곳에 CCTV를 새로 설치함으로써 실시간 정보 수집이 어느 정도 가능해졌다.

   그러나 지금은 700여개 지점에 정보 수집용 CCTV가 설치 운용되고 있고 전자감응 신호에 의한 정보 수집과 실시간 운행정보 수집 체계가 구축되어 있는 등 다양한 방법으로 정확한 교통정보를 수집하여 서울 시내뿐만 아니라 경기도와 접경지역 상황까지 연계하여 교통관리를 하는 상황이다.

   특히 올림픽대로나 동부간선도로 등과 같이 자동차 전용도로 관리 시스템에 의하여 원거리에서부터 제공되는 실시간 교통정보는 운전자들에게 이용 도로를 미리 선택을 할 수 있도록 한다는 점에서 상당한 역할을 하는 것으로 평가된다.

   1990년은 교통 상황으로 보면 여러 가지 변화가 많았던 한해였다.

   1980년까지만 해도 약 18만대 정도였던 서울의 보유 자동차 대수가 처음으로 100만대를 넘어서면서 곳곳이 차량정체로 크나큰 몸살을 앓았고 이 시기를 지나면서부터 마이카시대 즉 본격적인 자가운전시대가 열린 것이다(80년도 이전에는 운전기사 세대로 포니 정도의 소형 승용차도 운전기사가 있었다).

   교통사고도 급증하여 서울에서만 한해에 1,200여 명의 교통 사망 사고가 발생하는 등 사건 사고가 끊이지 않았다. 자동차는 폭발적으로 늘어나는 데 비하여 소통이나 사고 예방에 대한 교통 기법은 제자리였다. 교통전문가 육성도 활발하지 않았고 교통 관련 업무도 지자체와 경찰로 나뉘어 있어서 사업 주체가 분명치 않았다.

예를 들면 서울시 교통관련 업무를 수행하는 공무원이 경찰로 파견 나와 업무협조 형식으로 근무를 하였다. 예산은 서울시 예산을 쓰면서 예산 집행은 경찰에서 하는, 다시 말하면 신호등이나 표지판을 설치하는데 모든 사항을 경찰에서 주관하고 대금은 서울시에서 지급하는 그런 형식이었다. 지금은 어떤 방법으로 업무협조가 이루어지는지는 알 수 없지만, 사업 주체를 분명히 하는 것이 원칙이 아닐까 생각해 본다.

교통사고가 자주 발생하는 지점의 장소적 특성을 살펴보면 사거리나 삼거리 등의 교차로 모양이 기형적으로 생긴 곳에서 운전자가 방향을 착각하거나 오인 신호에 의한 진행으로 사고가 발생하는 경우가 많았다. 특히 천호대로상에 있는 자동차 매매시장 앞 사거리의 경우 같은 장소에서 한 달에 몇 건씩 교통사고가 발생하였는데 교차로 형태가 직사각형 모양으로 남북 간과 동서 간의 교차로 거리가 크게 다른 점을 감안하지 않고 모양대로 횡단보도를 설치함으로써 오히려 교통사고를 유발하는 꼴이 되기도 했다. 따라서 횡단보도를 교차로 쪽으로 바짝 당겨 정사각형 모양으로 이동 설치한 결과 교통사고가 크게 감소하는 것을 확인할 수 있었다.

마포구 공덕 교차로와 동대문구 신답교차로(지금은 지하차도 이용) 성북구 돈암동 교차로 등 시내로 들어오는 중요 간선도로의 흐름을 살

퍼보면 외곽에서 이 지점까지는 교통 신호 시스템상 거의 정체 구간으로 구성되어 있었고 이곳을 통과하면 시내 안쪽 도로에서는 자연스럽게 정체가 해소되는 교통 기법을 운용하고 있었다.

시내 8개 방사선 도로에서 도심권으로 들어오는 차량이 시내 안쪽 지역에서의 정체 현상이 나타나지 않도록 하는 교통기법이었는데 분석 결과 이러한 교통 시스템이 오히려 차량 흐름을 방해하는 결과로 나타나기도 했다.

이러하듯 교통은 살아 있는 생물과 같은 것이어서 무턱대고 규제하면 반드시 반항하고 당연히 문제를 일으킨다.

교통은 순리대로 순서대로 스스로 편리하게 움직일 수 있도록 적당히 허용하기도 하고 적당히 규제하기도 해야 하는 것이다.

81년도에 처음으로 도입된 전자 신호 체계가 서울시내 전 지역에 설치가 완성되지 못한 상황이라 정주기식 신호기로(일정한 신호 주기를 반복하는 신호체계) 인한 정체 가중 현상은 예산 지원 없이는 해결하기 어려운 크나큰 숙제이기도 했다.

따라서 교통 시설물 설치에 문제가 있거나 필요 이상의 규제는 교통사고 유발 요인으로 작용하거나 운전자로 하여금 교통법규 위반을 조장하는 결과로 이어지기 때문에 이 또한 적정 수준에서의 규제 원칙을 정하는 것이 바람직하다는 생각이다. 예를 들면 교통소통을 위해 좌회전을 금지하는 경우가 많은데 적정 수준에서의 금지와 해제를 시행함으로써 소통과 함께 운전자 편의를 제공해야 한다는 것이다.

지금도 무슨 이유에서인지는 알 수 없지만, 길도 없는 곳에 좌회전 신호가 나오는 곳이 있는데(경기도 평택시 청북읍 등) U턴 차량을 위한 신호가 아닌가 생각하지만 사실 차량 U턴은 별도의 신호가 필요치 않다.

　보행신호 시 U턴 등과 같이 표지판만으로도 얼마든지 시행이 가능한데 군이 U턴 차량을 위하여 따로 시간을 제공해야 하는 좌회전 신호가 필요한지는 의문점이다. 그동안 도로 확충과 교통안전 시설물 보강 등 시설 투자에 막대한 예산을 쏟아부은 결과 사망 사고를 비롯한 교통사고가 크게 줄었다. 특히 사망 사고의 경우 90년대보다 거의 7~80% 가까이 감소하여 교통사고 예방을 위한 시설 투자와 교통 기법 개선 등 여러 가지 노력의 결과가 결실을 맺은 것으로 평가된다.

　88올림픽 이후 자동차가 빠른 속도로 증가하면서 교통사고가 크게 늘어나고 차량정체 현상이 가중되어 교통 여건이 일상생활에 미치는 영향이 점점 커지면서 일기예보처럼 교통 상황에 대한 생활정보가 필요하다는 여론이 높아졌다. 당시 제한적이나마 교통정보를 제공하는 방송사는 KBS, MBC, CBS 등 라디오 3사였다. 출근 시간에만 한두 번 정도 연결하여 생활 정보로써의 가치보다는 없으면 허전한 양념 정도의 코너 방송으로 자리하고 있었다.

　그러나 '가로수를 누비며'라는 KBS 라디오 프로가 있었는데 교통정보 제공과 함께 교통과 관련된 사람 사는 이야기를 주로 하는 것으로 교통 가족 모두에게 또 교통문화 발전에 큰 영향을 준 좋은 방송 프로그램으로 기억하고 있다.

90년대 초에는 여러 개의 방송사가 거의 비슷한 시기에 개국했다.

서울방송(SBS), 교통방송(TBS), 불교방송(BBS), 평화방송(PBC), YTN-케이블 TV 등 텔레비전과 라디오 방송국이 차례로 개국하면서 방송사마다 교통정보 제공 코너가 신설되었고 특히 1990년 6월 11일 개국한 서울 교통방송(라디오)은 우리나라 교통문화 자체를 변화 혁신 시킬 정도로 사회적 공헌을 하고 있다.

다만 서울시 예산으로 운영되는 교통 전문 공익 방송에서 일부 진행자가 교통과는 아무 상관이 없는 정치적 발언을 일삼는 것은 재고되어야 한다고 생각한다.

여기서 잠깐 교통방송이 탄생한 뒷이야기를 꼭 해야겠다. 처음 서울 교통방송의 사업 주체는 경찰에서 관리하기로 하고 사업이 진행되고 있었는데 깊은 내용은 확인할 수 없지만, 당시 경찰 수뇌부에서 사업 인수를 스스로 거부하여 무산되었고 서울시가 운영 주체가 되어 지금에 이르고 있다. 이유는 경찰은 해야 할 일이 많고 많은데 골치 아프게 방송국까지 만들어 신경 쓰기 싫다는 것이 이유였다고 하니 이것이 사실이라면 세상에 이런 바보 등신도 유분수지 지금 생각해도 어이가 없고 원망스럽기 짝이 없다.

몇 년이 지난 후에야 그 필요성을 느낀 탓인지 서울을 제외한 지역을 대상으로 경찰청 산하 도로교통안전관리공단이 사업 주체가 되어 우여곡절 끝에 부산, 대구, 광주, 대전, 제주 등 11개 지역에 TBN 한국교통방송 채널을 운영하고 있다. 그러나 대한민국 수도 서울이 빠진 상태에서의 운영은 극히 제한적일 수밖에 없다. 서울 교통방송의 가청 지역이 서울을 포함한 수도권 전 지역과 충청과 강원 일부 지역을 대상으로 하고 있어서 청취자 확보가 쉽지 않기 때문이다. 당시 경찰 수뇌부의 결정이 안타깝고 또 안타깝다.

서울교통방송(라디오)이 개국할 당시의 교통정보 수집 여건은 무척 열악한 상태였다. 장비에 의한 수집 기능보다는 현장 제보에 의존하는 경우가 많았고 특히 영업용 택시 운전자들로 구성된 교통 통신원들의 활약이 대단하였다.

교통사고가 발생하거나 통과지역 소통 상태에 대한 현장 상황을 제보하는 것은 물론이고 각 지역별로 별도의 방송실을 개설하여 현장에 있는 교통 통신원들이 직접 방송에 참여함으로써 정보의 신뢰성을 높이는 데 주력하였고 전문 운전자 입장에서 생각하는 도로 구조상의 문제가 있는 곳이라든가 교통시설물 설치와 관련된 의견도 제보함으로써 교통관련 업무를 수행하는 데 많은 도움이 되었다. 또한 최초의 영어 교통정보는 국내 거주 외국인 및 관광객을 위한 것으로 당시에는 획기적이었다.

그러나 모든 교통 인프라 구축이 열악하여 각종 행사 관련 안내와 정체구간, 교통사고, 고장차량 그리고 작업으로 인한 통제구간 발생 등의 유고 정보나 법규와 자동차와 관련된 교통 상식 등을 운전자에게 전달하는 정도의 안내 서비스였다.

지금은 방송뿐만 아니라 들고 다니는 전화에도 시스템만 구축하면 모든 교통 정보를 한눈에 확인할 수 있고 서울시내 700여 개소에 설치된 CCTV에 의한 현장 상황과 전자감응 신호체계에 의한 정보 수집 등 첨단 정보 수집 체계가 구축되어 가장 빠른 길 그리고 도착지까지의 예상 소요시간까지도 실시간으로 제공되는 등 교통정보 서비스는 옛날과는 비교할 수 없을 만큼 아주 대단한 발전을 했다.

서울 교통방송은 1990년 6월 11일 오전 9시 51분 FM 95.1 채널로 첫 전파를 발사하면서 교통전문방송 시대가 열렸고 필자에게도 생방송에 직접 참여하는 기회가 생겼다. 교통정보센터에서 직접 확인할 수 있는 시내 교통상황과 오늘의 단속 계획, 작업 예정 구간, 집회와 행사관련 소식 등을 담당 경찰관이 직접 안내하는 일종의 경찰 홍보 안내 방송 시간이 편성되었고 엄격한 audition을 통해 필자가 방송 전담 요원으로 선발되어 행인지 불행인지 알 수 없지만, 팔자에도 없는 경찰 방송인으로의 생활이 시작되었다.

첫 방송이 있는 날, 교통정보센터 6층에 자리 잡은 방송실 마이크 앞에 앉았다! 떨렸다. 당시 백형두 MC의 콜,

"서울지방경찰청을 연결하여 오늘의 단속 계획과 행사 관련 소식 등 전반적인 교통 소식을 들어 보겠습니다. 교통정보센터 권장섭 경사 나와 계십니까?"

아침 출근길에 주어진 1분 30초의 방송시간은 그렇게 시작되었고 또

그렇게 지나갔다. 많은 연습을 한 결과인지 첫 방송을 실수 없이 끝내고 나니 1분여의 방송시간이 순간 같기도 하고 1년 같기도 한 묘한 시간이었지만 다른 한편으로는 방송에 대한 묘한 감정과 묘한 재미를 느꼈다.

필자는 영남의 심장이며 의리의 도시 대구가 고향이다. 대구에서 태어나 초, 중, 고, 대학을 다녔고 공군 복무 기간을 제외하고는 대구에서 살았다. 말하자면 대구 순종이다. 따라서 투박한 경상도 사투리를 그대로 사용하고 있어 방송용 억양 교정이 절실하여 당시 교통방송 조선희, 이은정 아나운서의 조언에 따라 초등학교 국어교과서를 목청껏 소리내어 읽고 또 읽었다. 아마 100번은 더 읽은 것 같은데 말의 끝부분만 올라가는 이상한 결과로 결국 억양 교정에는 실패했다.

영남인의 억양은 서울, 경기인의 억양과는 구조 자체가 완전히 다르기 때문에 표준 억양 구사는 애초부터 어려운 일이었고 말 첫머리의 높낮이를 약간 교정하는 선에서 그리고 순수 영남 방언을 쓰지 않는 선에서 만족해야 했다.

다만 메모 정도로도 충분한 방송 reporter를 꼼꼼하게 작성하는 것으로 취약한 언어 구사 능력을 보완하는 정성을 기울였지만 그래도 고가도로를 '고까도로', 방향을 '방양'으로 발음하는 등의 실수는 어쩔 수 없었다.

라디오 방송을 진행한지 한 3년여 정도 지났을까. 1993년 말쯤 KBS

아침 메인 뉴스인 '뉴스광장' 팀에서 연락이 왔다. 교통정보센터에 설치된 CCTV를 KBS로 전송시켜 아침 뉴스 시간에 출근길 교통정보를 제공하자는 내용이었다. 그러나 타 방송사와의 선로 제공에 대한 형평성 문제와 공용 시설물 사용에 대한 법령 관련 사항 등 내부적으로는 반대 의견도 많았지만, 적극적인 긍정적 상황 전개로 선로 제공과 방송에 참여하는 쪽으로 가닥이 잡혔고 방송 경험이 많은 필자가 자연스럽게 TV방송 전담자로 선정되었다.

이때부터 아침 출근 시간이면 TV와 라디오를 오가며 방송 연결이 있어 아침 시간이 어떻게 가는지 오는지 모를 정도였다.

처음에 시작할 때는 교통방송(TBS) 하나였는데 CBS(기독교), SBS(서울), BBS(불교), PBC(평화) 등 타 라디오 방송사에서도 연결 요청이 와서 방송 횟수가 차츰 늘어나기 시작하여 TV까지 연결하면서부터 아침 시간은 거의 전쟁 수준이었고 나중에는 FEBC(극동), TBN(교통)까지 연결하여 TV방송실이 있는 5층과 라디오 방송실이 있는 6층을 거의 분 단위 간격으로 오르내리면서 출근길 교통정보를 제공하는 전문 방송인으로서의 역할을 수행하였다.

KBS 뉴스광장의 교통정보는 뉴스 끝자락인 07시 47분경 수도권 뉴스에서 한 번 연결하는 것으로 시작했는데 정보에 대한 필요성이 높아진 탓인지 전국 송출 시간인 06시 47분과 오전 로컬 뉴스인 09시 57분에도 정보를 제공하게 되어 방송 횟수가 세 번으로 늘어나게 되면서 그만큼 바쁘고 힘든 시간을 보냈다.

특히 06시 47분에 진행하는 전국 송출 방송이 문제였다. CCTV 화면은 서울 지역 어느 한 곳을 비추고 있는데 전국 교통 상황을 안내한다는 것이 어디 쉬운 일이겠는가?

영남이나 호남 지역에서 거주한 지역 주민에게는 서울의 출근길 교통 상황이 필요치 않다는 것은 너무나 당연한 일이다. 따라서 제주도에 사는 사람도 그래 당신 말이 맞아, 라고 할 정도로 전국 시청자 모두가 공감하는 교통정보가 필요하다는 측면에서 생각해 낸 것이 openingment를 본 정보처럼 하는 것이었다.

"안녕히 주무셨습니까? 출근길 교통정보 시간입니다"로 시작하여 그냥 주변 상황에 맞게 시 한 편의 수필을 써 가는 것이었다. 출퇴근길 이야기부터 월드컵 때는 축구이야기 태풍이 올라오면 비와 바람 이야기로, 연말이면 술 이야기 그리고 귀성과 바캉스 길에서 겪는 정 많은 민족 이야기 등 우리 이웃이 사는 모습을 진솔하고 리얼하게 이야기했다.

2002년 솔트레이크시티 동계올림픽 쇼트트랙 남자 1,500m 결승에서 우리나라 김동성 선수의 견제에 미국의 안톤 오노 선수가 할리우드 액션을 취해 가장 먼저 결승점을 통과한 김동성 선수가 실격을 당해 억울하게 금메달을 도둑맞았는데 그때 심판이 휴이시라는 사람이었다. 그때 교통정보가 이랬다.

만약 우리나라 교통경찰이 결승전 심판으로 나갔다면 할리우드 액션을 취한 오노에게는 도로교통법상 안전운전 불이행으로 단속했을 것이고 그러한 잘못을 잡아내지 못한 심판 휴이시는 오래 오래 휴식할 것을 명한다는 오프닝을 했다. 시청자 반응은 폭발적이었다.

1990년 6월 11일부터 2004년 3월 13일까지 약 14년 동안을 경찰 방송인으로 살면서 폭설이 내릴 때도, 올가와 매미 같은 대형 태풍이 불 때도, 성수대교와 삼풍백화점이 무너지고 올림픽대로가 물에 잠길 때도 필자는 항상 그 현장에 있었다.

여기서 잠깐 1994년 10월 21일 오전 7시에 발생한 성수대교 붕괴사건에 대한 방송 뒷얘기를 소개하면 KBS는 CCTV가 연결되어 있어서 사고가 나자마자 곧바로 화면이 송출되어 전국에 생중계 되었다. 그러나 타 방송사는 그 시간에 카메라를 들고 현장을 가기 위해 방송국을 출발하고 있었다.

이 사건으로 교통정보는 라디오만으로도 충분하다며 TV방송을 반대한 어느 방송국 간부가 문책성 인사를 당했다는 후문을 들었고 얼마 지나지 않아 공중파 2개 TV방송사와 케이블 TV에서도 채널을 분배받아 출근길 교통정보를 제공하기로 했다.

당시 KBS 아침 간판 뉴스인 '뉴스광장'의 전담 앵커는 류근찬 기자와 황수경 아나운서였는데 이후 남자 앵커로는 김준석, 이강균, 김종진, 홍기섭, 황상무 기자와 여성 앵커로는 장은영, 박경희, 정애리, 윤영미, 이규원, 성기영, 이한숙, 태의경, 임성민, 정세진, 국혜정, 홍소연, 정은승 아나운서와 함께 방송했고, 특히 앞에서 뒤에서 밀고 당기며 방송에 참여한 기상 캐스터와도 각별한 의견을 주고받았다.

텔레비전 방송이 처음인 필자에게 우리나라 첫 여성 기상 캐스터인

이익선 님이 많은 도움을 주었고 이후에도 한우경, 한연수, 한희경, 이정옥, 이설아 기상 캐스터와도 서로 교감이 많았다. 특히 이익선 님은 전문방송인으로, 이설아 기상 캐스터는 지금까지 현역으로 왕성하게 방송 생활을 하고 있다.

생방송 진행은 신속하고 신선하고 현장감 있는 특성이 있지만 그에 따른 어쩔 수 없는 방송사고는 솔직히 늘 부담이다.

아무리 섬세하게 준비하고 방송 직전까지 확인한 상황이라 하더라도 전혀 예상할 수 없는 엉뚱한 경우가 원인이 되기도 하고 또 알면서도 도저히 막을 수 없는 경우도 있었다.

언젠가 정확히 날짜는 기억나지 않으나 9시 30분 아침 뉴스시간이었다. 보통 9시 57분에 연결되어 58분 30초쯤 넘겨주면 날씨정보에서 최종 시간을 정리하여 뉴스를 마감하게 되는데 연결 직전에 외부 공사 작업자의 실수로 연결 회선을 절단한 사고가 발생하여 한바탕 난리가 났었다. 1분의 시간 여유만 있어도 앞뒤 방송시간을 조정하여 사고를 피할 수 있었는데 그 순간은 정말 막을 방법이 없었다.

또 한 번은 방송 직전까지만 해도 정상 작동 중인 CCTV가 방송에 연결하자마자 화면 꺼짐(BLACK)현상이 나타나 KBS뉴스를 시청하고 있는 전국 텔레비전이 모두 검은 화면으로 송출 되는 대형 사고를 치기도 했다.

교통정체가 워낙 심하여 "카메라도 부담스러웠는지 잠시 눈을 감았습니다"라고 순간적 기지를 발휘하여 위기를 비켜 가기는 했지만, 생방송은 언제나 사고 위험이 존재하기 마련이다.

따라서 방송 앵커 중 남자 앵커는 주로 기자가 맡고 여성 앵커는 아나운서가 주로 맡는 불문율이 있는데 취재 경험이 많은 기자가 언제 일어날지 모르는 여러 가지 유형의 방송 사고에 대비하여 발 빠른 대응을 하기 위함이다.

잠시 당시 방송 멘트를 살펴보면 재치 있는 내용이 많다.

퇴계로 1가 사거리에 위치한 어느 빌딩에서 내걸은 현수막에 이런 글이 있었다.

"당신은 참 소중한 사람입니다"

지금은 흔히 쓰는 말이지만 당시에는 참 신선한 내용이었다. 방송 끝머리에 사고 관련 안내를 하면서 누구든 교통사고로 숨지거나 다치면 너무 억울하지 않겠느냐, 라고 하면서 "당신은 참 소중한 사람입니다"라는 이 현수막을 줌인zoom in하면서 클로징closing했다.

이후 많은 방송사의 교통 리포터들이 이 방송 기법을 활용했고 교통사고와 관련된 안내 방송 시에는 이 말이 빠지지 않고 등장할 정도의 유행어가 되었다.

어느 해인가 경찰의 날 아침에 광화문에 근무하는 교통경찰관이 CCTV를 통해 전국 시청자에게 봉사를 다짐하는 경례를 하는 것으로 오프닝을 시작하여 교통정보가 상당한 관심사가 되기도 했다.

"참기 어렵고 견디기 어려운 일이 여러 가지가 있을 수 있지만 남에게 눈총 받는 것은 정말 견디기 어렵습니다. 이 평화로운 세상을 살면서 총 쏘고 대포 쏠 일이야 있겠습니까만 눈총은 알게 모르게 쏘기도 하고 맞기도 합니다.

중앙선을 넘어 가는 자동차

빨간불에 지나가는 운전자 당연히 눈총 맞습니다.

자동차를 움직이게 하는 기술은 5분이면 배우지만 안전운행은 연수기한이 없다는 것 꼭 기억해주십시오."

"규칙과 약속을 정한 날 제헌절 아침입니다"라는 방송이 나간 후 이 눈총이 여러 가지 측면으로 회자 되면서 사회 화두가(?) 된 적도 있었다.(2002년 7월 17일,수요일 06시 47분 KBS 1TV 뉴스광장)

"기상 캐스터는 봄이 오는 소리를 듣고

교통 캐스터는 출근길이 열리는 소리를 듣고 있습니다.

봄이 오는 소리 그리고 출근길이 열리는 소리가 들리는 이 찬란한 아침에 어떤 교통 수단을 이용할 것인지 몇 시쯤 출발할 것인지 판단해 주십시오.

교통량 많은 월요일 아침이지만 태조 왕건의 (KBS 대하드라마) '동남풍'이 (드라마 내용상 동남풍을 이용하는 승전 전략)불어 올 것을 기대하고 있습니다.

방송 이후 '동남풍'은 각 방송사의 교통정보 시간에 자주 등장하는 정상 소통의 대명사가 되기도 하는 등 방송 생활은 비화도 많지만: 곡

절과 애환도 많았다.(2002년 2월 12일, 월요일 06시 47분 KBS 1TV 뉴스광장)

비화를 소개하면 엉뚱한 일도 있다.

표준말 구사능력이 부족하여 애드리브(ad_lib)로 하면 바로 영남 억양이 나오기 때문에 하루도 빠짐없이 그렇게 수많은 방송 리포터를 일일이 수기로 작성하다 보니 자연스럽게 문장 실력이 늘어 문학과는 거리가 멀었든 사람이 어느새 등단 시인이 되고 수필가가 되어 있었다.

또 이런 경우도 있었다.

청계천 3가 사거리에서 청계천 4가 사거리 사이 구간에 세운전자상가와 대림상가가 마주 보고 있는데 주도로의 신호등 간 거리가 너무 짧아 횡단보도를 설치하기에는 무리가 있어 상가 2층에 보도 육교를 설치하여 상가와 상가 간을 넘어 다닐 수 있도록 하였으나 돌아가는 것이 귀찮아서인지 중앙선 부근에 설치된 울타리를 넘어 다니는 사람이 많아 교통사고가 자주 발생하였고, 또 대형전자제품과 같은 큰 짐을 이동시키는 데 보도육교가 너무 불편하니 횡단보도를 만들어 달라는 종로경찰서로부터 요청이 들어왔다. 사실 이 문제는 서울지방경찰청 교통심의위원회에 1차 상정하였으나 부결된 사안으로 신호등 간 거리가 너무 짧아 정체 유발 요인으로 작용하고 무리한 진입 현상으로 인한 교통사고 증가가 우려되는 등 도로 구조상의 문제가 있었기 때문이다.

신호등 설치와 차선구획, 횡단보도 설치는 서울지방경찰청 교통심의위원회에서 심의 결정하는데 심의위원회는 교통공학 관련 박사학위 소지 전문가와 해당학과 교수, 서울시 관계자 도로교통안전관리공단 관계자 그리고 서울청 관계자 등 20여명으로 구성된 교통심의위원회에서 의결되어야 설치할 수 있는데 필자가 심의 위원으로 있었다.

　종로경찰서에서 보내온 횡단보도 설치 요청과 관련하여 만약 횡단보도를 설치하였을 경우 신호등 간 거리가 너무 짧아 연동 신호체계를 적용한다고 하더라도 그 여파가 어떻게 나타날지에 대한 현장 상황 확인을 위해 시간대 별로 직접 교통상황을 관찰하였고 설치 후에 발생할 수 있는 꼬리 물림 현상이라든가 교통사고 감소 효과 등을 가늠하고 또 종로 경찰서 관계자의 의견도 들었다. 현장 주변 사람들은 지역 숙원 사업이라고까지 했다. 우여곡절 끝에 심의위원회에서 통과되어 중앙선 부근에 있던 철책을 철거하고 횡단보도가 설치되었다.

　도로 구조상 문제로 흐름이 잠시 영향을 받기는 했지만, 불편할 정도의 지장은 없는 것으로 나타났고 교통사고 감소 효과와 이용자 편의 증진 측면에서도 성공작품으로 평가받았다.

　횡단보도가 설치된 후 난리가 났다.

　종로에서 한자리한다는 사람은 모두 나서서 내가 횡단보도를 만들었노라고…… 국회의원 시의원 구의원 심지어는 낙선의원까지 나서서 홍보에 열을 올렸고 구청은 구청대로 그리고 상가번영회에서도 우리가 했노라고 생색을 내고 있었다.

물론 그 분들의 이야기가 전혀 아닌 것은 아니다. 해당관청에 요청도 했을 것이고 내용을 알아보기도 하는 등 나름대로의 노력을 했을 테지만 지역 숙원 사업이라고 해서도 아니고 힘 있는 사람이 요청한다고 해서 횡단보도가 설치된 것은 더욱 아니다. 횡단보도는 절차에 따라 적법하게 만들어졌다.

후에 들은 이야기지만 세운상가와 대림상가를 연결하는 보도육교 상에 비디오테이프 등 전자제품을 파는 노점상들이 있었는데 장사가 워낙 잘된 탓에 노점 권리금이 당시 금액으로 1억 원이 넘었다는데 횡단보도가 설치된 이후 사정은 들은 바 없어 잘 알지 못하지만 상당한 타격이 있었을 것으로 추측하고 있다.

교통정보센터 6층에는 6개의 방송 부스가 있다. 입주 순서대로 방을 배정하다 보니 나중에 개국한 BBS, PBC, TBN 등 3개사는 독립 방송실을 배정할 수 없어 방송 횟수가 비교적 적은 방송사와 합방하여 방송을 진행하였는데 명절이나 태풍 등 특별방송이 있을 때는 동일 시간에 연결 될 때도 있어 타 방송사와 혼음 현상이 나타나 지장을 초래하는 경우도 있어서 민망하기도 했다.

생방송을 10여 년간 진행하였으니 곡절 또한 많다.

2003년도로 기억하는데 노무현 대통령님께서 취임하신 지 얼마 지나지 않아 서울경찰청을 순시하시면서 갑자기 교통정보센터를 방문하셨는데 생방송 진행 중이라는 사실을 아시고 짧은 시간이기는 하지만 방송이 끝날 때까지 기다려 주셨다.

대통령님이 서 계신 곳과 오픈 studio까지의 거리가 불과 3~4m 정도, 무척이나 당황스럽고 송구스러웠다.

애환을 이야기하자면 괜히 목에 힘이 들어간다. 그만큼 힘든 일이 너무 많았기 때문이다.

태풍이 온다고 가정하면 확인하고 챙겨야 하는 것이 정말 많은데 기상 캐스터와의 교감은 물론이고 기상청, 해양경찰청(항만사정과 뱃편), 한강홍수통제소(한강수계 댐 방류 사정), 국제 공항, 태풍의 길목인 마라도와 가거도의 현재 상황까지 확인하고 준비하는데 정규 뉴스 시간에 연결하는 것은 당연하지만 정규 뉴스가 끝나면 바로 재난 특별 방송 체계로 전환되기 때문에 새벽부터 다음날 새벽까지 또는 태풍이 지나가고 물이 빠질 때까지 꼬박 방송실을 지켜야한다. 밥도 그 자리에서 먹고 화장실도 뛰어다녀야 했다.

공휴일도 없고 토요일도 없이 출근했다. 뉴스광장은 공휴일이나 토요일 큐시트가 평일과 똑같이 짜이기 때문에 일요일 외에는 쉬는 날이 없었고 10여 년간 여름휴가를 가본 적이 없어 가족들의 불만도 참 많았다.

지나고 나니 뭐가 그렇게도 바쁜 일이고 중요한 일이었을까? 또 왜 그랬을까…… 후회도 하지만 누구에게나 애환은 있는 법이고 스스로 만족하면 더 바랄 것도 없는 법이다.

그리고 동료 경찰관들 중에서도 방송에 대한 의견이 분분하였다. 방송을 재미있고 재치 있게 잘한다는 의견도 있고 교통상황만 전달하면 되지 너무 튄다는 의견도 있었다. 그리고 혼자서 독식(너무 오래 한다고)한다는 의견, 진급을 시켜 준다고 해도 방송 때문에 진급도 하지 않는다는 가짜뉴스, 그쪽(?)에서 그만큼 했으면 이쪽(?)에도 기회를 줘야 하지 않느냐는 등의 알 수 없는 저항과 시기도 많았다.

방송은 전문 지식과 소양을 갖춰야 하는데 대부분 나도 한번 방송을 해보고 싶다는 경우나 그저 유명세를 탈 수 있는 자리를 탐내는 부류들이었다.

전문 방송인이 되기 위해서는 교통에 대한 전문적 지식은 물론이고 방송인으로서의 덕목을 가져야 한다. 결코 쉽게 또 아무나 할 수 있는 일은 아니기 때문에 누가 뭐라고 하더라도 묵묵히 오래 참기도 하고 또 기다리기도 하면서 그저 반타작이면 된다는 절제된 생각을 하면서 살았다. 방송인은 아플 수도 없고 아파서도 안 되는 그런 사람이고 또 작은 칭찬과 핀잔에 흔들려서도 안 된다.

결국 방송 참여에 대한 결과적 효과와 판단은 시청자의 몫이기 때문이다.

당시 KBS 아침 메인뉴스인 '뉴스광장'의 시청률은(당시 KBS 관계자가 제공) 13% 정도였는데 공중파와 케이블을 모두 합해 시청률 1위를 기록하고 있었다.

출근을 위해 집을 나서다 교통정보가 방송되는 시간이면 현관문을 열어 놓은 상태에서 다리는 밖에 몸은 안에 위치하여 끝까지 시청하고 출발한다는 말이 나올 정도로 방송에 기여한 공로를 인정받아 한국 방송공사 사장(박권상, 정연주)으로부터 두 번이나 감사패를 받았다.

교통정보센터에는 KBS 등 9개 라디오 방송사와 4개 TV 방송사에서 아나운서, 리포터 등을 상주시켜 실시간 교통상황을 방송하고 있어서 늘 북새통이었다.

이름만 들어도 아 그분! 할 정도로 한 시대의 교통정보를 책임 진 사람들 KBS 백연수·김정원, MBC 민성희·박경미·김지연, SBS 안연상·송미경, TBS 박명희·김영애·박경화, BBS 채형숙, CBS 유기주·엄미나 리포터 등이 주 방송자였고 SBS 윤영미, MBC의 성경환 아나운서 그리고 교통방송에서 근무하다 실종된 김은정 아나운서도 함께 일했다.

특히 SBS의 송미경 리포터는 90년도부터 지금까지 한자리를 지키는 대단한 의지를 보이고 있고 교통방송의 박경화 리포터도 그 뒤를 이어가고 있다.

필자는 새벽 시간부터 늦은 밤까지 방송 참여는 물론 각종 교통 정보를 수집, 분석, 가공 하여 각 방송사별로 방송자료를 제공하거나 신임 리포터 교육 등의 업무를 수행하다 진급과 함께 14년간의 기나긴 방송 생활을 마무리하게 되었다.

돌아보면 어느 한 순간도 중요하지 않은 시간은 없었다. 쌓이고 쌓인 이야기보따리를 풀면 몇 박 며칠 동안 이야기해도 다하지 못할 만큼의 이야기꺼리가 있다. 그리고 낙후된 교통시설을 확충 보완하고 교통문화 개선을 위해 많은 노력을 했다.

그냥 평범한 교통경찰로 일상적인 삶을 살아갈 사람에게 느닷없이 찾아 온 방송 참여 기회는 전문 지식 습득과 함께 세상을 보는 시야가 넓어지고 인적 교류 범위가 확대되면서 각계각층의 많은 사람들과 좋은 인연을 맺을 수 있는 크나큰 기회를 부여 받아 바쁜 생활 속에서도 뜻깊은 인연을 많이 맺을 수 있었다. 그리고 국가사회발전에 기여한 공로와 그 결과를 인정받아 김대중 대통령으로부터 대통령 표창을 이명박 대통령으로부터 근정훈장을 수상하는 영광도 있었다.

인생 최고의 황금기에 최고의 황금 같은 기회를 제공받아 최선을 다해 원 없이 일했다.

나름 우리나라 최초의 청일점 교통 캐스터로 그리고 최고의 경찰 방송인으로 생활해 왔다고 자부하며 언제나 내편으로 한 평생을 살아 온 우렁 각시 화초마마, 아! 그래 라고 하면서 항상 긍정적인 생각을 가지고 있는 번개탐정과 반짝이 그리고 남자보다 훨씬 속이 깊은 까우와 착한 동글이 모두 고맙고 기회를 만들어 준 경찰조직과 방송사에 감사드리며 도와주기도 격려해 주기도 그리고 채찍질하기도 한 경찰 선·후배와 동료, 함께 방송하며 정 나누며 살았든 백여 명의 출입기자·아나운서·리포터 모두에게 늦었지만, 이 기회를 통해 진심으로 고맙다는 인사를 드린다.

국민의 비상벨 112

김기현 전직 경우

에에엥, 에에엥~
수없이 울리는
112차인벨 소리
누군가 절박하게
폴리스맨을 찾고 있다.

누군가는
보이지 않는 수화기 너머로
실오라기 희망의 끈을 잡고
세상을 원망하며
삶과 죽음의 기로岐路에 선다.

또 누군가는
바람처럼 스치는 인연과
악연惡緣이 되어

회색빛 도시의
차디찬 밤거리를 헤맨다.

또 누군가는
거미줄에 걸린 나비가 되어
쇠사슬을 풀기 위해
몸부림치며
애타게 날갯짓을 한다.

핏발서린
폴리스맨의 눈동자 사이로
날선 신경세포가
비수匕首처럼 폴맵과
112시스템에 꽂힌다.

숙명宿命의 사명使命처럼
365일 깨어있어야 할 폴리스맨
그대 부름에
어둠 속 희망의 촛불 밝히러
시민 곁으로 달려간다.

그대 이름은

머나먼 우주의 별에서
무명의 불꽃으로 소리 없이 날아와
대한민국의 아들딸이 된
그대 이름은
국민의 자랑스러운 경찰이어라.

누군가 불러주지 않아도
365일 밤낮을 가리지 않고
삼천리 방방곡곡 촛불 밝히는
그대 이름은
국민을 위한 든든한 경찰이어라.

누군가 알아주지 않아도
세상의 거친 파도 속에서
국민의 생명과 재산을 지키는
그대 이름은
국민에 의한 따뜻한 경찰이어라.

김기현

처절한 삶 속에서 순국선열이

73년 동안 목숨 바쳐 지켰듯이

내 조국을 목숨 바쳐 지켜야 할

그대 이름은

영광스런 대한민국 경찰이어라.

형사

김복준 전직 경우

사람이 가장 사람답지 못하여
원죄로 일구어 낸 업적의 현장에
그들은 늘 있었습니다.
그곳이 피비린내 나는 전쟁터건
아수라의 지옥이건…

어둠이 내리면
세상의 모든 것들이 집을 찾아 휴식에 들건만
사랑하는 아내와 하루하루 이별을 하고
인간의 탐욕이 만들어내는 영원한 전쟁터에
나섭니다.

어떤 때는
낯선 자의 날카로운 칼끝에 가슴을 꿰이고
달리는 차에 매달려 삶을 정리하기도 합니다

김복순

사람들은 그들의 죽음을 잠시만 기억하다
잊습니다.
없었던 것처럼…

쓴 쇠주 한 잔을 마시고
터덜터덜
새벽달이 이울기도 전에 귀가하는 골목
전신주 그림자가 길게 드리울 때
곤히 자는 아내와 자식의 얼굴을 보면서
때론 알 수 없는 설움이 복받쳐 울기도 합니다.

목숨을 거는 대가가 돈으로 매겨지고
하루건너 스러져가는 동료들의 부고소식보다도
서글픈 것은
툭툭 던지는 그들 아닌 자들의 혓바닥입니다
이력이 날 때도 되었건만
상처의 언저리로 남아 가장 큰 아픔입니다.

가장 더럽고, 무섭고, 누구나 하기 싫은 일이 있는 곳엔,
언제나처럼 그들이 있습니다.
세상이 그들을 버려도 결코 버림을 말하지 않는 그들을
우리는 '형사'라고 부릅니다.

그들은

거창하게 삶을 포장할 줄도 모르고

천년을 이어지는 진리도 모릅니다.

그냥 "내가 있어 그나마 지금보다 더 나빠지진 않을 것"이란

사실만 압니다.

아니 그리만 알려고 노력합니다.

단순함이 더러는 그들을 다시 일으키는 원동력이기도 하기 때문입니다.

우리는 그들을

어둠을 쫓는 하얀 그림자라고 말합니다.

그들의 이름은

'형사'입니다.

고천암 방조제 자전거길_김옥열

문화경찰로의 변신을 기대하며

김송심 전직 경우

해방의 감격과 함께 태어나 제 72주년을 맞이한 대한민국 국립경찰은, 지난날 건국 초기의 혼돈, 분단의 아픔과 전쟁, 그리고 고도의 산업사회로 발전해온 긴 역정 속에서 그 시절마다, 국가와 사회가 요구하는 경찰상이 이름 지어져 오늘에 이르렀으며, 이러한 격동의 역사 속에서 경찰의 위상은 국가 목적적인 치안에 치중해 옴으로 인해, 갖은 궂은일들의 뒤치다꺼리를 담당해야 했던 시절들이 있었음을 부인할 수 없다.

그러나 21세기를 한참이나 지나고 있는 이 시점에, 세계가 보다 나은 삶의 질을 높이기 위해 각축을 벌이고 있는 급변하는 글로벌시대를 맞이하여, 경찰도 여기에 걸맞은 경찰상의 변화가 절실히 요구되는 시점에 와 있다.

이에 우리가 지향해 나가야 할 경찰상은 어떤 것일까?
이는 바로 문화경찰로의 변신인 것이다.

경찰은 이제 그 본연의 의무가 요구하는 "국가안위와 국민의 생명, 재산을 보호하기 위해서" 일로매진해야만 했던 사명감 때문에, 딱정벌레의 등껍질처럼 굳어져 있었던 과거에서 과감히 털고 새로운 모습으로 태어나야 한다.

카프카의 『변신』 속의 주인공 그레고르 잠자처럼 어느 날 갑자기 벌레로 변신했으나 가냘프고도 애절한 바이올린 소리에 인간의 몸으로 다시 환생을 꿈꾸었던 것처럼, 이제 경찰은 문화경찰로 이미지를 바꾸어 나가야한다.

이것은 한 경찰서장 훈화의 어구가 좀 부드러워지는 것만으로는 안 된다. 조직원 모두의 의식 하나하나에 시와 철학, 그리고 음악이 흘러 들어가 배어나와야 한다.

그러나 경찰은 여전히 경찰이기에 악당의 손목에 수갑을 채우려면 응당 강해야 한다. '강하면서도 부드러움' 그래서 아리스토텔레스의 말처럼 중용의 정신이 필요한 것이다. 이 '中庸之道'야말로 절대적으로 문화경찰로 나아가는데 중요한 과제 중의 하나인 것이다.

지난 80년대 연일 이어지는 시위대의 출현으로 온 나라가 혼돈 속에 빠지곤 할 때 을지문덕 장군이 입다 버렸음직한 대나무 갑옷을 입고 방석모, 플라스틱 방패로 무장한 채 시위대가 출몰하는 현장마다 쫓으며

김종섭

막아서야 했던 황막한 시절에, 지친 경찰들의 마음에 음악을 들려주고, 아울러 시민에게 음악연주를 통해 가까이 다가서기 위해 부산경찰악대 창설을 기획하고 탄생시킨 바 있으며, 90년대 초에는 '어린이 방범교실' 영화를 제작, 부산시내 전 초등학교를 순회하면서 상영하여 어린이들과 시민들에게 큰 반향을 불러일으킨 바 있다.

아마 이런 과거의 노력들이 문화경찰의 효시가 아니었나 회상하면서, 오늘에 되새겨 볼 필요가 있다고 생각한다.

지난해 72주년 경찰의 날을 맞아 경찰서 기념식에 참석한 바 있다. 행사장은 종래의 단상을 향한 일률적인 좌석(의자)배열이 아닌, 넓은 강당 안에 라운드 테이블이 배치되어 있고, 각 테이블마다 직원들과 초청 인사들이 함께 자연스럽게 둘러앉아, 다과를 나누며 행사를 지켜볼 수 있도록 준비돼있었다.

행사는 1~2부로 나뉘어 '제1부'는 의례적인 기념행사였고, '제2부'는 축하 음악회로 진행되었는데, 서두에 특별 출연한 김성완 경우회원의 흥미진진한 마술연기가 분위기를 고조시켰고 초청 성악가의 '축배의 노래'에 이어서 직원들의 재능이 돋보이는 다양한 노래 솜씨가 환호 속에 이어졌다. 마지막 정창옥 서장이 기타 연주를 겸한 독창 '그저 바라볼 수만 있어도'를 부를 때 참석자들은 뜨거운 갈채를 보냈다.

이렇게 서부서의 경찰의 날 행사는 초청받은 협력단체원들과 직원들이 함께 화기애애한 잔치로 치러졌다.

10여 일후 저녁 부산경찰청에서는 시청 대강당에서 경찰의 날 기념 협력단체와 함께하는 '국립경찰 교향악단 초청 연주회'가 개최된 바 있다. 낙엽지는 스산한 늦가을 밤에 장엄하고 격조높은 관현악의 선율은 600여 참석자들에게 깊은 감동을 안겨 줬으며, 민·경이 같이하는 어울림의 뜻깊은 장이 되기도 했다.

이런 모습들이 조직문화의 새로운 패러다임을 던진 획기적인 문화경찰의 출발이라 여겨지며, 앞으로 기획 단위에서 문화경찰을 향한 심도 있는 연구노력으로 더욱 확대 발전시켜 나가기를 기대해 마지않는다.

이제 세월이 좀 더 흐르면 문화경찰로의 변신을 주창해온 노장의 목소리는 희미하지만 오래도록 기억되고, 황량한 시공 속에 길이 남아 아름다운 꽃을 피우리라.

그날의 기억을 우리 어찌 잊으랴!
―동의대사태 29주기 추도식 참배기

5·3 동의대 사태 순국경찰관 29주기 추도식이 지난 5월 3일 부산지방 경찰청 주관으로 대전 국립현충원 경찰묘역에서 거행되었다, 여기에 김 경열 시 경우회 이사님과 본인이 특별 초청되어 다녀온 바 있다.

김 이사님은 동의대 사태 당시 작전에 중대장으로 직접 참여한 지휘 관으로, 본인은 추모시 낭송으로 초청받은 것이다. 참석 인원은 지방청 제1부장, 경무과장, 본청복지과장을 비롯한 동료 직원(참전 동료, 현직 후배) 125명, 유가족 40명 등 210명이 아침 07시 정각, 지방청 정문 앞 에서 관광버스 5대에 분승하여 출발, 10시 40분경 대전현충원에 도착 했다.

추도식장은 경찰묘역 상단부에 위치한 잔디밭 광장에 연단을 설치, 제단을 마련했고 제단 중앙 전면에 일곱 순국 경찰관들의 영정이 나란 히 세워져 슬픈듯한 표정으로 추모객을 맞이했다.

추도식은 경찰대 악대 주악에 맞추어 개식사, 국민의례, 조총, 묵념, 헌화분향, 경과보고, 식사(1부장), 추도사(유족대표), 추도시 낭송(김송 심), 추도곡 등의 순으로 진행되었고 식후 묘역을 참배함으로서 행사를 모두 마쳤다.

이후 현지에서 오찬간담을 실시한 후 13시경 현충원을 출발하여 17시경 지방청 앞에 도착하여 각각 귀가했다.

귀로의 감회는 왜 그리 무거웠든지……

국법질서를 수호하다가 뜨거운 화염속에 숨겨간 그들의 한은 누가 풀어줄 것이며 굴절된 역사적 진실은 과연 누가 바로잡을 것인가? 급변하는 정세와 함께 세인의 기억들 속에서 점차 잊혀 가는 현실이 안타깝기 그지없었다.

여기에 현충원에서 낭송한 추모사를 실어 그날의 기억들을 되새기는 계기로 삼고자 한다.

추모의 글

오월 삼일 가야골에
새벽 정적을 깨우는 소리
"피납 대원 구출하라"

긴급명령을 받은 대원들
교문 안 가파른 경사길을
단숨에 달려갔네

거기 아직 미명의 시야에

유령처럼 닥아서는 도서관 건물 칠 층
다섯 동료 억류 돼 있는 그곳

지체없이 구출 작전 시도했지만
굳게 잠긴 철문들과 겹겹이 쌓인 장애물들
난공의 장벽이었네

그러나 동료구출 일념으로 진입한 농성장엔
이미 그들 피납대원 이끌고 옥상으로 도피하고
텅빈 공간만이 기다리고 있었는데

인화 액체 뿌려진 그곳 바닥위에
그들이 투척한 화염병 불씨
순식간에 불바다 이뤘으니

그 밀폐된 공간 뜨거운 화염 속에
젊음의 요람기 미쳐 펴 보지도 못한채
산화한 꽃다운 일곱 천사들….

우리 모두 님들의 희생 헛되지 않게
자유 민주수호 민생 안정의 첨병으로서
국가 소명 완수에 전진해 나가리다

그대들 떠난지 어느덧 스무 해
해마다 한 맺힌 설움 다시 도져
핏빛 장미 울음 터뜨릴 무렵 오월이 오면

현충원 찾아 추모제단 마련하곤 했지만
그 어떤 애절한 추념사 진혼곡인들
님들의 고혼을 어찌 달랠 수 있었으리까

이제사 님들의 殺身護國 정신 기리고자
여기 본향의 뜨락에 추모상 세우노니
故 일곱 순국 경우들이여!

부디 고이 영면하소서

고개

김재민 순경(해남경찰서 북평파출소)

벼야
봄에 너의 푸른 옷을 보니
내 마음도 푸르러라
너의 살랑이는 결을 보니
내 마음도 살랑이더라

벼야
여름에 비를 맞아도
꼿꼿한 너를 보니
나 또한 꼿꼿하겠다
마음 먹는다

벼야
그 도도한 자태는 어디가고
가을이 오니 벌써

고개를 숙였구나
이제보니 모진 바람에
꺽인게 아닌
그저 너를 낮춘것에 불과했구나

벼야
너를 보면 참 배울게 많더라
나의 인생 또한 너를 닮고 싶어
힘들지만 버티고 버텨
나또한 완숙을 이루리라

서봉정루트

김정남 전직 경우

땀내나는 옷깃속에
대나무 숲을 헤쳐오면
남동쪽에서 불어오는
서리풀 향수
서봉정에서 마루갓 앉아
서리풀을 굳게 수호하는
서초경찰서,

상서러움이 불끈
솟아나서
몽마르뜨공원 길을
휘감아 돌아
연못가에 이르러 쉼표
찍고,

죽순내음 실껏 들이켜

명당 기운을 뿜어내는

서봉정루트

서리풀 주민에게 가만히 가만히 스며들어.

울돌목 야경_김광석

계절이 주는 행복

문석현 순경(해남경찰서 읍내지구대)

지저귀는 새소리와 살랑살랑 불어오는 바람 소리
내게 날아오는 꽃잎 한 장 그윽하게 풍기는 꽃내음
계절이 주는 첫 번째 행복

계곡에서 들려오는 졸 졸 졸 물길 소리 푸른 물길 따라 이동하는 물
고기들
계곡으로 뛰어가는 아이들과 물놀이 하는 친구들
흐르는 물에 발을 담가 그늘에서 먹는 닭백숙과 수박 한 통
계절이 주는 두 번째 행복

제법 쌀쌀해진 바람과 어느새 농익은 낙엽
실바람에 나풀거리며 무수히 떨어진 낙엽에 발을 딛는 순간
사각사각 붉게 물든 산책길 낙엽 소리에 또 한번 귀를 귀울인다
계절이 주는 세 번째 행복

호~ 하는 순간 생기는 하얀 입김 하늘에서 내리는 하얀 결정체
하얗게 덮인 세상에 한 걸음 한 걸음 뽀드득 뽀드득 기분 좋은 소리

추운 날 입김 불며 먹는 고구마와 붕어빵 어묵 국물에 몸을 녹인다
계절이 주는 마지막 행복

문석현

실종자 수색을 하며

박경순 총경[*]

조금만 더 기다리지
하늘엔 우리 헬기가 찾고
바다엔 함정이 전속 항해
달려갔는데

4미터가 넘는
파도 가로질러
수십 마일 찾아간
바다 위

안타까운 목숨
지키지 못해
가슴만 먹먹한
실종자 수색의 나날

조금만 더 버티지

당신 기다리는

아내, 자식들 버리고

가버린 바다엔

멍처럼

파란

하늘만 보였다

*인천 출생. 인하대학교 행정학 박사. 울진해양경찰서장·평택해양경찰서장 역임. 1991년《시와
의식》으로 등단. 제24회 인천문학상. 《한국수필》신인상. 현재 인천문인협회 부회장. 내항문학
회원. 한서대학 해양경찰학과 교수. 시집『그 바다에 가면』등 5권. 산문집『1호 여성 해양경찰의
행복한 도전』

함장이 되고 싶다

풍랑경보에도
바다 한가운데서
카랑카랑
"키 오른편 25도" 외치는
함장이 되고 싶다

괭이갈매기 알을 품듯
동트는 동해바다
저 푸른 독도를 내내 지키고 싶다

모든 승조원 마음
하나나 풀어
오직 한 가닥으로 만나고 싶다

이름만 들어도
울컥 가슴 메이는,
눈부셔

참 쳐다볼 수 없는,
독도

꿈에도 남들이 넘보지 못하게
함장이 되어
꼭
지키고 싶다

승전보 울리며
부두에
나비처럼 사뿐히
접안할 줄 아는
그런 함장이 되고 싶다

박경순

화원반도와 구등대_신원선

경찰관의 청렴淸廉과 인성人性

박병두*

경찰관은 누구보다도 청렴해야 하며 그 인성이 맑고 깨끗해야 한다. 경찰관은 일반인과 달리, 그 하는 일이 막중하다. 공권력公權力의 상징이 경찰이다. 그러므로 그 힘을 사용할 때는 물욕이 없어야 할 뿐 아니라 사심私心도 있어서는 아니 된다.

만일 경찰관이 공권력을 행사할 때에 물욕이 있다면 치한癡漢과 다를 바 없으며, 사심이 있다면 공권력 행사가 아니라 사권력私權力 행사가 된다. 이래서는 나라를 위하고 국민을 위하는 경찰이 되지 못하는 것이다.

'황금을 보기를 돌같이 하라'는 옛날 최영장군의 말씀이 있다. 오래 전부터 내려오는 말씀이지만 오늘날 우리는 다시 한번 되새겨 봐야 할 말씀이다. 고리타분하다 할지 모르겠으나 오늘날의 공직자, 특히 경찰

---

*1964년 전남 해남출생, 한신대 문예창작학과, 아주대 국문학과, 원광대에서 박사. 85년 방송 극본 《행려자》를 쓰면서 작품활동 시작. 《월간문학》, 《현대시학》, 《열린시학》을 통해 문단에 나왔다. 작품집으로 산문집 『흔들려도, 당신은 꽃』, 시집 『해남 가는 길』, 장편소설 『그림자밟기』, 시나리오 선집 『땅끝에서 바람을 만났다』, 공저 『해남, 땅끝에 가고 싶다』 등 다수가 있으며, 고산(孤山)문학상, 이육사문학상, 전태일문학상, 이동주문학상, 김달진문학상 등을 수상했다. 현재 땅끝, 인송문학촌 토문재에서 살고 있다.

관들에게는 음미해볼 상황인 것 같다. 황금이라는 단어는 현금에는 좀 서먹한 단어라, 바꿔서 표현하면 지폐라고 해야 하겠다. 그러니까, 표현을 바꾸면, '지폐를 보기를 종이 같이 하라'면 걸맞는 것일까.

황금이나 지폐나 인간의 물욕을 자극하는 것이다. 세상을 살아가는데 왜 황금이나 지폐가 필요하지 않을까? 그러나 경찰관은 특히 일반인과 다르기 때문에 항상 자기 푼수를 지키고, 자기의 영역을 벗어나는 마음을 가져서는 아니 된다. 물욕을 가져서는 아니 된다. 인간이 자기 푼수를 벗어나 물욕에 젖게 되면 범법犯法을 하기가 십상이다. 그러면 범법자가 되는 것은 당연한 일이다. 이러한 일반인과 마찬가지로 경찰관이 물욕에 어두워지면 어떻게 될 것인가? 법을 따르고 집행해야 할 신분이 망각되어지는 것이니까, 있어서는 아니 될 것이다.

따라서 인성人性 역시 항상 도道를 닦듯 마음의 평정을 유지해야 되며, 맑고 깨끗한 품성을 지녀야 한다. 모든 행동은 마음에서 나오므로 마음이 우선 깨끗해야 한다. 맑고 깨끗한 공권력 행사가 있을 때 비로소 나라가 올바르게 서고, 국민이 나라를 믿게 되고, 평안히 살게 되는 것은 당연지사이다. 본인은 직무에 충실한 경찰관이 되는 동시에 그것은 애국愛國이요, 애민愛民이 되는 것이다. 세상에 사람으로서 이처럼 보람이 있는 일이 어디에 있을까? 그러므로 경찰관은 항상 누구보다 다른 긍지矜持와 자긍심自矜心을 가져야 함은 물론이다.

명심보감明心寶鑑에 있는 말씀을 한번 음미해 보자.

'사람이 떳떳한 도리를 지킴에는 오직 지성至誠이 있을 뿐이로되, 사특함이 있음으로 말미암아 나쁜 욕망이 일고 나쁜 감정이 인다'

일반인에게 주고 권고하는 말이지만, 이 말은 우리 경찰관에게 더욱 요긴한 말이라는 생각이다. 전혀 사특邪慝함이 없어야 하는 것이다.

근래에 들어 정부에서는 공무원 사회에 부정과 비리가 만연하다고 판단하고 단죄斷罪의 칼을 뽑아 들었다. 신문과 방송에서 보도한 내용을 보면, 일부 행정 부서에서 관계 업자들과 짜고 일을 처리하고, 유흥을 대접받기도 했다고 한다. 이는 물욕이 바닥에 깔려 있고 사특함이 마음에 도사리고 있기 때문이다. 이것은 공정성을 저해하는 일일 뿐 아니라, 그렇게 처리한 일들이 좋은 방향으로 이뤄질 리가 없는 것이다. 나라를 위하고 국민을 위한다면 그렇게 비도덕적인 행위를 할 수가 있을까.

'풀이 싹이 돋듯, 물이 새어 들듯, 욕慾과 정情을 떡잎부터 누르지 않으면, 도끼질이 괴로울 것이며, 개미구멍 틈새부터 막지 않으면, 홍수의 파도가 넘실거리리.'

명심보감에서 다시 시사하는 말씀이다. 초기에 자신의 사악한 마음을 다스리지 못하면 마치 홍수가 밀려들듯 그 죄악은 범람하게 된다고 했다. 대개의 범죄자들은 작은 죄부터 시작하여 큰 죄로 발전하는 것을 우리는 흔히 보게 된다. 그러므로 우리 경찰관은 도를 닦는 마음을 항상 유지해야 할 것이다.

꽤 오래된 사건이다. 이미 매스컴을 통해 세상에 알려진 일이므로 여기서 잠시 생각해 보는 예로 들어보자.

늦은 밤. 고급 승용차 한 대가 가드레일을 드려 받으며 도로를 뛰쳐나가 아래로 굴렀다. 음주운전을 하였는지 그것은 알려지지 않은 사고였다. 마침, 지나가는 순찰차가 이 광경을 보고 멈춰 섰고, 경찰관은 아래로 내려가 찌그러진 승용차 안을 살펴봤다. 차 주인은 중년의 신사였는데, 이미 숨이 끊어져 있었다. '어떻게 할까?' 잠시 궁리를 하던 경찰관의 눈에 손지갑 하나가 죽은 신사의 코앞에 놓여 있었다. 경찰관은 무심히 그 지갑을 주워들고 펼쳐보았다. 어쩌면 죽은 사람의 신분증이 있음을 확인하려고 그 지갑을 열어봤는지도 모를 일이었다. 그 지갑에는 1억원짜리 수표가 여러 장 들어 있었다. 지갑의 주인은 확실히 죽어 있었다. 이미 죽은 사람을 어찌 하겠는가? 역시 여기저기 돈 쓸데가 많은 가장인 중년의 경찰관은, 한 장 정도야, 하는 마음으로 수표 한 장을 꺼내 자기 주머니에 넣었다. 그리고 병원에다 앰뷸런스를 요청했고, 어렵게 알아낸 전화번호로 그 가족들에게 연락을 했다. 그리고 급히 당도한 다른 동료경찰관들과 사고의 수습을 마쳤다.

그 경찰관은 이튿날 은행에 가서 수표를 현금으로 찾아 그것을 공평하게 나눠 당시 현장에 있던 경찰관들에게 줬다. 큰일을 치러 줬는데 수고비로, 이 정도는 어떻겠느냐는 심사였는지도 모를 일이었다.

사고로 죽은 신사는 직업이 의사로서 자기가 경영하던 병원을 그날 다른 사람에게 매각하였다. 1억원짜리 수표 여러 장은 병원을 매각한 돈이었다. 그러나 병원을 매각한 직후, 의사는 자기 부인에게 얼마에 매각하였다고 전화로 알렸었다.

그 부인은 남편의 지갑에서 수표 한 장이 비는 것을 확인하고, 은행에다 조회를 의뢰하게 되었다. 모든 게 들통이 날 수밖에 없는 일이었다.

견물생심見物生心이라 할까. 도道를 닦는 심정으로 사는 사람으로서는 있을 수 없는 일이다. 더욱이 맑고 깨끗한 심성을 지닌 경찰관으로서는 결코 있어서는 안 될 일이다. 이럴 경우, 명심보감은 다시 이렇게 말씀하신다.

'철인哲人은 기미幾微를 알아 엄격히 이를 막느니라'

문학文學과 경찰관

　많은 사람들이 문학과 경찰관은 서로 이질異質적인 관계로 여긴다. 문학은 인문학 분야에 속하고, 경찰이 수행하는 법집행은 인성人性이 끼어들 수 없는 냉정한 것으로 여기기 때문이다. 그러나 자세히 살펴보면 문학과 경찰관은 서로 밀접한 관계임을 알게 될 것이다.

　문학이란 대체 무엇인가? 쉽게 말하자면 문학은 인생을 말하는 것이다. 문자로서 인생을 말하고 묘사하는 것이 문학이다. 인생이란 인간의 삶이다. 문학은 어떠한 삶이든 여러 가지 형태의 삶을 문자로서 그린다. 문학이 그리고 있는 삶에는 당연히 경찰의 삶도 포함될 것이다.

　그러면 경찰이란 무엇인가? 경찰은 일반인들의 삶을 계도啓導하는 일을 하는 사람이다. 다시 말하자면 사람들이 규칙대로 살지 않고 다른 사람을 해害하고 몰염치하면, '그렇게 살면 사람이 못 쓰는 것이다' 하고 타이르는 사람이다. 권투선수가 링 안에서 경기를 하듯, 사람은 사회라는 테두리 안에서 삶을 영위하는 것이다. 이럴 때 링 안에서 지켜야 할 규칙이 있듯, 사회 안에서 지켜야 할 법이 있다. 링 안에서 규칙을 어기면 심판이 경기를 하는 선수를 제재하고, 사회의 틀 안에서는 경기를 하듯 삶을 영위하는 사람들을 제재하는 이들이 바로 경찰이다.

　사람의 삶 속에서 문학이 잉태되고 산출되듯, 경찰관 역시 삶 속에서 그 일을 하게 된다. 작가는 문자로 시도 쓰고 소설도 쓰고, 경찰관은 문자로서 죄를 지은 사람의 죄상罪狀을 기록한다.

아주 오래전에 시를 공부하는 선배 한 분이 경찰에 들어와 꽤 많은 활약을 하였다. 그는 범죄자를 앞에다 앉혀 놓고, 죄를 따지고 추궁하기에 앞서, 우선 시 한 구절을 들려주었다.

"바늘에 꼬여 두를까 부다. 꽃다님 보다도 아름다운 빛/클레오파트라의 피 먹은 냥 붉게 타오르는 고운 입술이다/숨어라! 배암/우리 순네는 스물난 색시. 고양이같이 고운 입술/숨어라! 배암…"

선배는 서정주徐廷柱 시인의 시 「화사花蛇」를 읊었는데, 그 범죄자는 그것을 알 리가 없었다. 그저 얄궂은 얼굴을 하며 고개만 갸웃거렸다. 그는 땅꾼으로서 산에다 그물을 쳐놓고 뱀을 싹쓸이로 잡아버렸다. 시는커녕 제 이름 석 자나 겨우 쓰는 사람에게 경찰관이 시를 읽었으니, 어찌 보면 웃기는 일이요, 또 다른 편에서 보면, 멋진 일일 수도 있다.

선배는 그에게 말해주었다.

"아침에 물을 마시러 산에서 내려온 뱀을 그물에다 쓸어 넣어 탕을 끓이는 짓거리는 어때요? 잘한 일인가요?"

선배는 그에게 시의 뜻을 차근차근 풀이해 주면서 피의자의 의중을 실토하게 만들었다. 그리고 결국은 그에게 잘못했다는 말을 하게 만들었다. 그래서 동료들에게는 유별난 동료이면서 선배로 통하게 되었다. 안타까운 것은 그 선배는 유능한 형사는 되었지만 그리 각광 받은 시인은 되지 못했다는 것이었다. 하지만 시인으로 성공하지 않으면 또 어떠하랴. 감성感性을 중요시한 그가 문학이 지니고 있는 인仁과 덕德으로 범죄를 해결한 것이 더 중요하지 않을까?

주위를 둘러보면, 상당수의 경찰관들이 경찰 업무 수행을 위해 법전을 중심으로 법을 많이 공부하고 있다. 좋은 일이다. 그러나 알게 모르게 틈틈이 문학 공부를 하는 이들을 종종 보게 된다. 그리고 그 공부가 성공하여 소설가로, 시인으로, 여러 편의 영화를 탄생시킨 시나리오 작가로 활동하는 이들도 있다. 그리고 이들의 경찰 생활은 극히 모범적이라고 평가받고 있다. 앞에서 예를 들었던 시 쓰는 선배처럼 모두가 유능한 경찰관이었고, 꽤 괜찮은 문학인이었다.

나의 동기 중에는 추리소설을 쓰고 싶다고 가끔 내게 찾아왔던 경찰관이 있었다. 당시에 그는 수사과에 재직하고 있었다. 추리소설을 공부하려고 수사과에 지원하였는지, 수사를 잘하려고 추리소설을 공부하는지는 알 수는 없었지만 내가 이것저것 알려준 대로 추리소설을 공부하면서 그는 업무에 큰 도움도 되었고, 많은 사건들을 해결하는 데 일조를 한 것이다.

문학은 예술의 한 영역으로서 사람이 지닐 수 있는 또 다른 낭만이요, 멋일 수가 있다. 경찰관 역시 이러한 문학을 가까이하는 것이 바람직할 것 같다. 업무에도, 또 일상에 도움이 되는 소중한 시간을 보내는 것이니까.

그대는 지금 어디있는가

어김없이 오늘도
해가 떠올라
젖고 어두웠던 땅을 데우고 있다.
밝히고 있다.

지친 몸으로 어제 집으로 돌아갔던 사람들은
저 햇살 아래
새와 나무와 바람
아이들의 재잘거림과 이웃의 웃음 속으로 나와
새로운 날을 맞고 있다.

국밥을 끓이는 식당과
한 잔의 술이 기다리고 있는 술집은
또다시 하루를 맞고
동장군이 오고가는 거리에는
푸른 아이들이 입김을 날리며
내일 무엇이 될 것인지

이야기하고 있다.

그대의 동료들 또한
어제와 다름없는 정복을 입고
안전과 질서, 평온과 안돈을 위하여
묵묵히 자리를 지키고 있다.

그런데 그 속에 그대는 없다.
어제만 해도 사무실의 컴퓨터처럼
길 위의 순찰차처럼 자리를 지키고 있던
그대는 지금 없다.
앞으로도 그대는 나타나지 않을 것이라는
까만 소식이, 그 비보가
밤의 어둠을 뚫고 들려왔다.

그대는 지금 어디에 있는가?
임무를 마친 뒤
꽁꽁 언 손을 후후 불며 돌아와야 했을
그대는 지금 어디에 있는가?
아내와 아이들이 기다리고 있는
따스한 방으로 돌아와야 했을 그대는 왜
아직도 귀가하지 않고 있는가?

우리는 알고 있다.
직무수행을 위해 그대가 오목천을 향해
떠나던 때에도 칼바람이 불었던 것을.
우리는 또 알고 있다.
그 며칠 전부터 매서운 한파가 이 지상에
엄습했다는 것을.
그대가 마지막으로 서 있던 도로 위에도 필시
날 선 바람이 불었다는 것을.

그런데도 우리는 손난로 하나 마련해 주지 못했었네.
보온병에 따스한 커피 한 잔 담아주지도 못했었네.
다만, 잘 다녀오라고, 무사히 다녀오라고, 수고하라고
평상시의 인사만 몇 마디 던져주었을 뿐이었네.

어둠과 날 선 바람이 부는 곳
그곳이 우리의 일터였지만
그것을 탓하지는 않았었다.
사람이 사는 곳이라면 어디든
우리는 가야 했고
사람이 있는 곳이라면 어디든
우리의 일터였으니까.

밤하늘에 퍼져나갔을 그대의 비명
그대의 아픔이
이제 남은 이들의 가슴을 후비고 있다.
그대를 지켜주지 못한 회한이
지금 이 지상을 떠돌고 있다.
어제와 다름없이 되풀이되는 일상 속에
그대의 아픔이 아로새겨지고 있다.

하지만 우리는
아직 여기 남아 있는 그대의 메아리
그대가 이루지 못한 몇 가지 꿈들
그리고 몇 가지 사연을
이제 그대의 머리맡에 뉘여야 한다.
비통을 참으며
그대를 보내야 한다.
이 추운 날 그대가 사랑하던 사람들 곁에서
그대를 멀리 보내야 한다.

입술 터지는 바람 속에서
그대의 체온이 아직 남아 있는 이곳에서
그러나 우리는 그대를 영영 보내지는 않을 것이다.
잊을 수 없는 추억들

살아 있는 동안 나누었던 이야기들을
그대와 함께 떠나보낼 수는 없다.

저 낯선 기운이 그대를 앗아갔지만
밑도 끝도 없는 무서운 바람이 그대를
우리들 곁에서 떼어 놓았지만
살아 있던 날들의 따스한 기억들과
아직도 그대를 기다리고 있는
사람들 속으로 그대는 다시 돌아오리라.
다시 이 지상 이 사람들 곁에 머물면서
그대 또한 환히 웃고 있으리라.

犬찰, 警찰, 敬찰

박화진 전직 경우

반려동물을 키우는 것이 대세입니다. 천만 인구가 반려동물인 개, 고양이 같은 동물과 더불어 살아갑니다. 그중 개가 으뜸입니다. 그 옛날 맹수의 한 종인 늑대가 인간에게 길들여지며 지금의 개가 되었다고 합니다. 개는 맹수로부터 인간과 가축을 지켜주는 역할을 하면서 인간의 가장 친근한 동물 중 하나가 되었습니다. 주인을 떠난 개가 천리 길을 찾아왔다는 얘기가 회자되는가 하면 물에 빠진 주인을 구한 개의 미담은 새로울 게 없을 정도로 인간 생활에 개는 일상이 된 것 같습니다. 죽어서까지 인간에게 이롭게 하는 보신탕에 대해서는 숙연해질 따름입니다.

그런 개의 애틋한 희생에도 불구하고 개에 대해서 함부로 말을 하는 것이 인간들입니다. 인간의 대표적인 쌍스러운 육두문자에 '개새끼'라는 표현이 있습니다.

실제 강아지들이 얼마나 귀엽고 앙증맞은지 잘 알면서도 그 어리고 여린 강아지를 개의 아들이라는 이유로 욕의 대명사로 변질되어 있습니다. 영어로도 'son of bitch'라는 표현이 있는 걸 보면 동서양 구분 없이 공통적으로 무고하게 개 식구들을 욕에다 가져다 붙입니다. 개 입장에서는 참으로 어처구니없는 인간들의 처사입니다. 개로서는 하는 역할만큼 대접받지 못하는 것이 확실합니다.

상갓집에 그 많은 사람이 들락거림에도 누구 하나 제대로 밥을 챙겨주지 않았기에 상갓집 개喪家之狗라는 표현이 있을 것입니다. 하고자 하는 일의 의미나 역할의 중요성에도 불구하고 제대로 대접받지 못하여 이 나라 저 나라로 돌아다닌 공자의 모습을 상갓집 개 같다고 했습니다.

개를 부려먹고도 제대로 취급하지 않은 것은 고대 이래로 인간들의 행태인 모양입니다. 요즘에는 동물보호법이 제정되고 애완동물이 아닌 반려동물이라는 명칭을 사용할 만큼 견권신장이 인권신장보다 빠른 추세인 것 같습니다.

웬만한 반려견은 아이들 한 명 키우는 것만큼 비용이 든다고 합니다. 개 마사지, 개 보약 등 인간보다 더 대접받고 사는 개들이 늘어나고 있어 개같이 취급한다는 말이 틀린 말이 될 수 있게 되었습니다.

일부에서 경찰을 비하하여 경계할 경警자를 개 견犬자로 바꿔서 '견찰犬察'이라고 합니다. 옳지 못한 위정자들에게 마치 개처럼 충실하게 말을 잘 듣는다는 부정적인 표현의 극치입니다.

경찰로서는 자존심 상하는 직업비하 단어입니다. 그럼에도 경찰의 대우를 따져보면 공자가 자신이 하는 역할 만큼 제대로 대접받지 못해 상갓집 개 같다고 인정했듯이 경찰도 상갓집 개 정도 대접 받고 있는 것은 아닌가 하는 생각이 듭니다.

몇백 명도 되지 않은 정부 부처가 장관급인데 반해 10만 명 이상의 대규모 조직임에도 경찰청장은 차관급입니다. 직업군인만 따지면 육·

해·공군보다 많은 인원이지만 군의 4성 장군이 장관급임을 감안하면 경찰청장의 직급은 어처구니없는 직급이 아닐 수 없습니다.

수장이 차관급이니 조직의 위상 자체가 정부 부처보다 늘 한 직급 낮아 각종 회의에서도 하는 역할에 비해 의사결정에 관여할 수 있는 일이 제한됩니다. 국무회의에 참석하지 못하는 것이 대표적인 예입니다.

대통령 경호업무 현장 배치 인력은 대부분이 경찰이 수행함에도 경호실의 지휘와 통제를 받고 일개 경호관이 경찰 지휘관을 이리오라 저리가라 마음대로 휘두르고 현장 경찰지휘관들은 그들의 요구와 입맛을 맞추기 위해 쩔쩔매곤 했습니다.

물론 지금은 많이 변했습니다. 90% 이상의 수사를 경찰이 하고 있음에도 검찰의 통제하에 이루어져 독자적인 수사 활동에 큰 제약을 받고 있습니다.

쇠파이프, 돌, 화염병 폭력이 난무하는 집회현장에서 맨몸으로 맞으며 질서유지를 하는 경찰관들의 정당한 공무집행에도 과잉진압이라며 인권탄압의 원흉처럼 손가락질당하는 것은 애교 정도로 여기게 되었습니다.

학교폭력, 가정폭력 문제는 교육기관이나 사회제도적으로 처리해야 할 문제임에도 손발이 없다는 이유로 정부 각 부처에서 경찰에 손을 내밀며 경찰력을 동원합니다.

경찰 본연의 업무인가에 대한 회의와 내부 구성원의 불만에도 불구하고 국가적인 업무라며 지원을 아끼지 않는 충성심 하나로 온 몸을 던져 일을 하는데도 상응한 대우를 못 받고 있는 현실입니다. 그래서 견찰이라는 비아냥거림이 틀린 말이 아닌 것 같다는 생각이 듭니다. 인식의 변화로 경찰에 대한 처우와 복지가 많이 개선은 되고 있습니다.

아직은 만족할 수준은 아닌 것 같습니다. 군인, 소방관, 경찰관과 같은 위험 직군은 희생을 전제로 하는 업무입니다. 작은 희생이 아닌 국가와 시민을 위한 큰 희생입니다. 이들의 희생을 고귀하게 챙기고 대우해 주는 나라가 선진국입니다.

인간을 위해 희생과 도움을 주는 개에 대해 럭셔리한 반려동물의 반열에 올리고 있는 추세입니다. 하물며 견찰이라고 비하될 정도의 대우를 받는 경찰에 대해서 제대로 대우해야 하는 것은 당연한 일입니다.

그래야 고난에도 불구하고 사회와 국가를 위해 제대로 된 희생을 할 것입니다. 개 취급당하는 견犬찰에서 경계를 잘하는 경뾑찰, 나아가 시민이 공경하고 사랑하는 경敬찰이 될 때 진정한 선진국이 될 것이라고 생각합니다.

바닷가 해루질 안전수칙 꼭 지키기

변상옥 전직 경우

직장 생활을 하는 모든 사람들이 기다리는 여름 피서철은 바다를 지키는 해양경찰 파출소 직원들에게는 가장 긴장되는 하루하루의 연속이다.

7월과 8월 해수욕장을 찾는 해수욕객의 안전관리도 중요하지만 최근 이슈로 떠오른 해루질객의 안전관리는 물때만 맞으면 낮과 밤을 가리지 않기에 파출소 직원들을 더 긴장하게 한다. 주말 사리 기간에는 더욱더 그렇다.(사리: 물이 제일 많이 빠지고 들어오는 기간)

오늘은 오랜만에 비도 그치고 바다도 잔잔해 아무 사고 없이 지나간 것에 감사하며 여유롭게 달달한 밀크커피 한 모금을 마시려는 순간 경비전화가 울렸다.

불길한 예감에 전화를 받으니 아니나 다를까?

상황실에서 온 신고 전화였다

상황실: "상황 발생. 상황 발생" "해루질객이 모래톱에 고립되었다는 상황임. 신속히 대응 바람."

해루질객이 모래톱에 고립되었다는 전화였다.

신고를 접수한 우리 파출소는 연안구조정을 현장에 급파하는 한편 육상순찰팀을 현장으로 이동시켰다. 혹시나 싶어 전동 서프보드를 순찰차에 싣고 가라는 지시도 내렸다. 이어 파출소에서는 만일의 사태에 대비해 민간자율구조대에 협조를 요청하고 신고자에게 전화를 걸어 현장 위치와 상황 파악에 집중했다.

파출소: "여기 파출소입니다. 신고하신 분 맞으시죠. 현재 어떤 상황 입니까?"

신고자: "네 여기 석문방조제 25번과 26번 사이인데요. 모래톱에 한 분이 아직 못 나오셨나 봐요. 빨리 와 주세요."

파출소: "네 알겠습니다. 지금 연안구조정이 출동했고요, 육상으로 도 구조팀이 이동 중입니다. 전화 끊지 마시고 특이 사항 있 으면 알려주세요."

한편 파출소에서는 물때를 확인하고 V-PASS 전자해도를 통해 사고 현장 인근 해상에서 조업 중인 어선을 긴급 섭외했다.

현재 시간이 오후 11시 30분 간조 1시간이 지났으니 밀물 때면 성구미 선착장 쪽으로 밀릴 수도 있어 만일의 사태에 대비해 민간자율구조선을 성구미 선착장 쪽으로 이동하라는 지시도 내렸다.

다행히 장맛비도 그치고 파도도 잔잔해 모래톱 주변에 부이를 잡고 기다리기만 하면 위험 상황은 벗어날 수 있을 텐데 출동을 하면서 부이를 잡고 가만히 있어 주기만을 기도했다.

파출소에서는 여기저기 전화 통화 소리로 시끌벅적한 가운데 현장으로 이동한 팀들의 소식을 기다리는 몇 분이 시간이 몇 시간처럼 길게 느껴졌다. 초조한 10여 분의 시간이 지났을 무렵 육상순찰팀 임경위에게 무선통신망으로 연락이 왔다.

육상팀: "육상순찰팀 임경위 등 3명 방조제 도착. 고립자 확인했음"
파출소: "현재 상황 보고하라"
육상팀: "현재 고립자는 방조제 25번과 26번 사이 50미터 해상에서 방조제쪽으로 이동 중이며 현재 가슴 부위까지 물이 차오르고 있는 상태입니다. 최대한 접근해서 확인 후 보고드리겠습니다."
파출소: "수신 완료 육상순찰팀은 안전에 최대 유의하고 만일의 사태에 대비해 전동 서브 보드를 가지고 이동할 것 이상"
육상순찰팀: "수신 완료"

잠시 후 육상순찰팀이 현장 상황을 전해왔다.

"고립자는 어깨까지 물이 차오른 상태이며 육상으로 이동 중 너무 많은 힘을 소모했는지 움직임이 없는 상태입니다."
"전동 서프보드를 이용해 구조에 임하겠습니다."

강경사 등 2명이 전동 서프보드를 타고 고립자가 있는 해상까지 이동 후 도착과 동시에 한순간의 주저함도 없이 바다에 뛰어들었다.

강경사: "평택해양경찰서 경찰관입니다." "이제 안심하셔도 됩니다."
　　　　"혹시 다치시거나 불편한 곳이 있으십니까?"
고립자: "아니요 괜찮습니다."
강경사: "지금부터 서프보드를 이용해 선생님을 구조할 예정입니다."
　　　　"저희 말에 잘 따르셔야 합니다." "손에 들고 있는 도구나
　　　　해산물은 바다에 버려 주시고 서프보드를 꼭 잡으세요."

강경사는 고립자를 밀어 전동 서프보드 위로 올리려 했지만, 정신이 없는지 몇 번이고 서프보드 줄을 놓쳤다.

강경사는 미소 띤 얼굴로 고립자와 눈빛을 교환했고 고립자 손을 서프보드 줄에 다시 가져다 댔다.

고립자가 잡은 줄을 확인한 후 강경사는 바닷물 속으로 들어가 고립자의 허리를 잡고 힘껏 밀어 서프보드에 올리는 데 성공했다 그리고 천천히 육상으로 이동했다.

마지막 통신이 끊기고 파출소 내는 안개가 낀 새벽처럼 적막이 흘렀다.

그 적막 뒤편으로 3년 전 경비함정에 근무할 때 같은 장소에서 발생한 인명사고 생각이 났다.

방조제 500미터 앞 해상에서 해루질하던 사람이 바다에 빠져 성구

미항 쪽으로 500미터를 표류하다 보이지 않는다는 신고를 받고 현장으로 출동했지만 찾지 못하고 실종된 지 3일 후에 발견된 사고…

지금은 육상구조팀이 신속히 구조작업을 할 수 있도록 무전을 자재하고 믿고 기다리는 방법밖에 없었다.

10여 분이 지날 때쯤 육상순찰팀 임팀장으로부터 무전이 왔다

"파출소 여기는 육상순찰팀 고립자 구조 완료"
"파출소 여기는 육상순찰팀 고립자 구조 완료"
"파출소 여기는 육상순찰팀 고립자 구조 완료"

임팀장은 얼마나 좋은지 통신망에 큰 소리로 세 번이나 구조 완료를 외쳤다. 얼마나 기다렸던 구조 소식인가!

파출소 직원들은 너나 할 것 없이 환호성을 질렀고 난 그제야 불안했던 마음을 가라앉힐 수 있었다.

육상순찰팀 강경사는 육상에 도착해서 사고 현황을 파악하려고 구조자에게 말을 걸었으나 너무 놀랐는지 사고 장소만 처다볼 뿐 아무 말도 하지 못했다.

고립부터 구조될 때까지 10여 분의 짧은 시간이지만 지금까지 살아온 날들을 떠올렸을 것이다.

나도 경비함정에서 근무할 때 불법 중국어선 검거과정에서 생과 사를 넘나드는 순간순간 지나온 시간들을 떠올리곤 했으니…

강경사는 생수 한 컵을 조용히 건넸고 구조자는 생수를 한 모금 마시

변상욱

고 나서야 떨리는 목소리로 말을 했다.

"오후 8시 30분경 석문방조제 25번 외측 약 300미터 해상에서 해루질을 하던 중 11시경 밖으로 나오라는 안내방송을 듣고 방조제 쪽으로 이동 중 힘이 빠져 살려달라고 구조요청을 했습니다. 그 다음부터는 생각이 나지 않습니다."

9월부터 11월까지는 바닷길이 열리는 물때가 좋아 해루질객의 안전사고가 전국에서 급증하고 있다. 안전사고는 안전수칙을 지키지 않아 발생하는 사고가 대부분을 차지하고 특히 강과 달리 바다는 조류의 흐름 때문에 한순간에 물이 차올라 고립되는 사고가 종종 발생한다. 조수차가 크게는 9미터를 넘는 서해안의 경우 더욱더 위험하다.

나는 구조작업을 마치고 고생한 직원들을 위해 야식으로 치킨을 시켜주었다. 양념치킨과 후라이드치킨이 배달되어 테이블에 풀어놓고 톡 쏘는 콜라를 종이컵에 부어 건배를 외치는 순간 또다시 경비전화가 울렸다. 또 사고가 발생한 것은 아닌지 마음을 졸이며 수화기를 들었는데 조금 전에 구조된 분이셨다.

"아까는 너무 놀라 고맙다는 인사도 못 드렸네요. 바다가 좋아서 자주 찾는 편인데 사고를 당하고 보니 바다의 안전을 지키는 해양경찰 분들의 소중함을 이제야 알 것 같습니다. 정말 감사합니다."

우리는 할 일을 했을 뿐이라는 말에도 그분은 고맙다는 말을 되풀이했다.

통화를 마치고 피어나는 마음 한구석의 이 뭉클함, 이것은 무엇일까?

무더운 여름밤 인명을 구조하기 위해 자기 한 몸을 기꺼이 바다에 던지는 사나이들과의 치킨파티는 그 맹위를 떨치던 무더위도 저 바다에 날려버렸다.

꽃게와 소라가 풍성한 가을 바다 가족과 함께 해루질을 계획하고 있는 분들께 알립니다. 안전하고 즐거운 해루질을 위해 해루질 안전수칙 꼭 지켜주세요.

※ 해루질 안전수칙

하나, 갯벌 들어가기 전 물때 알림 설정

둘, 2인 이상 함께 활동

셋, 휴대폰은 방수팩에 보관하여 위험시 도움 요청

넷, 위험을 알릴 수 있는 손전등 호루라기 지참

다섯, 초보자는 구명동의 착용

여섯, 기상 불량(주의보, 해무) 시 해루질 활동 자제

일곱, 해루질 할 경우 안내방송 등 경찰관 지시에 따를 것

변상욱

초임지 동상면東上面 지서支署

안주영 전직 경우

나는 1967년 6월 10일 전북 경찰학교를 졸업했다. 첫 부임지가 완주군 동상면 동상 지서였다. 당시에 전주경찰서는 전주시와 완주군 전체가 관할구역이었다.

완주군에서 제일 오지 산골이 동상면!

경찰서 경무과에서 발령장을 받을 때 누군가 뒤에서 말했다.

귀양살이 가는 거라고?

인사계에게 물었더니 남부배차장에서 고산을 경유 금산행 버스를 타고 가다 고산 삼기리에서 하차, 대아리 저수지에서 배를 타고 가라고 일러 주었다. 나는 대아리 저수지에 이르러 뱃사공에게 뱃삯을 주면서 동상면을 가자고 했더니, 동상 지서에 발령받았느냐며 뱃삯을 받지 않았다.

한참을 걸어서 동상 지서에 도착했다. 아무도 없고 텅 빈 사무실에 전화기 한 대만 놓여 있어 무척 적적했다.

저녁때쯤 50대로 보이는 사람이 와서 자기가 나羅순경인데 식사하러 가자며 밥집을 소개해 주고 나순경은 어디론가 가버렸다. 나혼자 식사하고 지서에서 그날 밤을 보냈다.

지서에는 책 한 권, 근무일지도 없고 삐삐 전선에 연결된 수동식 전화기 한 대 외에 내가 가지고 온 경찰학교 교재만 읽을 수 있을 뿐이었다.

　며칠이 지난 어느날 그 고참 나순경님이 와서 경찰서 문서수발은 자기가 전주에 오가며 하고 소재수사는 소재지인 신월리는 자기가 하고 지서에서 먼 수만리와 사봉리 그리고 대아리는 네가 담당하라고 하며 전주지검에서 내려온 소재수사 지시서 하나를 주었다.

　처음 받아본 소재수사에 적혀있는 주소지는 동상면 수만리 학동으로 그곳을 가려면 사봉리로 가서 학동재를 넘어야 하는 곳으로 소양면 위봉 폭포 바로 아래 마을이었다. 나는 마을 이장댁을 찾아 소재수사 나왔다고 했더니 친절하게 가르쳐 주고 점심때가 되자 밥때가 되었다고 진수성찬까지 차려주었다.

　소재수사는 고참 순경이 문발을 다녀오면 어쩌다가 1~2건이였다. 나는 소재수사로 인해서 진안 운장산에서 대아리 저수지로 흐르는 골짜기에 있는 산천 마을과 동상저수지로 흐르는 수만리 골짜기 학동마을과 단지동을 주로 다녔다.

　동상면은 논이나 밭이 거의 없고 주 수입원이 감을 수확하여 곶감을 만들어 일년 농사로 생계를 유지하는 사람들로 많이 하는 집이 10동 아니면 7, 8동이 대부분이란다(1접=100개, 1동=100접). 생계가 어려울 수밖에 없는 사람들이었다.

　어느날 나는 여느 때와 같이 학동재를 넘어 수만리로 향하는데 저 밑에서 지게를 지고 오다가 나를 보더니 지게를 받쳐 놓고 가는 한 사람을 보았다. 나는 아무 생각없이 소재수사를 마치고 지서로 돌아와서 한달쯤 근무하고 있는데 산꼭대기 외딴집에 사는 아저씨가 집을 나간 후 돌아오지 않고 행방을 감추었다고. 무슨 일이 있었느냐고 이장이 와서 묻는다. 그리고 저녁 무렵 경비 전화가 왔다.

도경 대공과 김경감인데 지서장을 바꾸라고 하여 없다고 했더니 자기가 그분의 가까운 친척인데 자초지종을 이야기하며 공소시효가 지난 사건이라고 선처를 부탁하였다. 나는 고참과 상의하여 일단 지서로 오도록 했다.

다음날 아침 지서로 온 그는 우리 앞에 무릎을 꿇으며 죽을 죄를 졌다며 빌었다. 도둑이 제발에 저려 온 것이었다. 6·25 당시 그는 정읍 소성면 자위대장으로 많은 우익 인사를 죽이고 지리산으로 입산 활동하다가 이곳에 숨어 지냈다는 내용이었다. 우리는 그를 경찰서 대공과로 보내고 끝을 맺었다.

나는 일개 순경 하나가 그 산골에 왔다 가는 그 자체 하나가 얼마나 큰 영향을 주민에게 미치는지 깨달았다. 그리고 실록이 우거지는 6월 어느날 사봉리 앞산에 하나, 신월리 뒷산에 하나, 헬리콥터장을 만들라는 지시가 왔다. 주민들은 참 순진한 사람들이었다.

면사무소를 통하여 통지를 받았는지 삽, 곡갱이, 톱, 낫 등 연장을 가져와 산꼭대기에 나무를 베어내고 돌을 쌓아 평평하게 만들고 한가운데에 H 자를 만들어 헬리콥터장을 만들었다.

신월리 헬리콥터장을 다 만들고 사봉리 헬리곱터장을 만들 때 주민 중 한 명이 나에게 귀띔 해준다. 연석산 중턱쯤에 조리 절터가 있는데 그 절터에 사는 한씨가 앵속마약의 원료을 심어 놓았단다. 단속하라는 뜻이였다. 연석산은 지리산과 연접한 운장산(1,126m)아래 봉우리(928m)이다.

그런데 신기하게도 그 다음날 완주군 보건소에서 왔다는 강주사가 나를 찾아와 앵속 이야기를 하며 혹시 들은 이야기 없느냐고 묻는 것이 아닌가. 나는 있다고 했더니 그 다음날 새벽에 연석산 조리 절터에 가기로 약속하였다. 그래서 나는 수갑 하나만 옆구리에 차고 아무 준비도 없이 아침 6시 호리호리한 약체의 강주사와 연석산 조리 절터에 올랐다 아닌게 아니라 큰 바위밑 절터에 앵속이 소복하게 자라고 있었다.

우리 둘이 바위 옆에서 땀을 식히고 있는데 저 밑에서 지게를 짊어지고 오면서 낫으로 나뭇가지를 치면서 오르는 한씨를 발견하였다. 우리 둘은 숨어 있다가 그가 지게를 벗는 순간 그를 덮쳤다. 그리고 그의 오른 손목에 수갑을 채우고 왼속목에 채우려 하는데 얼마나 힘이 센지 채우지 못하고 서로 엎치락뒤치락 시간 가는 줄 모르고 딩굴었다. 체구가 빈약한 강씨는 전혀 도움이 안되었다.

나는 이리 남성고등학교 2학년 때 유도장을 다녀서 팔꺽기 다리꺽기에 자신이 있었는데 여기서는 먹히지 않아서 그가 좀 지쳐 있을 때 내가 그의 허벅지를 세차게 찬 것이 적중되어 드디어 항복을 받아 비로소 수갑을 뒤로 채울 수 있었다. 나와 그가 얼마나 오래 딩굴었는지 그를 데리고 내려올 때쯤에는 벌써 해가 지고 어둠이 왔다.

한발짝 내려올 때마다 그는 아이고 아이고 하며 엄살을 부리며 뒤로 채운 수갑을 풀어주면 절대로 도망하지 않을 테니 수갑 좀 풀어달라고 애원을 하였다. 나는 그런 그를 데리고 조금씩 조금씩 내려오는데 멀리산 밑에서 호롱불을 들고 마중오는 사람들의 소리가 들렸다.

그의 집에 왔더니 그의 아내가 닭을 통째로 삶고, 밥을 고봉으로 담고, 대★자 소주병 하나를 가져다 놓고 먹으라고 하는데 너무나 지쳐서인지 물 한 모금 먹을 수 없었다.

밤을 세운 나는 그를 우마차를 빌려 태워 지서로 압송, 긴의자에 수갑을 채워 놓고 고참순경에게 앵속을 수거해 오겠다며 산으로 가 우마차에 가득 앵속을 수거하여 왔다. 그런데 그렇게 애써 잡아온 한씨가 수갑을 풀고 산으로 도주했다는 것이다.

고참 순경은 미안해하거나 안타까워하는 기색이 하나도 없고 대면대면하면서 보고할 것도 없고 없었던 일로 하면 된다며 말이 없었다. 나는 화가 치밀고 분하였지만 어떻게 할 수가 없었다.

그 후 어느날 나는 한심한 생각이 들어 전화기를 들고 한참을 돌렸드니 교환이 나왔다. '서장님 좀 바꾸어 주십시요.'하니 서장이 전화를 받았다.

나는 다짜고짜 '동상지서 순경 안주영입니다. 제가 초임 순경인데 배울 수 있게 좀 해주십시오.' 했더니 '알았어.' 하고 전화를 끊었다. 그때 서장님은 박상남 씨였다.

서장님께 전화한 지 3일째 되는 날, 그 당시에 A급이라는 삼례지서로 발령이 났다. 1년 후 전주경찰서가 분할되어 북전주 경찰서가 팔복동에 새집을 짓고 개소했다. 나는 새로 개소한 북전주경찰서 정보과 정보1계로 발령을 받았다. 정보1계 서무는 일이 참 많은 부서였다.

집에서 알루미늄으로 만든 반찬통이 들어있는 도시락을 싸가지고 점심을 책상에서 먹으며 일하고 출근도 다른 사람보다 30분 먼저, 퇴근도 30분 늦게 하였고 토요일도 다름이 없었다. 그런 나에게 이상한 소문이 들렸다. 동상면에서 도청 트럭으로 한 대나 되는 앵속을 단속해 왔는데 안순경 이야기가 오간다는 것이었다.

내가 33년 동안 무사고로 정년을 마친 것은 초임 때의 이러한 일들이 어느 정도 밑천이 되었다고 생각되어 한번쯤 꼭 가보고 싶었는데 이제야 기회가 와서 전주에 있는 처남과 동상면을 돌아보았다.

반백 년이 지난 동상면은 천지가 개벽되어 있었다. 전주 사람들이 제일 많이 찾는 곳이 동상면이라는 것이다. 소양면에서 위봉폭포로 하여 수만리 단지동을 거쳐 진안 운일암 반일암雲日岩 半日岩 용담 댐으로 포장도로가 개통되어 전북의 휴양지가 되어 있었다. 그리고 길가에 별장 같이 아름다운 집들이 많이 보였다.

내가 초임 때 만났던 그 순박한 사람들은 보이지 않고 딴 세상에 온 듯했다. 그때가 어제 같은데 어느새 나는 백발에 등 굽은 팔순의 노인이 되어 있다.

안수영

경찰

양희봉 전직 경우

봉사와 질서 그리고 안녕
나의 앞엔 언제나
나라와 국민이 먼저다.

살피고 다독거려
사고를 예방하고
위험 무릅쓰고
재난을 구한다.

남이 즐길 때 나는 긴장하고
남이 아플 때 나는 더 아파야 한다.

끝이 없는 근무
휴일과 비번은 예정일뿐
부르는 곳

언제 어디라도 달려간다.

인연에 연연하지 않고
현장에 충실한다.

독도 마라도 이어도 연평도
무궁화 삼천리에
태극기를 휘날리리라.

어느 경찰관의 외침

유대운 전직 경우

어느 경찰관의 글을 인용해 본다. "민노총 시위현장에서 불법폭력 행위가 발생해도 경찰이 강하게 나서지 못하고 폭행을 당하고도 참을 수밖에 없는 심정은 아무도 알아주지 않는다"고 했다. 또 "가족 중에 경찰관이 없는 게 다행으로 알고… 대한민국에선 그렇다"라는 식으로 자신의 처지를 하소연하는 듯 말했다.

어려운 순간에도 희생을 마다않는 묵묵한 성품을 지닌 경찰관을 생각하면서 지금 나라 꼴이 이상하게 변해가는 현실을 보고 있다.

지난 5월 22일 서울 현대사옥 앞 민노총 금속노조 집회에서 조합원들이 경찰의 보호 장구인 방패를 빼앗고 경찰관의 이齒와 손목을 부러뜨려 놓을 정도로 두들겨 팼다. 경찰에 대한 폭력행위는 국가와 국민에 대한 폭력행위이자 테러행위이다.

폭력을 주도한 민노총은 마치 자신들은 무슨 특권을 가진 양 활개치고 참여연대가 득세하는 세상에서, 민노총의 안하무인격인 폭력으로 경찰의 존재 의미가 퇴색해 가는 듯하는 현실이 걱정스럽다.

국가의 기본적 책무는 치안이다. 범죄로부터 국민의 생명과 재산을 보호하는 일인 것이다. 그런데 기본적 책무의 주체인 경찰이 파출소에서도, 시위현장에서도 얻어맞는 지경이 됐다.

경찰은 국민의 삶을 안전하고 안정되게 지켜주는 보호막이자 외부적 위험을 막는 방어막이다. 그런데 이런 불법폭력으로 공권력은 무참히 폭행을 당했고, 법치주의 자리는 폭력이 주도한 무법천지로 대체되었다.

이것이 민주주의 발전인가, 이것이 국민의 기본권인 자유인가 하고 묻지 않을 수 없다. 아니다. 이건 민주주의 발전도, 기본권도 아니다. 공권력의 위기일 뿐이다. 정부는 폭력시위에 대한 단호한 입장을 천명해야 한다.

공권력을 수호하는 것은 국가의무이고 경찰은 그 집행기관이다. 이들에게 명예를 돌려줘야 한다. 그렇지 않고 누가 질서를 지키기 위해 몸 바치겠는가. 공권력에 도전하는 행위는 단호하게 현행법대로 처벌해야 한다.

진압경찰이 시위현장에 나서는 일은 치안질서 유지라는 국가적 목적을 충실히 수행하는 행위일 뿐이다. 그런데도 시위진압 과정에서 경찰관들이 입은 피해는 상대적으로 외면해 왔다. 필자도 경험했지만, 진압은 결코 만만치 않다. 시위현장은 전쟁터나 다름없다. 시위대는 벽돌, 쇠파이프, 화염병을 진압경찰에게 무자비하게 던지고 내리찍는다. 죽기 살기로 진압경찰을 향해 돌진한다.

지금은 폭력시위를 보고도 최루탄 한 발도 사용하지 못하는 것이 오늘의 우리 경찰이다. 오직 몸으로 폭력을 막는 인간방패에 지나지 않는다, 편법과 불법을 넘나드는 폭력시위가 득세하고 경찰관을 폭행까지 하는 것은 법치주의 정도를 넘어 법 위에 군림하는 지경에 이르렀다. 공권력 경시 풍조가 심각하다. 이게 대한민국이 처한 지금의 상황이다.

우리 150만 경우警友는 후배 경찰관 여러분의 노고에 찬사와 아낌없이 응원을 보낸다.

만남과 헤어짐! 그 자리에 내가 있다

윤명수 해양경찰관

인천해양경찰서에서 100톤급 경비함정의 함정장으로 근무할 때 이야기입니다.

해양경찰의 경비함정은 해상치안업무를 수행하기 위해 바다에서 운용을 하다보니 정기적으로 수리를 하고 이상 유무를 점검하는 시간이 필수적입니다. 마치 육지의 경찰차도 엔진오일을 갈아 준다든지 타이어를 교체한다든지 주기적으로 점검을 해야 순찰을 하고 범인을 검거할 수 있듯이 말이지요.

제가 근무하던 경비함정도 일정 시간이 경과되어 정기수리를 앞두고 있었고 부산에 있는 해양경찰 정비창에서 수리를 진행했습니다. 일반적으로 선박이나 어선이라면 조선소가 되겠지요.

수리 일정을 보니 오늘은 우리가 그동안 사용하고 있던 엔진을 함정에서 분리하여 육상으로 양륙시키는 임무가 있습니다. 아침부터 정비창 내에서 최대한 육지와 가까운 부두로 이동을 했습니다.

예인정이 안전하게 우리 함정을 정비창 중앙부두에 계류함정을 홋줄 등으로 묶어 두는 것를 합니다. 예인정이 우리 함정 옆에 줄을 단단히 묶고

예인정의 엔진의 힘을 이용하여 같이 이동을 하는 겁니다. 마치 엄마가 어린 아이의 손을 잡고 같이 길을 걷듯이 말이지요. 살포시 육지 가까이 접안을 완료하니 준비하고 있던 힘이 좋아 보이는 크레인이 함정 옆으로 도착을 했습니다.

기술진들이 속속 함정에 도착해서 엔진 분리 작업을 하고 순차적으로 작업을 시작합니다. 날씨가 유난히 덥습니다. 9월에 수리를 왔는데도 이렇게 더운데 7, 8월에 수리가 왔다면 땀에 범벅이 되었을 거라는 생각도 듭니다.

함정의 연돌엔진을 둘러싸고 있는 부분, 여기에서 보통 선박이나 함정에서 보면 연기가 나오는 기둥같은 모양을 하는 부분을 제거합니다. 엔진을 감싸고 덮고 있던 연돌을 들어내고 나니 그동안 햇빛을 보지 못하던 엔진이 하나둘씩 모습을 드러내기 시작합니다. 엔진 입장에서는 정말 몇 년만에 햇빛과의 어색한 만남을 갖습니다. 감성에 젖을 겨를도 없이 육상 크레인의 힘을 빌려 2개의 엔진이 분리되어 육상으로 천천히 들려 올라갑니다.

정들었던 엔진입니다. 이제 이 엔진은 다시 공장으로 들어가서 집중 수리를 받게 될 것입니다. 정상적인 수리를 받게 되고 100톤급 경비함정의 또 다른 예비엔진으로 사용될 예정입니다. 다시는 우리 함정과 못 만날 가능성이 높습니다. 아마도 전국에 또 다른 해양경찰 100톤의 경비함정이 수리차 오게 된다면 그 함정에 다시 쓰일 것입니다.

엔진을 드러내고 공장으로 보내니 순간 마음이 섭섭한 것은 무엇일까요? 크게 사건 사고 없이 저와의 함정 출동 기간을 함께한 엔진입니다. 아마도 함정장인 저보다 직접 만지고 챙겨보신 기관장님이 더 시원

섭섭하셨을 것입니다.

오전 11시에 두 개의 엔진을 실은 대형트럭이 떠나갑니다. 떠나가는 트럭을 보고 잠시 생각에 빠졌습니다. 감정을 이입하니 내 마음도 이상해집니다. 마치 헤어지는 누군가를 보내는데 다시는 못 만나는 그런 느낌으로 헤어짐을 맞이합니다.

이제 남은 것은 발전기 1대입니다. 발전기도 연이어 육지로 올리는 작업을 했습니다. 큰 덩치의 엔진이 빠지니 허전한 기분이 듭니다. 이어서 크기로는 아들뻘인 발전기가 같은 방법으로 함정의 기관실을 빠져나갑니다.

기관실 엔진과 발전기의 이별 작업이 종료되는 순간 다른 직원들은 식사준비를 합니다. 함정이 공사를 하는 곳이 된 느낌인데도 식사를 준비합니다. 이런 모습도 먼 훗날 추억이 될 거라 생각하니 새롭습니다.

오후에도 여전히 수리는 진행됩니다. 우리 함정은 다시 엔진과 발전기를 드러냈기 때문에 다시 연돌을 덮어놔야 하고 다른 분야에도 작업이 예정되어 있습니다.

어느덧 퇴근시간이 되고 인천으로 가기 위해 퇴근을 했습니다. 미리 부산에서 광명역까지 KTX 기차표를 넉넉한 시간대에 예매를 해 놓아서 걱정은 없습니다. 지하철을 타고 부산역에 도착하니 그래도 여유가 있었습니다. 주변을 둘러봅니다. 오늘 어쨌거나 가족을 볼 수 있다는 마음이 피곤함을 잊게 만드는 건 그 누가 주는 피로회복제보다 더 훌륭합니다.

광명역에 저녁 9시에 도착하니 아내가 마중을 나와줍니다. 고맙기 그지없습니다. 지난 몇 주간 부산에서 함정을 책임지고 수리를 하다보니 집을 비우는 시간이 꽤 되었습니다. 나 없이 아이들 키우느라 고생이 많았을 텐데 힘들다고 내색하지 않는 모습조차도 미안해집니다. 말하지 않아도 느껴지는 것은 우리가 어느새 많이 서로를 이해하기 시작해서 일지도 모르겠습니다. 부부라는 것이 이렇습니다.

사랑하는 아이들과 함께 집에서 만나니. 역시 집이 최고라는 생각을 늘 하지만 오늘은 역시 더 그런 생각이 들었습니다.

이별과 만남… 오늘 정들었던 엔진과의 이별이 있었지만 가족과의 만남이 있었습니다. 만남과 헤어짐이 늘 교차하던 것이 결국은 우리 인생이란 것을 느낍니다.

만남이 있고 헤어짐이 있는 것. 그렇습니다.

'회필유리會必有離',

만남에는 헤어짐이 정해져 있고, 떠남이 있으면 반드시 돌아옴이 있다는 뜻입니다.

아시다시피 저는 해양경찰입니다. 앞으로 얼마나 많은 사람들과의 만남이 저를 기다리고 있을지 모르겠습니다. 바다에서 만나는 사람들에게 부디 안전하게 복귀하시기를 바래봅니다. 그리고 헤어지는 이름 모를 많은 분들에게도 똑같은 마음입니다.

그렇게 오늘도 만남과 헤어짐으로 교차되고 있습니다. 새롭게 만남과 헤어짐이 있지만, 변함없이 저는 그 자리에 있겠습니다.

감사합니다.

무궁화 꽃은 겨울에 핀다

윤성인 총경[*]

가을비 내리는 출근길
바람은 소슬하고
기분도 을씨년스러운데
차창 너머 예쁜 단풍 보았네.

사무실에 앉아
곧 있을 성과평가
어떻게 풀어갈까
기술 없는데 기술서 써야 하네.

울긋불긋 알록달록
단풍놀이 여유 없고
낙엽은 거리를 뒹굴고

---

*수필가, 심리학 박사, 군포경찰서 보안과장, 화성동부경찰서 수사과장, 분당경찰서 여성청소
년 과장 등, 현 오산대 교수

여윈 가지만 남아
착잡한 마음 드네.

눈 내리고
앙상한 나뭇가지에 눈꽃이 필 때
내 어깨위에도 무궁화 꽃이 피었으면 하네.

치유의 날들

1. 끔찍한 가정폭력의 비극적인 결말

파출소 근무할 때다. 고층아파트에서 사람이 떨어졌다는 신고를 받고 출동했다. 현장에 도착하니 하얀 면보가 덮혀 있었다. 남자는 차와 차 사이에 떨어져 즉사했다.

10층으로 올라갔다. 알 수 없는 역겨운 냄새가 진동했다. 현관 쇠고리로 인해 다 열지 못한 문으로 어머니는 울면서 딸하고 대화를 하고 있었다. 가서 보니 딸은 온몸에 불이 붙어 있었고, 딸은 죽고 싶다, 나를 가만히 두라고, 울부짖었다.

처음으로 사람이 불에 타고 있는 광경을 봤다.

너무나 끔찍했다.

곧이어 119가 도착해서 현관쇠고리를 절단하고 부상자는 병원으로 이송했다. 거실은 아수라장이다. 딸은 남편하고 못 살겠다고 친정에 와 있었다. 사위가 딸을 데리러 찾아왔다. 잠시 얘기 좀 하겠다고 해서 친정엄마는 이웃집에 잠시 가 있었다.

남자는 집에 가자, 여자는 안 간다고 했다. 남자가 미리 준비해온 청산가리와 신나를 보이면서 그럼 같이 죽자고 했다.

소주에 탄 청산가리를 억지로 먹이려고 실갱이가 벌어졌다. 소주와 청산가리는 거실 바닥에 쏟아져, 거실바닥은 미끄럽고 온통 청흑색이 었다.

남편은 먹이는 것에 실패하자 부인의 몸에 신나를 뿌리고 불을 붙이고는 바로 베란다 창문으로 뛰어내렸다고 한다.

남편이 뛰어내리는 그 광경을 목격한 피해자는 순간 어떤 생각이 들었을까!

가정폭력의 비극적인 결말이었다. 지금도 생생하다. 너무 처참했다. 더이상 이런 비극은 없어야 할 것이다.

2. 남편을 깜둥이라고 놀렸다

남편은 5형제 막내다.

형들은 다 피부가 희고 귀티가 나는데 막내가 제일 까무잡잡하다.

어릴 때부터 형들의 놀림감이었다. 울고불고하니까 더 놀렸다. 몰래 얼굴을 빡빡 밀고 별짓을 다 해도 하얘지지 않았다고 한다.

큰형은 부자집 가정교사를 하면서 서울에 있는 대학교에 다녔다.

월급 타면 동생들이 좋아하는 유명한 뉴욕제과와 삼송빵을 사왔다. 밤새도록 과자를 먹으며 서울 얘기도 해줬다고 한다.

큰형은 깜둥이 열등감에 사로잡혀 고민하는 막내 동생을 데리고 너는 깜둥이가 아니야 하면서 미군부대에 데리고 갔다. 남편은 흑인의 얼굴을 보고는 정말 연탄보다 더 검다고 했다.

남편은 그 뒤로 놀려도 울지 않았다고 한다.

자상한 큰형님은 가정교사 부잣집 딸과 결혼했다.

아들은 아빠와 나를 닮아서 알맞은 구릿빛인데, 갓 태어난 손녀는 또 까무잡잡하다.

DNA는 진행 중이다.

3. 어머니가 생업에 뛰어들었다

해방되고 고향에 오는 도중에 큰언니는 홍역으로 죽었다고 했다. 자식들이 하나둘씩 생기자 어머니는 자식들 공부시키러 도회지(대구)로 나왔다.

어머니는 얘들 기 안 죽이고 눈치 안 보게 해야된다고, 작은 오두막집 계약금을 아버지 드렸는데, 아버지는 친구들과 술 마시고 계약을 안 하셨다고 했다.

어머니는 돈을 모아서 직접 가서 30만원 주고 조그마한 집을 샀다. 나는 그 집에서 시집갈 때까지 살았다. 방이 5개인데 2개는 우리가 쓰고 3개는 세를 줬다. 세 사는 사람들은 다양했다.

만두장사가 이사 왔다. 만두집 큰딸 옥이는 나보다 2살 어렸지만 친했다. 주전자 뚜껑으로 만두 본을 뜨고 부스러기 잡채와 정구지부추, 돼지고기 껍질과 양파 등 만두 속을 넣고 만두 만드는 것을 많이 거들어 줬다.

옥이와 나는 라디오에서 나오는 어린이 노래를 많이 따라 불렀다. 그때는 어린이 노래자랑이 많았던 거 같다. 옥이는 학교 갔다 오면 바로 만두를 만들었다.

지긋지긋해 했다.

빨리 결혼하고 싶어 했다.

옆구리 터진 만두 실컷 먹었다.

옥이네는 오래 우리와 함께 지냈다.

장사가 잘되자 큰집으로 이사 갔다.

대구 납짝 만두 원조다.

다음은 번데기 장사다

번데기집 딸은 어렸는데 번데기를 많이 먹어서인지, 통통하고 볼때기가 오동통했다.

번데기 삶는 냄새가 진동을 했다.

번데기도 실컷 먹었다.

아버지는 세 사는 사람들에게 복날이면, 생닭을 잡아와서 푹 끓여서 마당에서 같이 먹고, 수박도 다라이대야에 두 세 덩이를 사오셔서 얼음

넣고, 설탕 넣고 수박화채를 만들어서 나누어 먹었다.

넉넉하지 않았지만, 아버님은 집주인이라 많이 베푸셨다.

어머니는 아이들이 커가고 돈 들어 갈 때가 많아지면서, 세 사는 사람들이 만들어 놓은 만두도 팔고 번데기도 팔았다.

남편이 처음 우리 집에 왔다

부자집 딸인줄 알았는데……

놀랬다고.

나는 그때서야 우리 집이 못 산다는 걸 알았다.

다 그렇게 사는 줄 알았다.

154

두륜산 설경 파노라마_곽현석

K 순경의 '찹쌀떡 사건'
─경찰관 시절 회고담 '섬김과 충성' 論

윤승원[*]

과거 함께 근무했던 경찰 동료들 가운데는 만담가나 개그맨을 능가하는 '재담꾼'들이 많았다. 비상 대기가 잦은 경찰관들은 여럿 모이면 농담을 즐겼다. 가공된 이야기가 아니었다. 생생한 체험을 통해 승화된 '뼈 있는 농담'도 많았다.

내 고향 어르신들도 그랬다. 동네 사람들이 여럿 모여 힘든 작업을 할 때가 있다. 이때 꼭 빠지지 않는 것이 두 가지가 있었다. 막걸리와 우스갯소리다. 우스갯소리 잘하는 동네 어르신들 덕분에 힘든 가래질이며, 심지어 바윗덩어리를 옮기는 일까지도 어려운 줄 모르고 거뜬히 해냈다. 바로 나와 함께 근무했던 경찰 동료들과의 공통점이다.

힘들고 고달픈 일이나 긴장감 높은 일에 종사하는 사람일수록 우스갯소리 단수段數가 높다. 속상하고 힘든 일을 겪으면 겪을수록 누구나

*충남 청양 출생. 수필가. 전 대전수필문학회장, 금강일보 논설위원 역임. 1990년 『한국문학』 공모전 당선. KBS와 『한국수필』 공동 공모 수필 당선. 『경찰문화대전』 수필부문 금상. 『한국문학시대』 문학 대상 수상. 조선일보 창간 90주년 기념 '사연' 공모 최우수 수상. 『충남경찰사』 편찬위원 역임. 경찰청 G-20 경찰체험수기 심사위원 역임. 계간 『한국문학시대』 신인상 수필부문 심사위원. 현재 재향경우회 홍보지도위원. 저서 『문학관에서 만난 나의 수필』 외 8권.

신세 자탄이 먼저 나오기 마련이다. 하지만 과거 나의 동료들은 달랐다.

'논두렁 정기'도 타고 나지 못했다는 하위직의 팔자타령을 '우스개'로 승화했다. 가령 탈춤이나 판소리처럼 마당극 형태로 풍자하거나 승화하는 것이 하층민의 전통적 예술이라면 일선 경찰관들이 농담 형식으로 즐기는 일상의 애환도 해학과 골계滑稽 미학의 요소가 다분했다. 서로 위안이 됐다. 동병상련의 동지애도 싹텄다.

지방경찰청에서 근무할 때였다. 공휴일 당직 근무를 하게 되면 주어진 기본업무보다도 상사의 잔심부름이 더 힘들었다. 당시 상사는 '경찰의 꽃'이라고 불리는 계급이었다. '꽃'은 당직 근무하는 순경을 마치 하인 부리듯 했다. 시도 때도 없이 사소한 심부름을 시켰다.

테니스를 유난히 좋아했던 '꽃'은 휴일에도 꼭 출근하여 청사 내에 있는 테니스 코트에서 공을 치며 살다시피 했다. '꽃'이 테니스가 끝나고 사무실로 들어오면 하던 일을 멈추고 긴장해야 한다.

"이봐, 테니스장에 가서 내 양말과 구두 좀 가져와"

분부가 떨어지기 무섭게 테니스장으로 달려가 구두와 양말을 갖다 준다. 그러면 또 명령이 떨어진다.

"이봐, 발 좀 씻게 물 좀 떠오지"

3층 계단 아래 수돗가에 내려가 물 한 통을 신속하게 길어다 준다. 한참 당직 근무에 열중하고 있는데 또 호출한다.

"발 다 씻었어. 물 좀 갖다 버리지."

상사가 발 씻은 물을 하수구에 버리면서 혼잣소리로 중얼거린다.

"지금 B 순경은 값진 인생 공부 중!"

그래도 당시에는 상사가 하늘 같은 계급이고, 연세 역시 집안의 장형과 같으니, 그런 잔심부름 정도는 의당 해야 할 '아랫사람의 당연한 도리'라 여겼다. 요즘 말로 '갑질'이니, '인권'이니 하는 언어 자체가 존재하지 않았다. 승진과 상벌 권한까지 틀어쥔 상관이니, 상전과 하인관계 이상으로 허리를 굽혀야 했다.

B 순경의 고단한 '인생 공부' 한 대목은 여기서 끝났다. 진지하게 듣고 있던 K 순경이 참을 수 없다는 듯이 끼어들었다.

"웬만하면 그냥 넘어가려고 했는데 도저히 침묵하기 어렵네."

배턴을 이어받은 K 순경의 입담이 시작됐다. 이른 아침 출근한 상사('꽃')에게 간밤의 사건 사고를 보고하는데, 갑자기 말을 끊었다.

"여보게, 당직 보고서는 내가 눈으로 읽을 테니, 자네는 찹쌀떡 좀 사 올래? 아침밥을 못 먹었거든."

K 순경은 당직 보고를 중단하고 찹쌀떡을 사러 밖으로 나왔다. 하지만 이른 아침에 찹쌀떡을 파는 제과점 문이 열려있을 리 없었다. 순간, 제과점 간판의 전화번호가 눈에 들어왔다.

"사장님, 급한 일이니 빨리 좀 나와주세요."

통사정했다. 추운 겨울인데도 K 순경의 이마에서는 땀이 흘렀다. 단거리 선수처럼 뛰어다니며 어렵사리 찹쌀떡 한 봉지를 사다가 '꽃' 앞에 내놓았다. 그러자 '꽃'이 하는 말,

"자네, 여기 좀 앉아 봐!".

조심스럽게 마주 앉으니,

"자네는 가정에 부모님이 안 계시는가? 형님들도 안 계시고?"

K 순경의 답변,

"부모님, 형님, 다 계십니다"

그러자 '꽃'의 말,

"그러면 자네는 집안에서 어르신 드실 음식을 이렇게 차디차게 갖다 드리나? 먹고 체하게?"

그러면서 '꽃'이 덧붙이는 말씀,

"어르신이 드시는 음식이니, 프라이팬에다가 따끈하게 데워 가져오면 오죽 좋겠나? 이렇게 차디찬 찹쌀떡을 난 못 먹겠으니, 자네나 갖다 먹게나."

애써 사 온 찹쌀떡 봉지를 K 순경 앞으로 밀쳐 놓더란다. K 순경은 마치 큰 죄나 지은 것처럼,

"아이고, 죄송합니다. 다시 따끈하게 데워 갖다 드리겠습니다."

머리를 조아리고 나서 허겁지겁 다시 제과점으로 달려갔다. 찹쌀떡을 프라이팬에다 데워 달라고 요구하니, 제과점 주인이 머쓱한 표정으로

"아이고, 제가 죄송하구먼요, 높으신 분이 식사 대용으로 드시는 줄 알았으면 진작 데워 드릴 걸, 미처 생각하지 못했네요."

K 순경은 다시 따끈하게 데운 찹쌀떡을 '꽃' 앞에 내놓으니,

"자네 앞으로 '인생 공부' 많이 해야겠어. 자기 사랑은 자기가 만들어 받는 거야, 앞으로 사랑받으려면 좀 더 세심하게 신경 써야 할 것이야!"

K 순경이 누구인가. 남달리 직무에 충실하여 표창장도 수차례 받은

모범공무원 아닌가. 상사들에게도 깍듯이 예를 갖출 줄 아는 뼈대 있는 명문가 후손이다. 평소 참을성 많던 그가 분을 삭이지 못했다.

"나도 집에 가면 자식과 마누라가 있는 가장이란 말이야, 계급이 졸병이면 이렇게 비굴하게 살아야 하는 거야?"

그러자 동료들이 이구동성으로 위로했다.

"찹쌀떡이란 본래 차게 해서 먹는 음식이야, 하필이면 아침부터 차디찬 찹쌀떡을 사 오라고 한 사람이 잘못이지, K 순경 잘못이 아니야, 야간근무하느라 잠도 못 잔 데다가 새벽부터 난데없이 찹쌀떡 심부름하느라 피곤하겠어, 어서 들어가 쉬어."

뜻하지 않은 '찹쌀떡 사건'에 화장실도 가지 못하고 뛰어다녔던 그의 고생담을 들으면서 동료들은 한마디씩 했다.

"우리 직장은 주어진 기본업무보다 상관 모시는 일이 더 힘들단 말이야. 명색이 국가공무원이 사병私兵이야? 머슴이야?"

이번엔 C 경장이 배턴을 이어받았다. 그의 우스개 제목은 '방석 데우기'였다. 어느 추운 겨울날이었다. '꽃'이 출근했다. 이른 아침 청사에 출근하면 실내 공기도 차갑고 의자도 차갑기 마련이다. C 경장이 당직 보고서를 들고 '꽃 실室'로 들어갔다. 왠지 심기 불편한 기색이 역력했다.

"이봐, C 경장, 예전에 내가 근무했던 경찰서에 J 순경이라고 머리가 명석한 직원이 있었지. 그는 말이야, 어찌나 재치가 있는지 내가 아침 일찍 출근하면 방석이 늘 따뜻한 거야, 그 이유를 물으니, 대답이 걸작이야. '어르신이 아침 일찍 출근하시면 추우실까 봐 방석을 한 시간가량

깔고 앉아 데워다 갖다 놓았습니다'… 말도 참 예쁘게 하더라고. 참으로 기특하고 머리 좋은 직원이었지. 그렇다고 자네한테 꼭 그렇게 하라는 뜻은 아니야. 그저 참고하라는 얘기지."

세월이 흘렀다. 이 시대 크게 화제가 된 말이 있다.

"저는 사람에게 충성하지 않습니다."

국가공무원으로서 '충성'의 대상이 사람이 아니라니, 당연한 말인데도 신선하게 들렸다. 하위직의 입에선 도저히 나올 수 없는 당찬 말이었다. 그 같은 당당한 기개는 국민적 지지와 성원으로 이어져 더 높은 꿈을 실현했다.

사람들이 말했다. '윗사람을 잘 섬기지 않고 높은 지위에 올라간 사람이 얼마나 될까?' '섬김'의 뜻을 바로 알아야 한다.

내가 매일같이 산책하는 배재대학교 교정에는 『욕위대자欲爲大者 당위인역當爲人役, 크고자 하거든 남을 섬기라. (마 20:26)』는 건학 이념이 큰 바윗돌에 새겨져 있다. 여기서 '섬김'은 '나눔과 희생과 봉사 정신'을 말한다. 직장 상사에게 이른바 '충성'하는 일은 차원이 다르다. 하지만 어디 그런가.

승진도 해야 하고, 좋은 보직도 받아야 하는 직장에서 하급자가 상사에게 '충성'하지 않고 '꼿꼿한 자세'로 살아갈 수 있을까.

또 어느 공직자는 우중에 길바닥에 무릎 꿇고 장관에게 우산을 받쳐 주는 장면이 TV 화면에 그대로 노출되어 비난이 들끓었다. 하지만 많은 직장인은 그에게 돌을 던질 수 없었다. 결코, 남의 일이 아니라 자신의 모습일 수도 있기 때문이다.

옛 직장 동료들과 식사자리에서 이런 말이 나왔다.

"과거 우리가 겪었던 눈물겨운 직장 애환을 떠올리면 요즘 뉴스에 나오는 사례는 아기씨 방귀지."

여기서 '아기씨'라 함은 '갓 시집온 새댁'을 말한다. 새댁이 어려운 시부모 앞에서 조심조심하다가 그만 참고 참았던 것이 나왔다. 그 소리가 어찌나 예쁜지, 어르신들은 짐짓 고개를 돌렸다. 대수롭지 않은 척, 아무런 대꾸나 참견도 하지 않았다. 웃을 수도, 나무랄 수도 없는 '새댁의 방귀 소리'는 그렇게 조용히 품격 있게 '용서'가 됐다.

술잔을 비우면서 또 다른 경우警友가 말했다.

"지나고 보니, 모두가 아름다운 추억이네. 권위주의 시대, 전통적인 '인생 공부' 맛을 제대로 보여준 선배님들이었지. 고인이 된 그분들도 저 세상에서 다 듣고 있겠지?"

※ 필자 주 : 본 원고는 『한국경찰문학』 22호(2022)에 발표. '토문재' 촌장인 박병두 작가로부터 작품 수록 요청이 있어 흔쾌히 참여하게 됐음을 밝힙니다.

경찰관의 노고

아침에 배달된 지방 일간지에서 모처럼 따뜻한 글을 읽었다. 대전일보 오피니언 면에 실린 '기자수첩'이었다. 글의 제목은 '노고勞苦'. 아무런 수식어도 붙어 있지 않은 단순한 글의 제목. 그 흔한 형용사 하나 붙어 있지 않은 글의 제목에는 '경찰관'이라는 주어主語가 살짝 가려져 있었지만 '노고'라는 짧은 언어에 숨어 있는 '메시지의 무게'는 결코 가볍지 않았다.

10월 30일자 신문이니, 아마도 10월 21일 '경찰의 날'을 기해 쓴 글로 보인다. 그렇다면 정작 글 속의 주인공인 일선 경찰관들은 이런 따뜻한 글을 얼마나 읽었을까?

일선 치안 현장에서 야간 밤샘 근무한 현직 경찰관들은 고단하여 아침밥도 먹는 둥 마는 둥 잠들어 있을 시간이다. 사건 현장에서 심신이 파김치가 되어 새벽에 귀가한 형사들과 지구대, 파출소 근무 경찰관들은 깊은 잠의 수렁에 빠져 있을 시간이다.

과거 일선 경찰서에서 근무하던 시절이 문득 떠올랐다. 아침 신문을 제 때 보기 어려운 경찰관들을 위해 지방청과 본청 공보관실에서는 경찰 관련 신문 기사를 스크랩하여 내부 통신망에 올려놓는다. 하지만 경찰 관련 신문 기사를 다 읽는 경찰관들은 그다지 많지 않다. 더구나 기사나 칼럼 제목에 '경찰'이란 단어가 들어있지 않으면 그냥 지나치는 경우가 많다. 바로 오늘 아침 대전일보 '기자수첩'이 그러하다.

현직 경찰관에게는 따뜻한 위로를, 일반 독자들에게는 경찰관의 숨어 있는 노고에 보다 큰 관심을 갖게 하는 글인데, 아무런 수식어 없이 '노고'라고만 돼 있으니, 그냥 지나쳤을 현직 경찰관들이 많았을 것이다.

그래서 전직 경찰인 내가 혹여라도 일선 경찰관들이 이 따뜻한 기사를 놓칠까 싶어 해당 일간지 '기자수첩' 지면을 스마트폰으로 찍어 인터넷에 올렸다. 해당 신문사 홈페이지 오피니언 기사도 링크하여 인터넷 카페, 블로그, 페이스북, 카카오스토리 등에 올리고, SNS를 통해 지인들에게도 전파했다. '기자수첩'에서 공감이 가는 주요 대목이다.

"코로나19 사태에서도 곳곳에서 경찰이 관여하지 않은 곳이 없다. 의료진과 방역 일선에 나서고 있는 공무원들에 가려 경찰의 역할이 눈에 띄지 않았을 뿐이다. 대전지역 경찰 3,600여 명이 150만 명의 시민의 안전을 책임지고 있다. 단순 수치로 경찰 1명이 시민 416명의 안전을 책임지고 있는 것. 경찰은 코로나19에 감염될 수 있는 가장 좋은 환경으로 볼 수 있다는 점에서 그들의 고생이 육체에 한정되지 않음을 알 수 있다. 불특정 다수를 상대하고 대민접촉이 많은 업무가 대부분이기 때문이다. 아직까지 통계로는 잡히지 않지만 일선 경찰들에 따르면 코로나19로 인해 각종 범죄가 증가했다. 강력·생계형 범죄부터 오랜 실내 생활로 인한 스트레스성 범죄까지 종류마저 다양하다. 특히 감염병예방법 등으로 인한 범죄 조사도 경찰의 몫이다."

여기까지는 순수한 독자의 한 사람으로서 단순히 공감하는 차원에서 읽었다. 하지만 전직 경찰로서 안타깝고 서운한 대목은 바로 '경찰의 날'을 언급한 대목이었다.

"지난 10월 21일은 〈경찰의 날〉이었다. 경찰들을 위한 날이지만 그들에게 고마움을 표현한 시민은 많지 않을 것이다. 내부적으로 축하하는 자리로 보였을 정도다."

대전일보 사회부 경찰 출입기자만이 유일하게 그렇게 느꼈을까? 〈그들에게 고마움을 표현한 시민은 많지 않을 것〉이라는 기자의 시각에 주목해야 한다. 불철주야 고생하는 경찰관의 노고에 대해 경찰의 생일날인 '경찰의 날'마저 국민들로부터 크게 관심을 받지 못한 까닭은 어디에 있을까?

다른 해와 달리 올해엔 언론에서 '경찰의 날'에 대한 이렇다 할 논설이나 칼럼, 각종 경찰 미담 기사를 쉽게 찾아보기 어려웠다.

왜 그럴까. 경찰에 대한 대국민 신뢰도는 날로 높아져만 가는데 경찰의 날을 맞이해도 국민들이 경찰의 수고에 대해 과거에 비해 거의 언급하지 않고 평범한 날처럼 넘어가는 이유는 무엇일까? '박봉의 경찰'에서 벗어났다고 믿는 걸까? 대학생, 노동자들의 집단 폭력 시위가 줄어들어 '고단한 경찰'의 모습이 표면적으로 드러나지 않는 까닭일까? 가깝게 지내는 옛 경찰 동지가 이렇게 말했다.

"대규모 집회를 막기 위해 서울 광화문에 무슨 〈산성〉이라는 이름의 거대한 차벽을 설치한 것을 두고 언론에서는 비판을 많이 하더군. 아무래도 경찰을 바라보는 국민적 시선이 그런 비판 여론 때문에 우호적이지 않은 것은 아닐까? 코로나 예방이라는 불가피한 경찰의 입장을 이해하기 보다는 국민의 기본권인 집회 자유를 과도하게 제한하는 경찰에 대해 곱지 않은 시선을 보내는 국민이 더 많은 까닭은 아닐까? 막으면 과잉이라 욕먹고, 방치하면 직무태만이라 욕먹었던 사실을 전직 경찰들은 수없이 경험했지. 예나 지금이나 이래도 욕먹고, 저래도 욕먹는 것은 경찰의 타고난 숙명이 아닐까?"

비록 전직 경찰의 푸념과 탄식이 사회 일각의 곱지 않은 시각을 반영하는 것일지라도 그냥 지나칠 수 없는 것은 그것이 여론의 방향과 큰 줄기를 형성하기 때문이다. 그런 연유일까. 경찰의 고충도 이해해야 한다는 목소리는 거의 들리지 않았다. 심지어 '정권의 충견'이라는 애먼 비난의 목소리까지 유튜브에서는 넘쳤다.

폭력 시위대로부터 돌과 각목, 죽창 등으로 경찰이 부상당하고 길거리에서 모래 섞인 식판의 밥을 먹고 있는 '딱한 광경'을 봐야 만이 국민들이 '경찰의 수고'를 알아주는 것인가?

시대가 변했다. 거의 하루도 거르지 않고 대학생들이 거리로 뛰쳐나와 투석(投石)시위를 하고, 파출소에 화염병을 투척하던 험악한 시대에 방패 하나로 버티면서 눈물겨운 경찰 생활을 힘들게 해왔던 수많은 전직 경찰들은 그래서 오늘의 평화로운 집회 시위를 보면 '시대가 많이 변했다'는 말이 절로 나온다.

다시 대전일보 '기자수첩' 한 대목을 눈여겨보자.

"경찰은 사회의 치안을 책임지며 우리가 범죄로부터 걱정을 다소 덜어놓을 수 있게 해주는 필수적인 존재다. 사회가 변화하며 범죄수법도 다양해지는 점도 경찰의 고생을 더 하고 있다. 경찰도 사회 변화에 맞춘 노력을 보이지만 거대한 조직인 만큼 쉽지만은 않다. 시민들이 그들을 믿고 힘을 보태주어야만이 그들이 우리의 생활 안전을 위해 더욱 강력한 모습을 보일 수 있다. 그간 우리의 일상을 위해 힘써준 경찰들의 노고에 감사드린다는 말을 전하고 싶다."

많고 많은 국내 언론 매체 중에 '경찰의 날'을 전후하여 이렇듯 경찰의 고충과 입장을 따뜻하게 이해하면서 응원을 보내준 언론이 몇이나 되는가.

전직 경찰의 한 사람으로서 대전일보 임용우 '기자수첩' 행간에 담긴 또 다른 의미는 무엇일까 짚어 봤다. 기자가 전하는 감사의 메시지에는 경찰에 대한 어떤 주문이 들어있는 것일까? 따뜻한 응원의 말 속에는 국민을 위해 더욱 애써 달라는 '국민의 바람'이 들어있다는 것을 알아야 한다. 아무리 비난을 퍼부어도 다급할 때는 찾고야 마는 게 경찰이므로, 이렇듯 '무한 봉사'를 요구하고 있는 것이다.

현직 경찰이 아닌 전직 경찰이 일간지 따뜻한 기사 한 줄에 감동하여 여기저기 응원의 목소리를 전파하는 이유도 거기에 있다.

퇴직 경찰이라고 해서 현직 경찰의 모습을 남의 일처럼 바라 볼 수만은 없다. 현직 경찰이 욕을 먹거나 비판을 받을 때도 남의 일이 아니라 내 일처럼 바라보는 것은 청춘을 다 바쳐 몸담았던 국가조직의 일원이었기 때문이요, 현직 경찰이 국민들로부터 따뜻한 위로와 찬사를 받을 때도 역시 내 일처럼 기뻐하는 것도 〈경찰 출신〉이란 '평생 이름표'가 자랑스럽게 따라 다니기 때문이다.

경찰관 아내로 살아온 '누님 이야기'
─구멍가게에서 뜨개질하던 '경찰관 아내'의 어제와 오늘

'한번 경찰은 영원한 경찰'이라는 말이 있다. 그런 표현이 맞는 말이라면 '한번 경찰 아내는 영원한 경찰 아내'라는 말도 성립한다. 바로 내누님[윤명원(옛 이름 尹具慶), 충남 청양 출신]을 두고 하는 말이다.

내 누님은 남편이 말단 경찰공무원 시절 구멍가게 장사를 하면서 억척스럽게 살아온 '경찰관 아내'였다. 지금은 '전직 경찰관 아내'로 살아간다. 칠십 대 후반 연세이니, '경찰관 아내'로 살아온 지도 반세기가 넘었다.

과거 초임 시절 파출소에서 근무할 때였다. 직원들 잔심부름도 해주고, 본서 문서수발도 하는 여학생이 있었다. 집안이 가난하여 야간학교에 다니면서 파출소 아르바이트를 하는 여고생이었다. 이 여학생이 파출소에서 3년 넘게 지내자, '신임 순경보다 낫다'는 말이 나왔다.

눈치도 빨랐다. 경찰관들이 정신없이 바쁠 땐 경비 전화도 받아주고, 민원인 응대도 제법 경찰관처럼 친절하게 잘 했다. 서당 개 삼 년이면 풍월을 읊는다던가. 앳된 여학생이 '파출소 알바' 삼 년이 넘으니까, 단순한 민원서류 처리는 물론, 신고 사건 처리 요령까지 터득하게 됐다. 명석한 두뇌에다가 재기발랄한 여학생이었다.

가정에서 '경찰관 아내'도 마찬가지이다. 어디서 전화가 걸려오면 10 중 8~9는 민원성이 내포된 전화다. 남편이 경찰관이면 경찰관 아내도 본서 민원실장(?) 정도의 '어깨너머 법률 상식'을 가진다.

집으로 걸려오는 전화 중 걸핏하면 지인들이 교통사고를 당했다거나 어쩌다 경찰관서 찾을 일이 생기더라도 '경찰관 아내'로부터 예비지식을 얻으려고 한다. 하지만 현명한 경찰관 아내는 '해결사'가 아님을 잘 안다. 일가친척이나 지인들이 사건 사고를 당하면 우선 '순사네 집'이라고 해서 '어떻게 하면 좋으냐?'고 물어온다.

이때 경찰관 아내는 상대가 서운하지 않게 원만하면서도 슬기로운 답을 내놔야 한다. 가장 무난한 답은 (내 일처럼 걱정하고 위로해 주면서) "제가 뭐, 법을 아나요. ○○아빠에게 물어봐야죠."이다. '파출소 알바 여고생'처럼 친절하고 상냥하게, 그러나 남편 역할을 '월권'하지는 않는다.

경찰관 아내로 살아온 세월의 무게는 가볍지 않다. 값진 인생철학과 노하우가 담긴 경험법칙도 몸에 뱄다. 경찰관 아내는 동네 골목에 나가서도 '입조심'한다. 이웃 아주머니들과 대화할 때도 끼어들어도 좋을지, 슬쩍 자리를 피해야 할 자리인지 옥석을 가릴 줄 안다.

경찰관 아내가 한마디라도 거들면 남들은 "경찰관 부인이 이런 말을 했어."라고 옮긴다. 마치 경찰관 아내가 한 말은 경찰관이 직무상 책임성 있게 한 말처럼 '정보력을 신뢰'하는 주민도 있기 마련이다.

'경찰관 아내의 생활덕목'이란 무슨 윤리 교과서에 나와 있는 것도 아니다. 하지만 곁에서 지켜본 내 누님은 몇 가지 기본적인 '덕목'을 지켜

170

땅끝, 제복 입은 사람들 / 경찰

왔다.

첫째, 경제적인 자립이다. 생활 형편이 넉넉지 않은 박봉의 경찰공무원 아내로서 여러 시동생까지 보살피려면 알뜰하고 검소해야 한다. 사치 부리지 않고 근검절약해야 한다. 그것만으로는 부족하다.

박봉의 경찰관 남편 봉급봉투만 바라볼 수는 없었다. 일거리를 찾아야 했다. 누님은 채소 팔고, 생선 팔고, 곡식도 파는 구멍가게를 운영했다. 집안 살림에 한 푼이라도 보태려고 안간힘을 썼다.

둘째, 매사 조바심치지 말아야 한다. 마음의 여유를 가져야 한다. 특히 경찰관 아내는 비상출동이 잦은 경찰관 남편의 특성을 잘 이해해야 한다. 긴장과 초조와 걱정에서 벗어나려면 '뜨개질'이 최고의 방법이다.

남편은 더구나 언제 귀가할지 모르는 수사과 형사다. 틈만 나면 뜨개질을 했다. 방안 선반에 온갖 색상의 털실을 쌓아놓고, 뜨개바늘로 '남편의 기다림'을 한 코, 두 코 작품처럼 승화시켰다.

내 누님뿐만이 아니다. 일선 경찰관 아내들이 유독 뜨개질을 잘하는 이유가 있다. 최루탄과 돌멩이가 난무하는 직무현장에서 집에 일찍 들어오지 못하는 경찰관 남편을 기다리며 스웨터며, 털장갑을 밤새워 뜬 것이다. 이렇게 검소하고 심성 착한 경찰관 아내의 따뜻한 정과 사랑을 가슴으로 느끼는 경찰관들은 밖에서 아내 모르게 실망스러운 일을 하지 못한다.

경찰관 아내로 살아간다는 것, 남모르는 인내와 눈물이 배어 있다. 삶의 바탕에는 엄격한 인격 수양도 깔려 있다.

몇 해 전에 〈지기추상 대인춘풍持己秋霜 待人春風〉이란 칼럼을 쓴 적이 있다. 법을 다루거나 국정을 운영하는 고위 공직자들이 즐겨 쓰는 좌우명이다. 채근담에 나오는 문구로, '자신을 지키기 위해서는 가을 서릿발같이 엄격해야 하지만 남들을 대함에는 봄바람같이 따뜻하고 부드럽게 하라'는 뜻이다.

좌우명이란 '자기관리 철학'이다. 평소 가슴 속에 모시고 살아가는 '스승'이다. 어디 반듯한 처신이 요구되는 현직 경찰관뿐이랴. 이제는 전직 경찰관 아내인 내 누님도 이런 좌우명 하나 가슴에 품고 살아왔다.

남편도 경찰관, 동생도 경찰관이었고, 딸도 현직 경찰관이다. 사위 역시 경찰대 출신으로 경찰서장까지 지냈다. 그야말로 '경찰가족'으로서 온갖 세상 풍파 다 겪은 내 누님은 경찰관이었던 남편이나 동생보다도 더 엄격한 〈지기추상 대인춘풍〉을 '내조의 생활 철학'으로 삼았다.

경찰관 아내로서의 '내조'는 거창한 데 있지 않다. 남편이 공직 수행하면서 집안 걱정하지 않게 자녀 잘 키우고 살림 잘하는 게 최상의 내조다. 또 어려운 살림살이에 시동생까지 보살피며 억척스럽게 살아오지 않았으면 오늘의 행복이 어찌 가능하겠는가. 팔순을 바라보는 내 누님을 자랑스럽게 여기는 이유이다.

나이는 숫자에 불과하다. 내 누님은 언제나 밝은 표정으로 젊게 살고자 노력한다. 그런 편안한 성품과 '어머니 닮은 미모(?)' 덕일까. 최근에는 유명 백화점에서 선발한 '시니어 패션모델'로 뽑혔다.

뜻하지 않게 '패션모델'로 선발돼 고급 옷 한 벌 상품으로 얻어 입었다고 좋아하는 알뜰 주부 할머니!

그러고 보면 근검절약하면서 알뜰하게 살아온 내 누님으로부터 한평생 따뜻한 내조를 받고 살아온 '경찰관 남편'만큼 복 받은 분도 없다는 생각이 든다.

인송문학촌 토문재

561함장 고 손진극 경정과 경찰충혼탑

이동섭 전직 경우

경찰자녀 장학금이야기

1976년 11월 3일 정든 충청북도를 떠나 서울로 올라왔다. 충북감찰계장에서 치안본부 원호반장이 되었다. 원호팀 일을 맡은지 10일 되는 14일 08시 50분 서해 덕적도 근해에서 20여 명이 승선한 해경 561함정 (정장 손진극 경감)이 파도를 못 이겨 침몰하는 중대사고가 발생하였다.

사고를 당하자 함장 손진극 경감은 자기는 애함과 옥쇄하기로 작정하고 20여 승무원에게 탈출하라 명령했다. 그러나 15명은 탈출하고, 황무성 경위, 서진홍 상경, 김진석 상경, 김성수 일경 등 5명은 손진극 함장을 지키면서 선체와 함께 옥쇄하고 말았다. 정확하게 40년 후 세월호 선장은 저부터 살려고 속옷 차림으로 달아나는 모습을 보면서 손진극 경정의 이때 모습이 정말 존경스럽게 생각된다. 죽음 앞에서 부하들을 먼저 내보내고 자신은 애함과 함께하는 숭고한 의무감을 다시 생각해본다.

이러한 상황을 보고받은 청와대 박정희 대통령은 김치열 내무부 장관을 통해 손진극 함장의 유족에게 전달하라며 금일봉을 하사했다. 그

금일봉을 보내신 박정희 대통령의 자상하고 애절한 부하사랑 또한 잊을 수가 없다. 실무자였던 내가 봉투를 열어보니 5억 원 수표 1장과 2억 원 수표 1장 해서 수표가 두 장이 들어있고 직접 쓰신 메모지가 한 장 들어있었다.

메모지의 내용은 이랬다.

〈김정웅 경정앞, 7억을 보내니까 이중 2억은 손경정의 유자녀에게 전달이 되도록 손진극 경정의 부인에게 주지 말고 따로 신탁통장을 만들어 잘 보관하였다가 아이들이 성인이 되면 전달되게 하고 5억은 고생하는 전국의 경찰관 자녀 장학금으로 써달라. 1976년 11월 15일 박정희〉

김정웅 과장은 경감, 경정 때까지 청와대 민정비서관실에 파견근무를 했던 분이지만 대통령이 경정 이름까지 기억해줄 줄은 몰랐다며 그 메모지를 복사해서 원본은 액자에 담아 집에 가져가고 사본을 복사해서 사무실 벽에 붙인 후 아침마다 거수경례를 했다. 그러나 결국 이 돈을 직접 접수해서 기부행위 취지에 맡게 집행은 내가 해야 할 처지였다. 접수 즉각 나는 내자동 신탁은행에 달려가 일반예금으로 입금시킨 후 다음날부터 돈이 영원히 살아남아 제 기능을 달성할 수 있도록 재단법인을 설립하기로 구상하고 김치열 장관의 승인하에 경찰복지장학재단을 설립했다. 일부 간부들은 기존 경무협회에 기탁운영을 주장했으나 성금의 성격상 이를 단호히 반대하며 절차를 맞추고 기금으로 입금시켰다. 5개월이 지나자 일반 예탁 금리가 2천 300만 원이나 되어 이 돈으로 여주군 점동면에 10만 평의 야산을 사들여 법인 1호 자산을 만들고 오동나무 단지를 조성하여 두었다. 그리고 기금 5억은 연간 보장금리 23%짜리 한국전력주를 샀다. 여기서 나오는 배당금은 매년 5억×23.3% 그리고 매년 배당주식 까지 합하면 원금 말고도 수백명에게 장학금을 지급할 수가 있게 되었다. 이를 계기로 각계 장학재단에서 협찬하겠다는 연락이 왔다. 1977년 봄부터 경찰자녀장학금은 지원금을 합쳐 매년 500여 명에게 지급했다. 이 무렵 현대건설 산하에도 아산장학재단이 설립되었는데 사주인 정주영 회장한테서 경찰관 자녀 100명에게 장학금을 준다고 성적증명서를 첨부하여 신청서를 보내라는 연락이 왔다. 그런데 조건이 공부 잘하는 자녀였다. 하지만 당시 경찰복지장학재단의 장학이념은 자녀의 성적이라기보다는 경찰관의 박봉을 보조하여 지원하는 성격이었다. 성실 봉사하는 경찰관은 자녀들이 공부를 잘하기가 힘들다. 어려운 집안 가사를 돕느라 책 살 돈이 없기 때문이다. 경찰자녀장학금은 자녀가 아닌 아버지의 근무 성적으로 순위를 정한다고 통보했더니 정주영 회장께서 그렇다면 지급대상은 경찰이 직접 정하라는 회신을 보내왔다.

경찰충혼탑 이야기

당시 김성배 치안본부장은 국회의원을 겸직했다. 이분은 일본 와세다 대학을 나온 엘리트였다. 그런데 이분은 서화예능에 탁월한 재능을 가진 분이어서 재임 기간 매년 전국 경찰관 서예전을 열어 경찰관들의 예능성을 키워주었다. 하루는 동작동 국립묘지를 다녀오더니 경찰묘역에 충혼탑을 세우라는 것이었다. 당시 경찰묘역에는 과거 경찰전문학교에 있던 충혼탑을 옮겨놓은 것인데 피사탑처럼 15도가량 기울어져 있고 너무 허술했다. 그 일은 결국 내가 전담하게 되어 소요예산을 준비하다 보니까 사법특별회계 사용이 가능한지가 문제였다. 경찰서 하나지을 예산이 필요하다고 보고했더니 그래도 추진하라는 것이다.

기획예산과와 협조가 잘 이루어져 예산은 확보가 되었는데 최고의 작가를 초대하는 것이 큰 문제로 남았다. 우여곡절 끝에 두 분의 작가가 선정되어 자료심사에 들어갔다. 한 분은 최규식 경무관 동상을 무료제작 기증한 전문 조각가 남산미술원 이일령 화백이었다. 이분은 명예 총경이라는 직함도 있었다. 또 한 분은 조각가 김세중 서울미대 학장이다. 두 분이 제출한 조감도를 보니까 대동소이했는데 김세중 화백은 병풍 날개 안에 경찰 제복을 입은 신상을 세웠고 이일령 화백 역시 병풍 날개 안에 옷을 벗은 신상을 세워놓았다. 또 한 가지 차이점은 이일령 화백은 관리회사가 있어서 사후에도 하자보수가 가능한데 김세중 학장은 작품을 내고 시공까지는 되지만 하자보수는 따로 해야 한다는 사후관리책임 문제가 있었다.

실무진은 하자보수가 중요하므로 남산미술원에 낙점을 주고 싶지만, 주무 책임자인 유흥수 치안감은 현직 서울미대 학장인 김세중 교수에게 낙점을 주고 싶어 했다. 그러나 6인의 전문가로 구성된 위원회는 두 작가에게 신상의 복장에 대하여 질문하였다. 김세중 교수는 제복을 입혔고 이일령 화백은 나신상인데 이유가 뭐냐고 물었다. 난데없이 묻는 말에 이분들이 대답을 못 하기에 내가 나섰다.

〈위원님들, 세계 여러 곳에 남겨진 오래 보존된 조각상을 보면 대부분 옷을 벗은 신상이 많습니다. 그 이유는 한 시대가 바뀌면 전시대의 제복은 부담스럽기 때문입니다. 기념탑은 천년 이상 보존되기 때문에 후손들이 파손시키지 않도록 옷을 벗은 나신이 좋겠습니다. 나라가 여러 번 바뀌어도 충혼탑의 신상은 역사의 유물로 남을 겁니다.〉

지금도 동작동 국립묘지 경찰묘역에 우뚝 서 있는 경찰충혼탑 앞의 신상을 보면 그때 생각이 난다.

'경찰답다'라는 말의 어려움

조용연[*]

'경찰 같지 않다'라는 말이 평생 따라다녔다.

'경찰 같지 않다'라는 말은 '경찰답지 않다'라는 말과 동의어처럼 들린다. 33년 짧지 않은 세월 동안 계급장을 달고 살았는데 '경찰같지 않다'라니 칭찬인가? 비꼼인가?

여기에 주어만 바꾸면 제복 조직의 구성원에게는 레고처럼 딱 들어맞는 말이다. '군인 같지 않다' '소방관 같지 않다' '교도관 같지 않다'라는 표현에는 제복을 입은 사람들은 '이래야 한다'는 엄격한 전제가 깔려 있다.

'경찰 같지 않았으면' 마땅히 경찰에서 평가도 바닥을 기어야 한다. 살펴보면 딱히 그런 것도 아닌 듯하다. '제복의 각' '경직의 평행선'이 경찰을 바라보는 보편적 평가의 기준에 서 있어서다.

그렇다면 '흐물흐물한 경찰'이었는가? 돌이켜보면 그렇지도 않았다.

딱 부러져야 할 지점에서 마디진 결정을 내려야 하는 순간들의 연속

*경찰간부후보 26기, 경기 여주, 서울 광진서, 노무현 대통령직 인수위원, 주중 국한국대사관 참사관, 경찰청 경무기획국장, 보안국장, 충남경찰청장, 울산경찰청장, 중앙경찰학교 국정철학 외래교수(현재)

이었다. 아마도 거기에 '제복의 유연함'은 어울리지 않을지도 모른다는 요지부동의 이미지가 덧씌워져 있어서 일 것이다.

제복 입은 사람들의 운명은 처절하게도 옷에 얽매여져 있다. 제복은 씩씩해야 하고, 제복은 절체절명의 순간, 그 현장으로 제복의 그대가 마땅히 뛰어들어야 한다는 당위를 품고 있다.

그러기에 제복의 한평생을 마무리하는 자리, 퇴임식에는 '투신'하여 한 평생을 보냈다는 약력 보고가 뒤따른다. '투신投身'은 마포대교에서 뛰어내리는 '투신'과 한자가 같다. 생명을 걸고 뛰어드는 거다. 그 생사가 어찌 될지 알 수 없는 위급한 순간, 그 위험의 두려움을 생각할 겨를도 없이 그렇게 생명을 건지기 위하여 뛰어드는 거다.

아무리 힘들다는 사법시험을 합격하고 이른바 판·검사가 되어도, 행정고시를 합격해 약관에 5급의 명예를 얻어도, 그에게 아무도 '투신'했다고 말하지 않는다. 투신의 대가는 때로 '국립묘지'가 되기도 한다. '씻어낼 수 없는 불구'의 장애로 평생을 마감할 수도 있다.

그렇게 '경찰다움', '군인다움'이 지켜져야 나라가 평안하다. 소방관이나 교도관이 각기 제 일터에서 견뎌내는 '다움'은 다른 밥벌이에서 찾기 어려운 '다움'이다. 소명이 비로소 가슴속에, 흉장 속에 새겨졌을 때 가능한 제격 '다움'이다. 아무나 입을 수 없는 제복의 '다움'이 그렇게 천직이 되고, 본능이 되어 새겨진다.

경찰은 갈등의 바다, 한 가운데 서 있는 존재

누군가 묻는다. "당신은 평생을 경찰로 살아왔는데, 한 줄로, 한마디로 경찰이 어떤 존재냐?”

'국민의 생명과 신체, 재산을 보호하고…' 같은 고리타분한 교과서적 정의 말고, 생생하게 살아있는 말로 해보라는 주문이다.

이 말은 평생 군인인 귀관, 평생 소방관인 당신, 평생 교도관인 그대에게도 주어만 바뀐, 같은 질문이다.

내가 다시 돌아본 경찰은 “갈등이 파도치는 그 격랑의 바다 한 가운데서 몸으로 막고 있는 존재다”라는 말 이상의 문장이 떠오르지 않는다. 그 갈등은 결국 거리로 뛰쳐나온다. 경찰은 방패로, 그리고 몸으로 막는다. 한 시대의 원죄라고나 할까. 최루탄도, 물포도 쏠 수가 없다. 매캐한 캡사이신을 함유한 연막은 더 이상 이 땅에서 통용되는 도구가 아니다. 생산 연도가 십수 년도 더 지나 유효기간을 넘긴지 오래다. '물포 water cannon'라고 경찰이 이름 붙여도 세상은 '물대포'라고 다시 규정지었다. 대포大砲를 시민의 가슴을 향하여 쏜다고 하는 덧씌워진 이미지는 경찰의 대응 수단에 제약을 가한다. 쉽게 말해 경찰은 위축된다. 방패로 막거나, 몸으로 막다 창살에 찔리는 수밖에 없다.

화면으로 현장을 대하는 시민들은 폭력에 밀리는 '경찰의 허약'에 혀를 차지만, 경찰이 자칫 진압의 봉을 높이 들면 변덕스러운 언론과 합세하여 당장 비난 일색으로 돌변한다. 경찰은 본능적으로 그 공격의 창살이 아프다는 것을 안다. 현장 경찰은 공권력의 행사에 주저한다. 경찰의 대응은 다분히 대증요법적이다. 그냥 환부를 '호호' 불거나, 터져나오는 고름을 닦아주는 역할 이상은 할 수가 없다. 경찰이 의사가 아니기 때문이다.

강력범죄의 현장에서도 '경찰다운 용맹'은 주저함에 발목 잡힌다. 총을 쏘는 일은 공포탄 발사 이상으로 전개되기 어렵다. 권총의 짧은 총신, 긴박한 현장의 뒤엉킴 속에 예리한 흉기를 정조준하는 백발백중 명사수는 영화 속 기대일 가능성이 크다. 권총은 쏘고 난 뒤처리가 더 골치 아프다. 권총은 '그냥 겁주기 용도'이거나 잠시 기절하는 테이저건의 활용에 밀리고 만다. '아무도 책임져 주지 않는다'는 그 막막한 공권력의 외로움이 급기야 위험이 1/10로 줄어든다는 '저위험 권총'을 도입하는 코미디 같은 선상에 와있다.

이런 '공권력 다움'의 약화는 경찰을 예로 들었을 뿐, 군인, 소방관, 교도관도 예외가 아니다.

제복 조직이 모두 앓고 있는 만성질환 증후군일 뿐이다. 이 질환의 치료에는 많은 시간이 걸릴 것이다. 더 사회가 난폭해져 공권력이 몸으로 막을 수 없는 막다른 벼랑까지 가서야 치료의 기미가 보일 것이다.

한때, 서해는 불법조업하는 중국어선들의 무법천지였다. 바다 밑까지 싹싹 긁어대는 남획의 무대였다. 해양경찰은 출동하고 퇴각을 경고한다. 스크럼을 짜듯 떼로 덤비는 중국 불법 조업 어선은 헬기에서 해산을 종용하는 해경의 경고 따윈 귓등으로 흘려 버린다. 총을 가지고 있되 쏘지 못한다는 것을 중국 어부들은 알고 있다. 해경은 거친 파도를 뚫고 천신만고 끝에 불법조업 어선에 올라타지만, 쇠창살에 찔려 부상당하거나 순직하기도 한다. 그런 바다가 지금 이토록 질서가 잡힌 것은 경기관총까지 발포 명령을 내리면서부터다. 중국외교부의 비난 성명에도 불구하고 계속된 발포가 단순한 위협이 아니라는 사실을 알게 된 중국어선들은 두려워 대한민국의 바다로 들어오지 못한다. 이제 그들이 나포라도 되는 날에는 풀려나기 위해서 수억대의 대가를 지불해야 하는 징벌이 주시하고 있다. 경찰의 공권력은 이래야 한다. 총을 필요할 때 쏠 수 있지만, 고도로 억제하고 있다는 암시를 어둠의 세력에게 주어야 한다. 그런 '두려움의 평화'가 범법의 유혹에 대응하는 처방이다.

'경찰다움'의 회복, 어디에서 찾아야 하는가

그래도 공권력은 막강하다. 그것은 제도화된 권력이자, '허용된 폭력'까지 포함된 무서운 힘이다. 그렇기에 시민사회가 눈에 불을 켜고 오·남용의 현장을 광각光角으로 잡으려 하고 있다.

정답은 '법대로'다. 얼마나 법을 안 지키고, 힘 있다는 사람들이 법을 안 지키면 '법대로'를 이렇게 갈구하는 세상이 되었나.

'법대로'라는 참 좋은 말에는 힘이 실린다. 그런데 정말 '법대로' 해볼까. '법대로'에는 법조문을 참으로 건조하게 읽어내는 집행이 따라붙을 가능성이 크다. 경찰관 개개인은 '법대로'의 힘을 알기에 자칫 공권력의 '차가운 행사'를 선택하고, 나는 '법대로' 내 소임을 다했다고 당당해할지도 모른다.

그러나 체온이 빠진 공권력 행사는 차갑게 시민사회에 와 닿는다. 시민들은 모래알 씹듯 뻑뻑한 밥을 먹는다고 고통스러워할 것이다. 어디다 호소할 데도 없다. '법대로' 한 거니까.

뻑뻑한 밥은 '국물 없는 밥'이다. 아무리 '햄버거 세상'이 되어도 결국은 '콜라 한잔'으로 국물을 대신한다. 오죽하면 이 땅에 해묵은 욕이

"너, 국물도 없어!"일까.

경찰관은 자칫 공권력의 칼을 쥐고 있다고 자신을 호랑이라 여길지도 모른다. 내 칼날이면 안 들어가는 곳이 없다고 여길 때 비극은 시작된다. 사람들이 그 칼날을 피하려고 일단은 길을 터주며 눈치를 살필테니까. 그러나 경찰관은 '호랑이 등에 올라탄 고양이'다. 호랑이 등에서 내리는 순간 사람들의 호통에 뒷걸음칠 수밖에 없는 길고양이다. 경찰관을 예로 들어서 그렇지, 공권력의 칼을 쥔 사람들의 운명, 제복의 숙명이 다 거기서 거기다.

그러면 '경찰다움'은 어디에서 찾아야 하는가. '억울함'이라는 명제에서 찾아야 한다.

내가 여러 해 초임 경찰관들 앞에서 강의하며 가장 먼저 강조하는 단어다. 인간사 살아가면서 억울한 순간이 어찌 없겠는가? 세상 사람의 마음이 다 내 마음 같던가. 그 어긋난 마음을 수평의 자리로 옮겨가게 하는 고단한 과정이 세상살이다.

그 과정에서 인간의 욕망은 욕구를 넘어 욕심의 단계로 접어들고, 그 잣대가 부실한 접합부가 누군가를 '억울하게' 만든다.

경찰의 문을 두드리는 사람은 '억울한 사람들'이다. 그 억울함이 말이 되는가, 안되는가는 두 번째 이야기다. 고소인도 피고소인도 저마다 억울함을 호소한다. 억울한 사정을 잘 들어주어야 한다. 그 지루한 청문의 자리는 인내를 요구한다. '억울하겠구나' 하는 공감의 접수도, 그건 '억울해할 일이 아니다'라는 냉정한 판단도 경찰 몫이다. 특히, 당신의 지극히 '주관적인 억울함'은 인정받을 수 없는 억울함이라는 공인의 판단을 조곤조곤 설명해 주고 이해시키기 위한 인내의 시간이 꼭 필요하다. 그것은 판사가 밀려 있는 재판에 떠밀려 충분한 설명 없이(그것이 말이든 글이든) 건조한 판결 주문 몇 자로 '재판 끝'을 선언했을 때 느끼는 당사자의 '억울함'과 닮아있다. 내 '억울함'이 최소한의 조명도 받지 못한 채 묻혀 버렸다고 낙망하는 심사는 충격이다. 심지어 더 이상 구제 방법도 없이 죄수복으로 갈아입어야 하는 순간에도 '억울함'이 풀리지 않는다면, 교도소 감방 안까지 따라와 집요한 동거를 시작한다.

신임 경찰관을 교육하는 중앙경찰학교 정문에는 거대한 비석 하나가 서 있다. 비문은 말한다.

"나의 맹세, 나는 맡은 바 일에 억울한 사람이 한 명도 없도록 하여 존경받는 경찰이 된다"

경찰의 첫발을 딛는 새내기 경찰관에게 받는 경찰의 무거운 소임 한 줄 서약이다.

25년 전 학교장이 비석을 학교 정문에 세웠다. 억울함을 풀어주어야 하는 일이 '거리의 판사'인 경찰관 제1의 과제임을 드나들 때마다 가슴에 새기도록 했다.

세월이 지나도 우선순위에서 조금도 자리바꿈하지 않는 절대 명제다. '억울함'에 대한 신원伸冤이야말로 공권력이 벌여야 하는 최고의 굿판이다.

'경찰다움'은 '경찰 같지 않아야' 더 완성에 가까워

경찰다움의 본디 모습은 뛰어난 직무 능력이야 기본이고, '강인함'

소용연

'정의감'을 우선으로 친다.

그것만으로 완벽한 경찰상이 완성되는 것인가.

1991년에 만들어진 〈경찰헌장〉은 그 답을 주고 있다. 치안본부가 경찰청으로 승격되면서 만들어진 경찰의 갈 길을 밝힌 문장이다. 그 헌장 제정 기획단에서 실무 팀장으로 일한 나는 잊히지 않는 두 가지가 있다.

경찰헌장은 전문과 5개의 세항으로 나누어져 있다. 가장 첫 번째 세항에 무엇을 두어야 할 것인가. 나는 '정의로운 경찰'이 당연히 먼저라고 생각했다.

"우리는 정의의 이름으로 진실을 추구하며, 어떠한 불의나 불법과도 타협하지 않는 의로운 경찰이다" 당시 30대였던 나, 청년 경찰의 피 끓는 결기가 담겨 있는 문장이다. 당연히 우선순위 맨 꼭대기가 제자리라 여겼다.

그런데 치안본부 수뇌부 회의에서 격론이 벌어졌다. 두 번째 세항으로 놓았던 "우리는 모든 사람의 인격을 존중하고 누구에게나 따뜻하게 봉사하는 친절한 경찰이다"가 더 우선이라는 의견이 제시되었다. 격론 끝의 투표에 부쳐졌다. 단 한 표 차이로 '친절한 경찰'은 맨 위, 제1항으로 자리바꿈했다.

40년이 지난 지금 다시 돌아보니 수뇌부의 결정은 옳았다. 물론 '정의로운 경찰'이 대전제이긴 하지만, '친절한 경찰'은 풀지 못한 숙제다. 이 친절은 그냥 미소 띤 얼굴을 말하는 게 아니다. 비 오는 날, 우산이나 빌려주는 '파출소의 친절'을 뜻하지도 않는다. 그 문장 안에는 인간 존중이 담겨 있고, 평등과 공정이 담겨 있다. 봉사라는 말은 인내심 있는 경청, 저마다의 억울함에 맞는 해원解寃의 눈높이를 뜻한다.

그렇게 완성된 문장을 들고 대한민국의 석학이자 문학 평론가인 이어령 선생을 찾아갔다. 감수받기 위해서다. 초안을 보시더니 "다 좋다"라고 하시며, 한 줄을 자필로 적어 넣으셨다.

전문前文 마지막에 "우리가 나아갈 길을 밝혀 마음에 새기고자 한다" 이 한 문장이었다. 경건한 서원誓願이다.

선생은 가고 없어도, 경찰관서 현관에서 만나는 이 십계명 같은 〈경찰헌장〉 앞에서 고인을 다시 떠올린다.

이제 진짜 '경찰다움'으로 돌아간다.

'경찰 같지 않다'라는 말은 진짜 경찰다움에 근접하는 시대의 형용사가 되었다. 근육질의 경찰이 가져야 할 바탕색은 '경찰 같지 않아' 보일 뿐, 가장 경찰다운 요소가 들어 있어야 한다. 거기에 문학이 있고, 예술이 있고, 철학이 녹아있어야 한다. 손에 쉬이 잡히지 않는 이 자양분이 삼투압 작용을 거쳐 경찰의 세포 안으로 스며들 때, 경찰은 진짜로 '경찰다운 경찰'이 된다.

이렇게 인송문학관 토문재가 남도의 정서를 간직한 문학의 공간으로 자리매김하는 뜻을 넘어서는 그 무엇을 생각해 본다. 첫 과제로 〈제복 입은 사람들〉을 올려놓은 것은 '나라가 지어 준 옷'의 무거움과 경건함을 함께 인문학의 테이블에서 다시 응시하기 위해서가 아닐까.

소용연

우수영 강강술래_김봉준

안 들었으면 하는 '전직 순사' 소리
—오지랖 넓은 탓일까…?

최영종 전직 경우

〈앞서 몇 마디〉

우리는 그동안 '제 식구 감싸기'란 말을 들으며 살아왔다. 필자 역시 사회의 안녕과 질서를 위하여 반세기를 살아온 터에 순사 소리를 들먹이다 보니 편집진과 독자들에게 대단히 송구스럽다. 아직도 '그 사람 전직이지…' 하는 말 속에는 일정 때부터 배여 내려온 생각대로 말하기 마련이다. 사실 경찰도 자기 일신의 보호와 공공의 안녕과 복지를 항상 생각하고 있으나 때로는 오지랖 넓게 일 하다 보면 잡소리가 일어나 순사 소리도 듣게 된다.

이래서 필자의 성질 탓으로 지금도 실수할까 하여 항상 조심하며 그 소리를 안 들으려 노력하고 있고 여기 이 일 저 일 생각을 모아 수상으로 고백하려 한다. 제발 이 글이 '제 얼굴에 침 뱉기 인줄 모르고' 하고 독자님의 질책을 주실 것을 바라며…

버릇은 고치기 어려운가 보다.

반세기가 넘었어도 가끔 그 버릇(?)이 나와 끝에 가서는 만시지탄이다.

그 버릇이란 50년 동안 몸에 젖어있는 '순사버릇'이다. 좋게 말해서? '경찰나부랭이' 버릇이라고나 할까!

옛날부터 순사 온다하면 우는 아이도 울음을 그쳤다는 것은 순사에 대한 좋지 못한 이미지 탓이라고들 말해, 잘못은 아니다. 지난 36년의 일제 치하에서 반항하든지 조금 기氣만 보여도 서슬 푸른 예비검속이네 하는 무서운 법으로 옭아매 구류간이나 유치장, 이도 아니면 형무소의 높은 담장 안에 가둬 쳐넣었기 때문이다.

동네 입구에 긴 칼 찬 순사가 나타나면 마을 안에 비상이 걸리고 마을 사람들은 괜시리 움추려 들어 제대로 기를 펴지 못하고 살아온 세월이었다. 일제가 항복하여 이 땅을 떠난 뒤에도 우리네들은 순사라는 무서운 이미지가 쉽게 가시지 못하고 이어졌다. 과도정부 거쳐 정부 수립 뒤에도 말 좋게 이념 갈등으로 남과 북으로 갈라져 제주 4·3사건이네, 지리산 공비라는 총 쏘고 애민사람 잡아가는 순사의 위세는 쉽게 가시지 않았다.

그저 순사는 잡아가는 사람이란 막연한 생각들은 아직도 순사와 경찰에 대한 해맑은 이미지는 아직도 가시지 않는 영년永年의 아쉬움이다.

50년전 부평 경찰학교에서 어려운 괴뢰傀儡, 섬멸殲滅이란 한자를 써서 경찰이 되어 오늘 까지도 전직前職이란 두자 뒤에 순사 아니면 경찰이 붙어 오다보니 80을 넘었다.

거듭 말하지만 건성건성 건너뛴 경찰상으로 순사는 칼찬 무서운 사람이라는 생각은 일제 때부터 박혀왔고 일제가 떠난 뒤에도 가시지 않은 채 내 몸으로 이어져 박힌 순사의 무서움은 쉽게 털어지지 않은 채 길러져 왔고 지금도 순사 기氣가 살아남아 사회정의를 위해서라면 아주 작은 일에서도 기가 발동 걸리려 한다.

틈만 나면 집옆 경안천 길을 같이 걸으며 이른바 심신에 새 공기를 집어넣으려 2시간쯤 오고 간다. 그날의 미완성의 그 일은 이렇다.

열심히 앞서거니 뒤서거니 걷다 보니 반환점 송담대역 종합운동장 옆 쉼터가 보인다. 한 시간쯤 걸었음인지 등에 송골 난 땀방울이 맺혔다. 반환점 쉼터의 의자가 눈길을 이끈다. 옆 의자에는 먼저 온 70을 갓 넘은 듯한 아저씨가 자전거를 받쳐놓고 마스크도 벗은 채 숨을 고르다가 호주머니에서 라이터와 담배를 꺼내 불을 붙이려 하나 지나가는 바람이 거듭 불붙임을 방해한다. 두 손으로 가리고 다시 시도하다 겨우 붙인다. 타오르는 담배를 입에 물어 맛있게? 빨아 댄다. 숨과 함께 연기를 들어 마셔 폐 속으로 돌려서 코로 시원스레 뱉어낸다. 보는 듯 안보는 듯 그의 담배 피움을 보았다.

필자도 지난날에는 하루에 두 갑도 불사하던 골초이었기에 그가 맛나게 태우는 모습에서 구수하고 상긋한 그 맛을 상상하면서 풀려던 숙제인 그 꽁초를 어떻게 처리하나 하고 연신 옆눈질했다. 거의 5분쯤 뒤. 다 타들어 가 꽁초로 변해가자 아쉬운 듯, 아까운 듯하면서 의자 모서리에 대고 필터만 남다시피 한 꽁초의 잔불을 비벼 끄더니 휙 하고 발밑에 던진다.

금방 "아저씨 담배꽁초를 여기에 버리면 어쩝니까? 누가 치우나요?. 여기는 쓰레기장은 아니지요? 모두가 쉬어가는 쉼터인데 서로 조심해야 하지 않나요" 하자 물끄러미 쳐다보던 그는 "그러면 이 꽁초는 어디다 버려욧" 하고 톤이 높아진다. "여기도 저기도 버린 꽁초들이 있지 않소? 나만 한 것이 아니잖소! 남일 간섭 말고 당신 할 일이나 하쇼. 별사람 다 보겠네" 하고 말이 나오면서 톤이 더 높고 커진다.

여기서 미완성의 후회가 나온다. 그것은 필자는 그날 그 자리에서 그에게 위의 말 한마디도 하지 못한 바보였다. 그것은 아내와 둘이서 이 길을 2시간 가까이 걷다보면 평소에 오지랖 넓은 내 성격을 잘 알아서 아내는 가끔 나를 교육시킨다. "길을 폭넓게 걷지 말 일, 오가며 사람과 말을 삼갈 일, 남들의 시비에 끼지 말 일. 아니꼬운 일에 절대로 덤벼들지 말 일" 이어 "남과 시비를 말고 살아야 합니다" 하고 재차 강조한다.

아내 말대로 그 자리에서 내가 꽁초처리를 간섭해서 이른바 태클 tackle을 걸었다면 어찌 되었을까? 했다면 목소리 높여가면서 한바탕해 댈 위인으로 보였다. 이래서 아내 말이 생각나 더 말하지 않은 입 닫은 바보(공익 사회를 위한 이타심을 발동도 못하고 말이다) 비겁자가 되었기에 그 일은 땅속에 묻어두고 말았다.

"경찰 나리들은 그를 경범죄 처벌법으로 심판할 수도 있지, 우리네의 한마디 말은 시비로 번지다간 끝내는 살인까지도 일어날 수 있다고 말들을 조심하자고 하는 무서운 세상이니 제발 몸조심하세요" 하는 말대로 비록 적은 사건이지만 분명 필자는 내 몸만을 생각하는 이기족利己族 일까? 아닐까? 묻고 싶다. 대답하기 앞서 S사장이 들려준 이타족利他族 이야기.

편의상 A는 일 벌린 사람. B는 남(사회)을 위해를 자기의 위해와 손해도 감수한 사람. 이 두 사람은 많은 사람과 함께 같은 장소에 있었고 A가 입안에 잔뜩 뭉쳐진 덩어리 가래침을 바닥에 뱉고 휴지와 담배꽁초를 버린 일, 옆에서 보던 B가 몇 마디. A는 대뜸 "너나 잘해! 이 새끼야" 한다. 나이 오십이 될까, 말까. 사태가 돌변했다.

"휴지통이 없는데… 이 개새끼들 휴지통 갖다 놓지 않고…" 하고 핏대가 곤두선 그의 팔에는 시꺼면 뱀 문신이 주위 사람들까지도 아무 소리 못 하게 압도壓倒하고 있었다. B씨, 그는 멱살을 잡히고 주먹으로 맞을 위험을 무릅쓰고 잠자는 호랑이를 건드린 결과였다. 주위에 있던 사람 누구도 그의 망나니짓을 보고도 못 본체했을 것 같다.

이런 때는 "나는 경찰관이요 단속할만한 사람이요" 하고 순사소리 크게 내세워도 누구도 욕할 사람 없을 터이지만 그날의 일은 잘한 것보다는 못한 바보짓이었다고 자괴自愧도 하면서도 '전직' 소리 안 듣는 세상이 왔으면 하고 빌어본다.

땅끝, ──────────────────── 재복 입은

최진석　　　강신권　　　고봉균

곽문희　　　김보름　　　김인태

김진아　　　김해원　　　나영철

박근오　　　박동현　　　박일홍

백형종　　　손민수　　　양영호

양재훈　　　장이주　　　장진영

장한솔　　　정우일　　　정현재

최형호　　　추창환　　　표정훈

한충현　　　황성현

사람들 ──────────────── 소방관

든든한 국민의 소방관의 추억을 만들자

최진석 해남소방서장*

제19대 해남소방서장이라는 중책을 맡게 된 최진석입니다.

지금 이 시간에도 최일선에서 도민의 안전을 책임지고 있는 직원 여러분 항상 감사드립니다.

사랑하는 직원 여러분!

급격한 기후변화로 인해 갈수록 사고는 대형화 되고 복합화 되는 재난 앞에서 군민들의 안전욕구와 소방에 대한 기대감은 갈수록 높아지고 있는 가운데, 이러한 변화하는 환경에 대처하기 위해 현장에서는 발빠른 사전 대응과 함께 우리 직원의 안전과 팀워크가 최우선 확보되어야 할 것입니다.

이를 위해 저는 해남소방서 직원 모두가 화합하고 소통하여 현재 보다 한층 더 나은 일하고 싶은 직장 즉 해남소방서를 만들어 가겠습니다.

매사 공과 사를 구분하고 열심히 일하는 직원이 대우받을 수 있도록 공정한 인사체계를 확립하는데 최선을 다하고, 저부터 투명 공정한 소

---

*68년 전남 영암 출생, 대불대 졸업, 소방사 공채, 소방본부 인사팀장 등.

방행정 실천을 위해 여러 직원의 의견을 모아 합리적인 결정을 할 것입니다.

사랑하는 직원 여러분!

국민이 가장 신뢰하는 조직은 소방입니다. 이러한 신뢰는 우리 소방의 희생과 노력의 성과라고 생각하며 우리 모두 더욱더 조직이 발전되도록 자긍심을 가져 주시기 바랍니다.

7월 10일자 인사를 통해 현장대응단 현장안전점검관을 각 팀별로 배치하여 현장에서의 직원 안전 확보를 강화하였으며, 119구조대 인원을 보충하였습니다.

직원 여러분! 첫째도 안전! 둘째도 우리 직원의 안전임을 항상 잊지 마십시요!

직원 여러분 또한 현장 활동 시 안전사고 방지를 위해 개인 보호 장비 점검·착용과 안전수칙 준수를 통해 단 한 건의 안전사고가 일어나지 않도록 최선을 다하여 주시기 바랍니다.

끝으로, 여러분과 함께 같은 직장에서 근무하게 된 것을 매우 기쁘고 영광스럽게 생각하며, 여러분의 가정에 항상 행복이 가득하시길 기원합니다.

감사합니다.

소방 제복 주황색의 무게와 자긍심

강신권 소방경

　해남군 현산면 황산마을에서 출생하여 유년 시절을 목포에서 보낸 후 대학 졸업 후 첫 직장으로 소방관을 선택했다. 해남읍에서 가정을 꾸리며 30년 주황색 제복을 입고 소방관으로 생활하면서 각종 사고현장에서 곤경에 처해 있는 사람을 구조하기 위해 나의 안위는 뒤로한 채 열심히 현장에서 활동했다. 그때를 뒤돌아보니 참으로 보람되고 자긍심이 생겼다.

　소방에 입사한 지 얼마 지나지 않은 것 같은데 벌써 내년 6월이면 은퇴할 나이가 되었다. 첫 임용을 해남소방파출소로 임용받았다. 24시간 근무 후 하루를 쉬고 다음 날 근무에 들어오는 막 교대 근무로 생활을 하였다. 어느 날은 다른 팀 근무자가 휴가를 사용하게 되면 대신 근무에 임하여 72시간 꼬박 3일 근무 계획이 짜여있었고 장비가 부족하여 개인 돈을 들여 장갑을 구입했던 시절이 있었다.

　30년 세월이 지난 지금의 소방은 인원이 어느 정도 보충되어 24시간 근무 후 이틀을 쉬는 근무체계로 변화되었고 많은 개인보호장비와 인명 구조 기구가 들어왔으며 현장에서 가장 중요한 필수 장비인 공기호흡기와 구조 장갑은 개인별로 지급되었다. 앞으로도 더 많은 고가의 정밀 장비와 충분한 인원이 보충되어 현장에서 신속한 인명 구조와 화재 진압 등이 과학적이고 체계적으로 이루어지고 근무여건이 더욱 좋아졌으면 하는 희망을 가져본다.

초임 소방관 시절 해남읍 지하층 유흥주점 화재를 진압하기 위해 화재현장에 진입했다. 뜨거운 열기와 검은 연기로 한 치 앞도 보이지 않은 현장 상황이었다. 지하 건물 내부로 진입 후 탈출하지 못할까 하는 공포감을 느끼면서 선임과 함께 화점을 찾아 건물 깊숙한 곳으로 들어가 화재를 진압하고 인명을 검색하면서 군 복무 시절 느끼던 전우애를 경험하고 팀원들에 대해 가족보다 끈끈하고 친밀한 동료애를 느낄 수 있었다.

어떠한 최악 조건의 화재, 구조 현장에서도 공포에 떨고 어려움에 처한 사람을 구조하기 위해 머리보다 몸이 먼저 반응하여 자신의 안위는 조금 뒤로한 채 최선을 다하는 소방대원들을 볼 때면, 항상 현장에서 자신의 몸이 먼저 안전해야 다른 사람도 가족도 구조할 수 있다고 항상 대원들에게 안전을 당부하고 현장을 냉철하게 판단할 수 있도록 경험담을 들려 주곤한다.

가장 친하게 지냈던 선·후배가 병마에 힘들어하면서 먼저 하늘의 별이 되어 떠나게 되었을 때 그 당시는 참으로 슬프고 힘들었다. 사고현장에서 생사를 같이 하며 가족보다 더 친밀하게 지냈는데 젊은 나이에 이별을 하게 됐으니 한편으로 지켜주지 못했다는 죄책감이 들었고 젊고 건강했을 때 건강을 잘 관리하라고 한마디 해주지 못했을까 하는 아쉬움이 진하게 남았다.

　모든 소방관은 초임 시절부터 좌우명처럼 생각하는 문구가 있다. "First In Last Out가장 먼저 들어가고 가장 나중에 나온다" 또한 직장에 출근할 때 늘 생각하는 시 "소방관의 기도"의 구절을 되새긴다. 공포에 떨고 있는 사람을 구할 수 있는 용기와 체력을 달라고 신에게 늘 기도한다.

　많은 소방대원이 외상 후 스트레스에 노출되어 있고 이명에 어려움을 겪으면서 생활하고 있다. 처참한 사고현장을 경험했을 때 퇴근 후 현장 상황이 생각나면서 잠을 설치는 경우가 많다. 또한 현장 소음으로 인해 정도의 차이는 있지만 많은 소방대원이 이명에 어려움을 겪고 있다. 나 또한 심한 이명으로 치료를 포기하고 현실에 순응하면서 생활하고 있다.

　각종 사고현장에 많은 어려움이 있지만, 항상 적극적으로 소방관을 응원해 주고 지켜봐 주는 가족과 주변 사람들이 있다는 생각에 주황색 제복을 입은 소방관에 대한 무한한 자긍심과 긍지를 가지고 생활하고 있다. 우리 아들, 딸이 세상에서 가장 자랑스럽게 생각하는 아빠가 되어있어 직장생활을 마무리하면서 뒤돌아보니 한편으로 인생을 참 잘 살아왔구나! 하는 생각이 들 때도 있다.

　소방의 제복을 벗고 은퇴 후 제2의 인생 2막을 위해 사랑하는 가족과 이웃에게 항상 봉사하면서 후배들에게 부끄럽지 않은 사람이 되기 위해, 남은 내 인생 30년을 멋지게 살아가도록 노력하겠습니다.

소방관으로서의 30년을 돌아보며

고봉균 소방령

나는 중학교 때까지 시골에서 자랐다. 우리 집은 넉넉한 살림이 아니라 가난했던 것 같다. 이미 중3 때 나는 인문계 고등학교가 아니라 실업계 공업고등학교로 진로가 정해져 있었다. 사실 대학을 무척 가고 싶었지만, 집안 형편이 좋지 않아 바로 취업을 할 수 있는 실업계 고등학교에 가야만 했다.

그래서 결국 원하지 않는 공업고등학교를 다녔고 당연히 적성도 맞지 않았다. 학창시절 가난이 너무 싫었다. 고2 때는 수학여행이 있었는데 3만 원을 내지 못해서 가지 못했다. 지난달, 고등학교 친구들과 베트남 다낭으로 동창여행을 다녀왔는데 그때 수학여행비가 없어 갈 수 없었던 그날의 그리움을 이제야 달랠 수 있어서 가슴 한편으로 위로가 되었다. 지금 어머님이 살아 계셨으면 수학여행비를 주셨을 것 같은데……

고3 여름방학 때 경기도 부평 공장으로 취업을 나갔다. 그때부터 3년 동안 8번 정도 이직을 했다. 안정적인 직장이 아니라 옮겨 다닐 수밖에 없었다. 한번은 선반기계가 시끄럽게 돌아가는 새벽 4시에 기름 묻은 손으로 아버지한테 편지를 썼다. 대학교 다니는 친구들이 나는 무척 부러웠었다. 고민 끝에 아버님께 편지를 썼다. "아버님 공부를 원 없이 한 번 해 보고 싶어요"했는데…… 살아생전에는 아버님의 답을 듣지 못했다.

　공부를 원없이 해서 안정적인 직장에 다니는 것에 항상 목말라 있었는데, 92년도에 우연한 기회가 내게로 찾아왔다. 광고판에 붙여진 소방관 모집 광고였다. 모든 조건이 나하고 일치했다. 바로 서점에서 책을 구입하였고, 목포에 있는 행정고시학원에 등록하였다. 공부를 하면 할수록 재미있고 즐거웠다. 학창시절에 이 정도 공부했으면 전교 1등 하지 않았을까 하는 나만의 착각도 해 보았다. 그 결과 93년 1월 13자로 목포소방서 완도 파출소에서 소방관 생활이 시작되었다.

　처음 시작하는 제복 생활은 낯설고도 새로웠고, 선반기계가 돌아가는 열악한 환경보다는 소방관 생활이 아주 만족스러운 직장이었다. 19년 동안 현장활동을 하는 외근부서에서 동료들과 그야말로 생사고락, 희노애락을 함께 하면서 열심히 일했다. 2001년도에는 서울 홍제동에서 소방관 6명이 순직하는 안타까운 일도 있었다. 남의 일이 아니었다. 바로 내가 될 수도 있다는 생각에 아내, 어린 자녀 둘을 보면 가슴이 먹먹해지기도 했다. 선배님들의 희생으로 인해 소방 조직에는 큰 변화가 찾아왔다. 소방공무원의 장비며 근무조건이 전보다는 많이 좋아졌다.

고봉규

이후 드디어 해보고 싶었던 내근 근무를 하게 되었다. 처음 내근은 건축 민원 업무였는데, 이 업무 또한 목포소방서에서 해 보고 싶었던 일이었다. 업무량이 많아서 1년 동안은 매일 밤 11시, 12시까지 야근, 주말도 반납하고 내 업무를 차질 없이 수행하였다. 다른 소방서에 가서도 나의 근무 태도가 좋았는지 계속해서 내근 근무를 하게 되었다. 그렇게 열심히 하다 보니 공무원의 꽃인 승진의 기회가 찾아왔었던 것 같다. 소방서 내근이 아닌 소방본부에서 근무할 기회가 찾아왔다. 행운이었는지는 몰라도 나에게 찾아온 제2의 기회를 놓치지 않고 꼭 붙잡고 싶었다. 열심히 앞만 보고 달렸다. 그래서인지 2022년 1월 1자로 지금의 해남소방서 대응구조과장으로 발령받았다. 행복하고 좋았다.

비록, 처음에는 그저 가난이 싫어서, 안정적인 직장을 갖고 싶어 된 소방관이었지만, 30년 동안 소방관으로 살면서 단 한 번도 후회해 본 적은 없다. 때로는 사고현장으로 가는 것이 두렵기도 하고, 때로는 화재를 진압하며 몸에 무수한 상처들이 생기기도 했다. 그러나 대한민국 국민들의 평온한 일상을 지키는 데 작게나마 일조했다. 그게 내 평생의 자부심이다.

2023년 1월 13일 아침에 티타임을 하고 있는데 박수 소리와 함께 조그만 상자가 나에게 다가왔다. 30년 근속 기념패였다. 순간 눈시울이 뜨거움을 느꼈다. 그래도 30년 동안 헛되이 근무하지는 않았구나 하는 생각과 알아주는 동료 직원이 있어서 좋았고 행복했다. 지금은 같이 근무를 하고 있지는 있진 않지만 그때 함께 근무한 직원들(현철, 규식, 영윤, 영민, 상 수, 지산, 성현, 노아)과 함께 한 시간을 소중하게 간직하면서 영원히 함께 남을 수 있는 기념패까지 주어서 진심으로 고맙고 사랑한다고 전해주고 싶다. 그때 직원들과 기회가 되면 다 같이 소주 한 잔 할 수 있는 날이 왔으면 좋겠다.

그리고 기나긴 세월을 몇 장의 글로 다 표현을 할 수는 없지만 그나마 이렇게라도 마음을 털어놓으니 홀가분한 마음이다. 앞으로 7년여 남은 소방관 생활, 지역민들을 위해서 봉사할 수 있는 일을 찾아서 해보고 싶다. 동료들과도 항상 웃으면서 근무할 수 있도록 최선을 다할 것이다.

마지막으로, 나의 30년 근속을 축하해준 그때 그 동료들에게 무한한 감사를 전하며 앞으로도 소방관으로서의 자부심을 갖고 근무하길 바라는 마음으로 글을 마친다.

노을에 물든 명량해협_김재은

여성소방공무원으로서 살아간
소방생활 20년
—이런저런 스스로의 인터뷰

곽문희 소방경

1. 20년차 나는

2003년 9월 5일에 9급 공채로 소방서에 들어와서 지금이 2023년 9월이니 딱 20년이 되었네요. 그 전에는 간호사로 종합병원 응급실에서 근무하다가 먼저 소방에 입문한 대학 친구 소개로 소방공무원 시험을 봤는데 합격을 했죠. 지금까지 살면서 제가 제 자신에게 잘했다고 특급칭찬을 해주고 싶은 부분이 바로 소방공무원이 된 거랍니다.

더욱 특별한 인연은 목포소방서에 첫 발령지에서 항만센터로 임용받았는데 그날 저를 소방차로 근무지까지 태워주셨던 분이 지금의 저의 남편이에요.

20년 기간 나름 조금은 다양한 경험을 해본 거 같아요. 구급대원으로 임용받고 현장활동도 10년, 119종합상황실에서 신고 접수받는 수보요원 3년, 그리고 구급행정업무도 3년, 전남소방학교에서 구급교수로 4년 활동하고 올해 승진심사에서 소방경으로 승진해서 지금은 해남소방서 생활구조 구급팀장을 하고 있어요.

2. 가장기억에 남는 출동은

구급현장은 그야말로 삶의 절망과 삶과 죽음을 맞닿는 곳이다.

가장 기뻤던 건 나의 손으로 환자의 꺼져가는 숨을 다시 내쉬게 했을 때이다. 온몸으로 받은 감동의 순간은 나의 손으로 새로운 생명을 탄생을 받아보는 신생아 출산.

가장 슬펐던 순간은 삶의 끝을 맞이하려 했던 사람을 살려 놓았는데, 결국 다시 또 삶의 끝을 선택한 목맴 자살자를 직면했을 때였다.

그러나 20년 구급 출동 중 가장 기억에 남는 장면은 10년 전의 일이다.

승용차 조수석에 타고 등굣길에 있는 초등학교 5학년 남학생인데… 교통사고로 우측 어깨가 심하게 손상되어 절단하는 상황에 놓였다. 하필 이모가 운전하고 조카를 등교시켜주는 상황인데, 그날 조수석에서 창문을 열어두었는데 교통사고가 나면서 조카의 팔이 조수석 창문에 끼면서 우측 팔부터 어깨 부위까지 완전 손상으로 절단이 되는 상황인데… 그 초등학교 5학년 남학생은 무척 덤덤했다

그러고서 하는 말이… 저는 괜찮아요, 저희 이모가 너무 슬퍼하지 않았으면 좋겠어요. 그러면서 오히려 그 상황에서 이모를 걱정하는 아이의 모습이 아직도 눈에 선하다.

결국 그 학생은 우측 팔을 접합하는 수술을 여러 차례 거쳐서 오랜 시일 병원에 있었던 기억이 난다. 가끔 그 학생이 생각난다. 여전히 씩씩한 청년으로 잘 지내고 있겠지 하면서. 가끔 그날이 떠오르면 미소가

나도 모르게 번져 온다.

3.자녀를 둔 어머니, 소방공직 어떤 어려움이 있는지, 당시 극복은 어떻게

19살, 17살 두 아들을 둔 엄마입니다. 저는 한 아이를 더 낳고 싶었는데, 남편이 반대해서 반대한 이유는 뭐 뻔하죠. 육아가 힘들다는 이유였죠.

근데 예전이나 지금도 변함없이 맞벌이하는 아내를 위해 자녀들 밥도 챙기고 빨래 설거지 청소 등등 항상 가사일을 함께 잘 해주고 있답니다.

두 자녀를 모두 출산할 당시에는 근무여건이 24시간 근무하고 24시간 쉬는 갑을부 근무체제였고, 큰아들 출산 전날에 구급출동을 나갔는데 심폐소생술 환자였죠. 만삭의 몸으로 CPR을 했고 바로 그 다음날 양수가 터져 병원 가서 큰아들을 분만했던 기억이 나네요

양가 부모님들께서 아이를 돌봐줄 수 없는 상황이라 함께 근무하는 팀장님의 사모님이 우리 두 아이들을 근무날은 맡아 키워주셨죠. 새벽에 비상근무라도 걸리면 이모 고모, 삼촌들 동원해서 애들 맡기고 출동했었어요.

4. 오늘날 소방조직, 어떤 노력과 변화

지금은 출산전 육아휴직을 먼저 내는 여직원들도 많고 출산하고도 길게는 3년간 휴직하는 분들도 계셔요. 저는 만삭의 몸으로도 출산 전

날까지도 현장활동을 했었는데… 지금은 임신하면 현장출동부서에서 행정부서 일근으로 조정도 해주고 임신 모성 휴가 제도가 있어서 임신한 여직원들에 대한 복지 정책이 많이 좋아졌어요. 눈치 주지 않고 눈치받지 않고 육아휴직을 활용하죠. 또한 구급대원의 유자격자(간호사, 응급구조사)를 기간제 대체 인원을 충원하여 휴직중인 직원의 업무 공백을 채워가고 있습니다.

5. MZ세대들 소방조직 문화와 분위기 받아들이기 어려워한다, 해결책?

세대간의 갈등은 소방이 아니더라도 어느 곳에나 다 있다고 생각해요. 다만 우리 조직은 일반직과는 좀 다르게 계급장이 부착된 제복공무원이라 약간은 엄격하게 보이고 서열이 있게 보여질 듯해요. 사회적인 자연스러운 변화 속에서 세대간의 갈등은 완전히 없앨 수 없지만, 그래도 그 갭 차이를 조금은 줄이려고 '라떼' 선배들이 더 노력하고 있어요.

공감 톡톡이라는 게시판을 활용해 소통창구 역할을 하고 있고, 좋은 제안이 있으면 적극 수용하고 있으며, 소방서별로 세대간의 갈등을 해소하는 특수시책도 추진하고 있답니다.

6. 자녀가 소방공무원이 된다면 찬성? 복지문화 등 추가적 개선되어야 할 점

우리 큰아들이 지금 고3이고 특성화고등학교를 다니고 있는데 올해 바로 특전사 군 입대를 한다고 지금 체력학원 다니고 있어요. 부모님 뒤를 이어 소방관이 꿈이랍니다. 기특하게⋯

저는 찬성이죠. 그러나 지금은 소방공무원 채용인원이 급격히 줄어들어서 걱정이죠. 그리고 가족 소방공무원이 전남에도 꽤 있습니다. 부부 소방공무원도 많이 있구요. 아버지 뒤를 이어 두 자녀가 모두 소방관인 경우도 있어요.

7. 소방관 20년 생활에서의 특별관 업무를 맡은 부서 소방학교? 소방교육 명강사?

신규자와 재직자가 교육이 있는데 저는 주로 신규 대상과 구급대원을 대상으로 구급교육을 했었죠.

특히 신규들은 5기부터 마지막 올해 6월말 기준으로 16기수까지 수료시켰는데 천 명 가까이 된 인원이지만 사실 모두 다 알기는 어렵더라구요. 더구나 코로나로 인해 마스크를 쓰고 교육시켰던 신규들은 정말 마스크를 벗고 인사하면 모르겠더라구요. 마스크를 써야 아, 누구구나 하고 이미지매칭이 되더라구요.

특히 기억나는 교육생은 신규들은 체력강화 훈련을 매일 하는데 하루는 공기호흡기 매고 산악 극기 훈련을 하는 날이었어요, 공기호흡기가 9키로 정도 하거든요. 여자교육생들은 물리적으로 살짝 힘들어했는데 뒤에서 본인도 힘들 텐데 남자 동기 한 명이 체력이 유독 떨어지는 여자교육생 공기호흡기를 뒤에서 손으로 받쳐주면서 뛰더라구요. 그걸 보면서 아, 저런 모습이 같은 동기들의 끈끈함이구나 하고 느꼈어요.

8. 소방교육 명강사? 글쎄요, 명강사라고 하기에는 좀 부끄럽긴한데요.

제 자랑같지만, 신규 직원들 수료하면 강사 만족도에서 제가 2년 연속 1위를 차지했었는데요.

그 이유는 교육생과 함께하는 수업, 주입식이 아닌 사례 중심의 소통 시간으로 신규 소방관으로 나아가는 데 꼭 필요한 경험 위주의 수업이 참 효과가 좋았던 거 같습니다.

항상 기다려지고, 졸업해서 현장에서도 늘 수업중 들려줬던 경험들이 많이 도움된다는 이야기들을 졸업생들에게 들으면 스스로 자부심이 들고 보람된 거 같습니다.

9. 마지막 나 자신과의 약속

국민에게 가장 신뢰받는 공무원으로서 자부심을 갖고 소방공무원의 제복을 입고 근무하는 제 자신이 무척 뿌듯함을 느낍니다.

처음부터 사명감을 가지고 소방관이 되지 않았지만, 소방관으로 근무하면서 점점 사명감이 생기고 확대되었습니다. 사람을 구하는 소방관으로서, 자신의 안전을 지켜야 국민을 구할 수 있으니 자나깨나 안전입니다. 안전!

익숙해지지 않았으면 하는 것

김보름 소방장

나와 내 친구의 흔한 이야기이다.

20대 초중반이었나, 그땐 내가 출·퇴근 길만 운전을 했던 터라 낯선 도심에서의 운전은 많이 서툴렀다.

어느 날 저녁 친구를 태워 내 오피스텔로 가는 길에 갑자기 앞이 안 보일 정도로 비가 쏟아지기 시작했다. 분명 무서웠는데 우린 뭐가 즐거웠는지 서로 좋아하는 음악을 들으며, 가는 내내 웃고 떠들었다 그렇게 서로에게 가장 편한 친구가 되었다.

우리 사이는 특이했다.

평소엔 연락도 잘 없다가 누군가 하고 싶은 이야깃거리가 있으면 각자의 시간을 서로에게 내어주었고, 편의점 앞에서 맥주 한 캔으로 밤새 떠들어 댔었다.

그러던 중 나는 이리저리 바쁘다는 이유로 약속을 미루기 시작했다.

익숙해서 너무 당연하다 생각했을까, 그 친구는 개인적으로 힘든 시기를 보내고 있었다. 얼마나 내가 원망스러웠을까.

서로에게 가장 가까운 사이라 생각했는데, 친구가 많이 아프다는 이야기를 다른 사람을 통해 전해 들었다. 거짓이길 바랐지만 돌이킬 순 없었다. 왜 아프다는 걸 알아채지 못했을까 하는 자책으로 가득했다.

그나마 젊은 덕이었을까, 친구는 예전처럼은 아니지만 1년여간 치료를 받으며 기적처럼 건강을 되찾았다.
건강해지면 다시 함께 가기로 했던 곳에 다녀왔다.
내 인생에서 어떤 것에 최선을 다 할 수 있는 기회를 다시 얻은 것 같았다. 소중하고 감사했다.

어느 날은 그 친구가 먹고 싶은 과일이 있는데, 비싸서 먹을지 말지 고민 중이라 하였다. 나는 며칠 전 인터넷에서 본 글귀가 생각나서 말했다.

"야, 우리 80살까지 살아도 제철 과일 50번밖에 못 먹어! 먹고 싶은 거 먹자!"

나는 죽음의 문턱까지 다녀온 친구 덕분에 나에게 소중한 것이 어떤 것인지 깨우쳤다고 말한다.
그리고 우리에게 주어진 날들을 어떻게 하면 더 귀하게 쓸 수 있을지 함께 고민한다. 또 소중한 것들에 대해 익숙해지지 않기 위해 노력한다.
그것이 나의 직장이든, 가족이든, 친구든, 돈이든 말이다.

제복입은 사람들

김인태 소방위

27살에 소방서에 임용되어 벌써 14년 동안 근무를 하고 있습니다. 시간이 참 빠르게 지나간 것 같은 느낌이 있네요. 소방서 임용 되어 지금까지 많은 변화가 있는 것 같습니다.

평생 같이 지낼 아내를 만났고 눈에 넣어도 아프지 않을 자녀 둘(아들1, 딸1)을 가지게 되었습니다.

2012년에 결혼해서 2014년도에 딸을 낳아서 너무 기뻤습니다. 아내와 저는 아들, 딸 구분없이 하나만 낳아서 잘 키우자라는 생각을 가지고 있었는데 딸이 너무 사랑스러워 한 명 더 낳아서 외롭지 않게 해주자고 생각을 해서 3년 정도 준비를 했는데 첫째 같이 쉽게 생길 거 같았지만 마음같이 되지를 않았습니다.

그래서 우리는 아이 하나만 키우라는 뜻으로 받아들이고 살아왔습니다.

가족 셋이서 잘 지내다가 웬걸, 2021년에 둘째가 생겼습니다. 2022년 6월에 아들을 낳아서 딸과는 8살 터울이 났습니다.

양가 부모님은 물론 저희 딸도 너무 행복했고 정말 사랑스러웠습니다.

지금 15개월 아들 볼 때마다 신기하고 하루하루가 소중합니다. 제 나이 40살에 아들을 낳아서 어떻게 키우지, 하는 두려움도 있었습니다. 그러나 기어 다니다가 서서 아장아장 걸어 다니는 모습을 보면 두려움은 없어지고 너무 즐겁고 사랑스러웠습니다.

이제는 애들을 보면서 저와 아내는 목표가 생겼습니다.

애들 성인이 되고 결혼도 하고 자녀까지 낳을 때까지 우리 건강 꼭 잘 챙기고 잘 지내보자, 라고 항상 다짐하고 실천 중입니다.

앞으로 소방서 생활도 가족에게 자랑스러운 아버지, 남편으로 남기 위해 청렴하고 건강한 소방관으로 지내야겠다는 마음을 오늘도 다시 한번 기도하고 외쳐봅니다.

김인태

새내기 소방관의 내근 적응기

김진아 소방사

　현재 나는 해남소방서 예방안전과의 막내로 근무 중이다. 2022년 1월 10일 첫 발령지인 해남 119안전센터에 임용되어 1년을 근무하다 올해 1월 예방안전과 홍보 자리에 발령받았다. 센터는 주로 출동을 나가는 외근 부서면 예방안전과는 주로 행정업무를 맡는 내근 부서이다. 말 많고 촐랑대는 내가 종일 컴퓨터 앞에 앉아서 업무를 하게 된 것이다. 처음 한달 간은 적응하기 어려웠다. 나는 E성향이 강한 사람으로, 활동적이고 외향적인 성격이다. 그런데 한 번도 해본 적 없는 홍보 일을 맡게 되었다. 홍보 업무는 보도자료를 주로 작성하는 일이 많다. 나는 이런 분야에 경험이 없어 약간의 불안함도 있었다.

　처음에 간단한 보도자료 작성에도 오랜 시간이 걸렸다. 실패와 시행착오를 거치며 점점 나아졌다. 경험이 쌓일수록 익숙해져 갔고 자신감이 생겼다. 그러나 이게 다가 아니었다. 홍보 자리는 과 서무를 함께 맡게 되는데 특히 서무 일이 업무보고 작성, 초과근무 실적 보고, 사이버 교육 수료증 수합 등 정적인 업무였으며 할 일이 많았다. 홍보 일만 해도 아직 어렵고 시간도 부족한데 서무 일까지 맡으려니 스트레스가 컸다. 그래서 팀장님께 홍보 일이 익숙해질 때까지 서무 일을 좀 다른 팀원들과 나눠서 했으면 한다고 말씀드렸더니 안타깝게도 안 된다고 하셨다.

"일이 많더라도 부딪쳐야 일이 는다"라고 하셨다. 맞는 말이지만 좀 서운한 맘이 들기도 했지만 어쩔 수 있나? 그냥 할 수밖에. 한 달 두 달이 지나고 막상 하다 보니 서무 일이 반복적이고 별거 아니었다. 팀장님 말이 맞았나보다 싶었다. 이젠 어떤 일이든 할 수 있을 것 같은 근거 없는 자신감까지 든다. 껄껄 물론 컴퓨터 앞에서 종일 앉아 있으면 지루하고 어색하다. 또 생소한 일이 주어질 때면 버벅대긴 한다.

그래도 어려운 게 있어 물어보면 잘 알려주시는 꼼꼼깐깐 과장님과 팀장님, 도와 달라면 주저 없이 도와주는 선배님들이 있기에 예전처럼 두렵지 않다. 처음부터 잘할 수 없고 언젠간 시간이 지나고 보면 익숙해지고 별 게 아닌 날이 올 거라는 것을 이젠 안다.

앞으로 더 발전하는 내가 되길 바란다.

일기

김해원 소방장

나는 2012년 12월 24일 크리스마스이브에 소방공무원 임용이라는 특별한 선물을 받았다.

군 제대후 응급구조학과로 재입학하여 3년 동안 공부하고 졸업 후 병원에서 2년이 넘는 동안 임상경험을 쌓아 비로소 소방공무원 9급 특채를 준비하고 합격할 수 있었다. 좀 돌아온 길이지만 서른이 넘기 전에 자리잡은 직장이라고 무척 좋아했던 게 엊그제 같은데 벌써 10년이 지났다니 실감이 나지 않는다.

임용 당시 해남소방서는 완도, 진도, 해남을 관할하여 가장 넓고 거리도 멀어 근무하고 싶지 않은 기피 관서였다. 초임지가 해남소방서 완도센터, 그것도 노화지역대라는 섬에서 근무를 하게 되었다. 구급대원이지만 대형운전면허 소지자라고 하여 구급차와 중형차가 배치되어 있던 1인 지역대에서 발령받은 거다. 임용이 한 달도 안 된 초임소방관이라서 업무도 잘 모르고 차량에 대해서도 몰랐던 터라 너무나도 걱정스럽고 불안하기만 하였다. 매일 혼자서 전화로 물어보면서 업무도 배우고 장비 점검, 차량 조작 등 열심히 훈련하였다. 2년 정도 근무를 하고 완도센터에서 근무하고 진도로 발령받아 근무하다가 2016년 승진을 하게 되고 드디어 내 고향 해남에서 근무하게 되었다. 누구보다 지리적으로 잘 알고 있어 각종 출동 등 업무에 많은 도움이 되었고 내 부모 형제가 있는 곳, 내가 자란 곳에서 근무하고 우리 군민의 생명과 재산을 지킬 수 있다니 더욱 보람차고 열심히 하게 되었다.

구급대원으로서 구급현장뿐 아니라 화재 및 구조, 벌집 제거 출동까지 다양한 분야에 출동하며 여러 경험을 쌓았다. 구급현장에서 누군가의 부모 형제의 안타까운 상황을 마주하게 되는 경우도 많았고 조금만 빨랐으면 여건이 조금만 좋았으면 살릴 수 있을 환자인 것 같아 안타깝고 내 책임인 것 같은 자책도 하게 되는 경우도 많았다. 주취자로 인해서 폭언, 폭행 등을 직간접적으로 겪을 때마다 힘들고 지치고 이 길이 내가 생각하는 게 맞았나? 라는 의구심이 들 때마다 가족, 동료의 도움으로 다시 일어서서 현장에서 일할 수 있게 되었다.

많은 지역에서 9년여 동안 현장근무를 하고 10년째 되는 해에 내근직에서 근무하게 되었다. 현장직뿐 아니라 내근직이 오히려 기피하는 부서인 이유를 새삼 느끼며 새로운 환경 속에 적응하여 행정 일을 배우고 현장 경험을 바탕으로 직원들 복지를 위해서 더욱 힘쓰려고 노력하고 있다.

나의 11년이라는 소방공무원의 시간은 누구에는 길게 누구에는 짧게 느껴지겠지만 자만하지 않고 지금까지의 경험과 지식으로 후배들이 현장, 행정업무에서 적응할 수 있도록 도와주고, 선·후배에게 항상 배우는 자세로 계속 성장하고 노력하는 소방공무원으로 퇴직할 때까지 잘 지내고 싶습니다.

김혜원

나의 소방생활은 현재 진행중, ing

나영철 소방위

나는 어떻게 소방관이 되었을까, 라는 생각을 해보면 참 단순하다. 그냥 우리 선배들이 가는 길이고 그렇게 당연하듯 시험을 보고 합격하여 소방관이라는 길로 들어온 거 같다. 17년 전인 2006년 겨울날, 수능을 치르고 나온 나는 정말 어떤 걸 해야 나에게 올바르고 좋은 길일까, 라는 질문을 수도 없이 했다. 그렇게 결정하게 된 게 4년제 대학보단 3년제 대학을 나와 빠르게 취업을 하자, 라는 생각으로 광주보건대 응급구조과를 선택하게 되었다. 이때는 몰랐다. 내 직업이 소방관이 되리라곤.

학과를 들어와 보니 병원 취업만 생각했던 거와는 달리 소방이라는 길도 있다는 걸 교수님, 선배들을 통해서 알게 되었다. 그렇게 시간이 흘러 병원 응급실과 수술실에서 2년 10개월이라는 사회생활을 마쳤고, 물 흐르듯 자연스럽게 소방 시험에 합격하여 구급대원이라는 생활을 시작하게 되었다. 그렇게 처음 시작한 곳이 담양소방서 곡성 119안전센터였다. 병아리였던 나를 현재 이렇게 잘 소방생활을 이어 갈 수 있도록 초석을 다져 준 곳이라고도 할 수 있다. 그렇기에 아직까지도 기억에 제일 남고 그리운 것이 아닐까. 그렇게 목포, 신안, 나주를 거쳐 현 해남까지 오면서 7년이라는 시간이 흘렀다. 짧으면 짧고 길면 길 수 있는 기간 동안 정말 다사다난했고, 좋은 인연, 좋은 경험이 쌓여 소방관이라는 직업을 달고 발전 중이지 않을까 싶다. 어찌 보면 2006년 19살 고 3이었던 내가 응급구조과를 선택함으로써 시작됐을 소방의 길.

나중에 퇴직할 때쯤이 돼서 그때의 그 선택이 옳은 길이었다고 생각할 수 있도록 언제나 최선을 다할 것이다. 나의 소방생활은 현재 진행 중, ing.

땅끝, 제복 입은 사람들 / **소방관**

미황사의 봄_정홍선

네 번의 인연으로 시작되는 나의 소방 입문기

박근오 소방위

당신은 왜 소방관이 되었습니까? 라는 질문을 받고 소방이라는 조직의 일원이 되었는가 생각해보면 우리가 살아가면서 만나는 사람 그리고 그때 일어났던 일 등 불교에서 말하는 옷깃만 스쳐도 인연이라는 글귀가 생각난다.

첫 번째 인연은 1993년 광주광역시 화정동에서 의무경찰로 복무하였으며 내가 속해있는 부대는 기동대로 시위 진압, 야간 방범 순찰이 주 임무에 해당하였다. 소대에서 1년 정도 복무 후 행정반에서 이동하여 복무하던 중 94년 초봄 경에 부대 업무차 차량을 운행하던 중 공항버스와 측면으로 충돌되는 사고가 발생하였다. 그 사고로 인하여 정신을 잃을 정도로 중상인 사고를 당하였으며 손에는 유리 파편에 의한 상처가 남아있다. 지금도 기억되는 것은 기억은 흐리나 멀리서 들리는 사이렌 소리 그리고 나를 부르는 목소리, 정신을 차리고 이름, 부대, 소속 등을 말하라던 목소리, 그때부터 지금의 소방관이 되기까지 인연의 시작인 것 같았다. 그때 출동했던 소방서는 지금 생각해 보면 광주 서부소방서 소방관들이었던 것 같다. 이렇게 소방과의 첫 만남은 시작되었다.

두 번째 인연은 교통사고 이후 다음 해 95년도 겨울 새벽녘에 일어났다.

무안군 일로읍에 있는 고향 집 축사 볏짚에 갑작스러운 화재가 발생하였다. 그때 동생은 축사 내에서 잠을 자고 있었다. 정말로 다행스러운 것은 볏짚 옆에 강아지를 키우고 있었는데 화재로 인하여 강아지 털과 목줄이 타버려서 강아지가 본능적으로 부모님 집으로 달려갔다. 부모님이 강아지를 보고 나서 축사에 올라가 보니까 불이 볏짚에서 동생이 잠자고 있는 건물로 번지기 직전이었다고 한다. 화재 신고를 하니 일로읍에 있는 소방차가 와서 화재를 진압하였다. 그때 화재의 무서움을 알 수 있었다.

세 번째 인연은 군 생활을 끝나갈 때쯤 고향 쪽 경찰관분들과 같이 근무하였는데 제대하고 소방관 시험 응시해 보는 것을 권유하여 소방에 대하여 하는 일, 근무 방법, 소방관이 되는 법 등 여러 가지를 알 수 있는 계기가 되었다.

네 번째 인연은 95년 5월 제대하고 소방공무원 시험 준비를 하고 96년에 소방에 도전하였으나 합격의 문턱은 넘지 못하여 목포에서 아는 지인의 자동차용품 가게에서 일하면서 계속 소방 입문에 도전하던 중이었다. 시간은 흘러 96년도에 어느 날 아침 친구들 3명과 함께 아침 출근하던 중 교통사고 현장을 목격하였다. 사고 차량 밖으로 환자가 두 명 있었으며 한 명은 별다른 외상이나 통증 호소 없어 인근 택시에 태워서 병원으로 향하였고 다른 한 명은 허리 통증을 호소하며 바로 옆 잡초를 움켜쥐고 있었다. 아마도 살고자 하는 의지의 보여주는 것 같은 마음에 그랬을 것으로 추측한다. 이 글을 쓰고 있는 지금도 그 사람의 웅켜쥔 손이 아른거린다. 그 환자를 보면서 친구들과 나름대로 생각한 것이 허리 통증을 호소하므로 화물차 적재함에 환자를 태워서 목포 한 국병원으로 이송하였다.

훗날 그때 함께 했던 친구들의 직업이 한 명은 경찰, 두 명은 소방과 인연을 맺고 서울, 전남에서 소방관으로 일하고 있다. 지금 생각하면 운 명의 장난이라고 해야 할까? 이것이 인생을 살면서 일어날 수 있는 인 연인 것 같다.

그리고 그 다음 해인 97년 8월 소방관이 되었으며 첫 발령을 이곳 해 남소방서 해남파출소(현 119안전센터)에 받았다. 그때 동기들이 나보 다 나이가 좀 더 많아서 동기 형님들이 모두 나를 보면서 막둥이라 불 렀다. 지금도 우리 동기 형님들은 나를 보면 막둥이라고 한다. 그러면 내가 웃으면서 말한다. 형님! 그때 그 막둥이가 현재 반백 살 막둥이가 되었다고 그만 찾으라고 한다.

봄 여름 가을 겨울, 그리고 봄

박동현 소방사

아침에 일어나는 따사로운 햇살을 보며 학교에 갔다. 오늘은 소방관들이 우리 학교를 방문하는 날이었다. 그들의 빨간 소방복, 열정적인 이야기, 불을 끄고 사람을 구조하며 사람을 살리는 멋진 이야기… 나의 어릴 적 소방관들은 너무나도 멋진 사람들이었다.

15살의 나는 봉사활동을 가서 우연히 소방관들과 같이 봉사활동을 할 기회가 주어졌다. 그때 그들은 몸이 아픈 자에게는 헌신을, 마음이 아픈 사람에게는 사랑을 보여주며 나에게 진정 강한 사람이 무엇인지를 보여주었다. 그렇게 난 남에게 헌신하는 삶을 살아가고 싶다는 꿈을 꾸었다. 그렇게 나의 따사로운 봄이 흘렀다.

성인이 된 나는 간호학과에 진학하였다. 사람과 소통하며 마음과 몸을 둘 다 안아주고 싶었다. 즐거운 대학 생활, 힘들었지만 추억이 된 군 생활을 보내며 점차 몸과 마음이 성숙해졌으며 내가 왜 간호학과에 왔는지 그 기억은 잊어버리며 졸업 후 어디로 취업할 것인지 이 병원은 연봉이 얼마고 근무환경은 어떤지 환자들은 어떤 환자를 받고 굉장히 힘든 환자들이 있으면 피해갈 생각만 하며 병원에 취업을 하였다.

1년. 2년 점점 시간이 흘렀다. 나의 삶은 이번 달 월급날만 기다리는 삶이 되어있었다. 그날도 비가 오는 여름이었다. 출근하는 차안에서 조용히 빗소리를 듣다 이것이 내가 원했던 삶인지, 그저 시키는 대로 흐르는 대로 살아가고 있는 게 아닌지 깊은 고민을 하기 시작하였다.

몸은 차 안에서 편하게 비를 피하고 있었지만 내 마음은 소나기를 맞아 흔들리는 돛단배처럼 흔들리기 시작하였다. 그해 여름은 비가 참 많이 온 한 해였다.

다시 한번 생각을 하였다. 내가 왜 간호학과에 왔고 어렸을 적 동경해 왔던 삶이 어떠한 것인지.

절대로 이러한 삶은 아니라는 생각이 들었다. 그길로 구급대원 시험에 원서 접수를 하였다. 몇 달간 공부와 운동을 병행하며 시험준비를 한 후 시험에 합격했다. 군대에 다시 온 거 같은 소방학교를 4개월간 보내며 내 첫 소방서인 해남에 도착하였다. 평화로워 보이는 작은 도시, 평화로워 보이는 삶들이었다. 내 첫 출근을 반겨주는 건 출동 알람벨이었다. 분주히 움직이는 사람들을 보며 나도 의욕이 넘치는 거 같았다. '얼른 합류해야겠다.' 이 생각을 속으로 혼자 몇 번씩 되뇌이며 내가 해야 될 일이 무엇인지를 확인해 나갔다.

하루, 이틀 점점 많은 출동을 나가며 병원과는 다른 많은 삶을 보았다.

몸이 아픈 사람뿐만이 아닌 정신적으로 아픈 사람들, 누구보다 열심히 살았지만, 위험한 일을 하다 다친 분들, 그러한 사람들을 도와가며 밤낮 가릴 거 없이 일하였지만, 피곤한 줄 모르는 삶이었다.

그날도 밤을 새며 출동을 나가는 길, 옆을 보니 단풍잎이 떨어지며 가을이 흘러가고 있었다.

시간이 점차 흐르며 출동에 점점 지쳐가는 날이 많아졌다.

매일 매일 반복되는 사고들, 팔과 다리가 잘려 참혹한 현장들, 삶을 비관해 옥상에서 투신하는 사람들을 보는 내 마음은 점점 황폐해져 갔다. 누구나 할 수 있는 소방관이지만 누구나 할 수 없다는 말이 점점 이해되기 시작하였다. 누구를 보아도 웃으며 말하던 말투는 어느새 퉁명스러워지기 시작하였다. 눈 오는 창가에 앉아서 눈이 오는 모습을 보고 있으니 사람들의 비명이 귓가에 들리는 듯하였다.

그동안 나가 왔던 참혹했던 현장들을 생각하며 고통의 무게로 숨이 멎을 것 같았다. 포근하다고 생각되던 눈들이 무인도에 갖힌 사람처럼 느껴지며 나는 점점 무너져가는 것 같았다. 고통은 끝없이 흘러가며 내 숨통을 조이는 거 같았다. 지구 온난화라며 기온은 올라간다는데 그해 겨울은 내가 지금껏 맞이한 겨울 중 가장 추웠다.

점점 지속되는 출동에 나는 지쳐 갔고 친한 선배에게 조언을 부탁했다. 그 선배는 술을 마시며 나에게 말을 하였다. 누구나 겪는 과정이고 그 과정 중 어떤 사람은 포기하고 어떤 사람은 그저 일로 치부하며 관성적으로 일을 해버리기 시작한다고. 너가 처음 여기 온 이유에 대해서 생각해 보라고 말을 하였다. 내 어릴 적 꿈이 무엇인지 다시 생각하였다. 내가 왜 이곳에서 일을 하고 무엇을 하고 싶었는지를.

"그들의 정열적인 이야기가 좋아서 나는 이곳에 왔구나, 정말로 강한 사람이 되고 싶어서 왔구나." 어릴 적 꿈을 다시 상기하며 그해 봄을 다시 생각하게 되었다.

앞으로 지칠 때마다 내 유년 시절의 꿈을 생각하며 한 발자국씩 더 나아가볼 것이다.

새내기 소방관의 실수는 나에게는 비타민

박일홍 소방경

새내기 소방관들은 꿈이었던 소방관이 되기 위해 밤낮으로 책과 씨름하고 그 어렵다는 체력검정을 통과해서 당당히 국가가 인정해준 태극마크를 어깨에 부착함으로써 소방관으로서의 새로운 인생의 첫발을 내딛는다.

신임 소방대원들은 6개월간의 교육기간을 이수하고 현장활동이 주요 업무인 안전센터로 배치되지만, 아무리 소방학교에서 갈고닦은 실력이 있다 하더라도 실전경험이 많은 일선 현장의 선배들 앞에서는 그 부풀어 오른 어깨도 작아지기 마련이다.

그 미숙한 경험은 현장에서의 작은 에피소드로 흔적을 남기고, 회식자리에서 웃음거리 소재가 되기도 한다. 머릿속에 남아 있는 세 토막의 짧은 이야기를 글로 남긴다.

첫 번째 이야기의 주제는 '공기 먹는 하마'다.

강진에서 칠량 주택화재 현장에 출동지령이 내려졌다. 평소와 마찬가지로 차량에 선탑하고 새내기 2명이 뒷좌석에 탑승을 했다. 보통 공기호흡기는 화재현장 바로 앞 또는 차량에서 내리기 전에 공기를 흡입할 수 있는 상태로 세팅을 시키고 현장 활동에 임한다. 이 공기호흡기는 정상호흡으로 50분 동안 사용이 가능한 상태이다.

늘 그랬듯이 차량 도착과 동시에 화재진압 활동이 시작되었고, 늘 현장은 위험요소가 존재하기 때문에 새내기는 보통 후면에서 고참들의 화재진압 노하우를 보면서 어느 정도의 안전을 확보를 하는 게 기본적인 룰rule이라 할 수 있다.

화재진압을 위해 물이 채워진 소방호스(15m, 3~4개 이상)를 들고 이리저리 이동하기 때문에 새내기들은 이 호스를 움직이는 데 힘을 보태야 한다.

이날 화재진압 작전이 시작된 지 약 5분 정도 되었을 무렵에 연소확대방지를 위한 1차 진화작업이 완료되고, "건물 후면으로 진압방향을 전환하기 위해 새내기들한테 호스를 이동시켜야 한다"고 말을 하며 고개를 돌렸는데 내 뒤에는 대답하는 이가 없었다. 어렵게 소방호스를 혼자 끌고 도착점에서 진압을 하고 있을 때쯤에야 새내기들이 찾아왔다.

그때는 이유를 물어볼 여유가 없기 때문에 묵묵히 화재진압에 임했다.

화재활동을 종료하고 차량에 탑승해서야 그 이유를 물어보았다. "왜 둘 다 말도 없이 자리를 이탈했는지…" 한참을 망설이더니 그 중 한 명이 "공기가 떨어졌습니다"라고 말했다. "아침에 장비점검을 다 완료했는데 무슨 소리냐"라고 되물었다. "차량에서 공기호흡기를 흡입(양압) 상태로 전환해서 그때부터 공기를 사용했습니다"라고 해명했다.

"니들은 앞으로 공기 먹는 하마다"라고 말을 하자 탑승한 모든 대원의 웃음으로 차량 안은 웃음바다가 되었다.

　두 번째 이야기는 "빠져본 놈만 빠진다."

　이것도 강진군 어느 면에 위치한 주택 헛간에서 있었던 일이다. 화재현장은 큰 화세가 진화되면 잔불정리로 전환한다. 이때는 무거운 장비도 내려놓고 빠른시간 내에 종결하기 위해 운전을 하던 대원들도 소매를 걷어붙이고 작업공간으로 투입한다.

　지휘차를 운행하던 9개월차 새내기 대원도 들어섰다. 쇠스랑을 들고 조금씩 타고 있는 폐목과 볏짚은 들춰내는 작업이 진행되고 있었다. 옛날 시골집이라 헛간에는 재래식 화장실이 있기 마련이다. 분비물이 보이고 쪼그려 앉아 볼일을 보는 좌식이 여러 가지 잔해물에 덮여 있어 육안으로 쉽게 식별이 되지 않는데, 이 대원은 고생한 팀장과 대원들을 생각해서인지 허리도 안 펴고 열심히 굵직한 목재들은 뒤 짚는 과정에서 그만 그 좌식 변기통에 한쪽 발이 빠졌다. "뭐지, 뭐지…" 혼잣말을 중얼거렸다. 괜찮으냐는 나의 물음에 "아, 예… 뭐 다친 데는 없습니다"라고 답변을 해왔다. 그리고는 잠시 자리를 비웠다.

　그때까지는 변기통인 줄 몰랐다. 여러 사람이 작업을 하다 불씨 제거를 위해서 여러 번 물건을 해쳐놓은 일이 많다. 그래서 그 변기통은 어느 누군가에 의해 다시 화재 잔해물로 위장된 상태로 변했다. 그걸 모른 이 새내기 대원은 심기일전해서 그 위치로 돌아와서 열심히 무언가를 파헤치는 작업을 진행하였다. 그러다가 아까 빠진 그 변기통에 또 다리가 빠진 것이다.

허겁지겁 다리는 빼는 대원이 다친 데는 없는 것 같았다. '도대체 뭐가 있길래 자꾸 빠지는 거지' 하며 그 곳으로 가 보았다. 불 때문에 나는 냄새가 아닌 변과 오줌이 섞인 똥통 냄새가 났다.

화재현장에서는 웃어서는 안 되는 것은 기본 상식이다. 그러나 "똥통에는 아무나 빠지는 게 아냐, 빠져 본 놈만 빠진다."라고 말하며 크게 웃고 말았다. 지쳐가는 체력에 약간의 비타민과 같은 일이었다.

세 번째 이야기는 "필요할 때 내가 말 할께 그 때 잠가라"이다.

이번에는 팀장을 끔찍이 생각하는 1년차 대원에 대한 이야다. 소방대원이 착용하는 공기호흡기는 결착 부위에 공기의 누기를 차단하기 위해 작은 고무링이 들어간다. 가끔 교체가 필요하지만 화재현장에서는 극히 드문 일이다.

해남에서 주택화재 현장에 막바지에 이를 때쯤 체력을 위해 하던 일을 멈추고 약간의 휴식을 취하고 있었고, 그 때 공기호흡기에서 요란한 경고음이 들리기 시작했다. 공기호흡기는 10분 정도 소모량이 남으면 경고음이 켜진다. 그래도 3~4분 정도면 작업을 끝날 수 있을 것 같아 경고음을 무시하고 작업하기로 마음먹고 재차 투입하기로 했다.

현장에 발을 내딛는데 공기가 빨아 들여지지가 않았다. 순간 당황해서 얼굴에 착용하는 면체 부위의 밸브를 체크했으나 아무런 이상이 없었고, 답답한 나머지 헬멧과 면체를 빨리 벗고 현장에서 발을 뺐다.

현장이 마무리되고 차량에 탑승해서 그 상황을 떠올리며 '한참 울리던 경고음이 들리지 않아 결착부위 고무링에 고장이 발생해서 공기가 누설될 수도 있겠구나'라고 생각을 했다.

그런데, 옆에 있던 운전하던 대원이 "팀장님 현장에서 공기가 안 나왔죠?" 했다. "응, 그래 공기호흡기가 고장이 난 것 같아."라고 대답하자. 키득키득 웃으면서 사실은 "모 반장이 팀장님 공기호흡기 경보음이 계속 울린다고 뒤에서 밸브를 잠가버렸습니다. 아마 팀장님이 현장에 들어가지 않을 것이라고 생각을 했답니다."라고 말을 건넸다.

사실 너무 어이없는 행동이었다. 밸브를 잠갔으면 잠갔다고 말을 했어야 했는데 그러지 못하고, 내가 당황해서 공기호흡기 면체를 벗는 것을 보고 은근히 긴장했던 것 같아 다른 반장을 통해 넌지시 말을 건넨 것 같다.

차량 안에서 "20년 넘게 생활하다 현장에서 남의 공기호흡기 밸브를 잠그는 놈은 첨 봤어… 하하하… 그 놈 이따 사무실서 디~졌어"라고 웃으면서 말을 하자 다들 웃음꽃을 피웠다.

사무실에서 그 1년차 대원에게 말했다. "내가 삶이 너무 힘들어 현장에서 장렬하게 순직하고 싶을 때 말을 할 테니 조용히 밸브를 꼭 잠가다오."라고 말을 건네자, "예 그 때 꼭 말씀하십시오."라고 웃으면서 둘만의 작은 에피소드를 간직하게 되었다.

태풍이

백형종 소방위

작년 여름, 힌남노 태풍이 상륙한 당일에 근무 중이었는데 바람은 세지 않았지만 많은 비가 내리고 있었고 소방대원 모두가 태풍 대응하느라 정신없던 중 현산면 교통사고 현장에 출동하게 되었다.

화물차와 승용차 추돌사고였고 인명피해는 크게 발생하지 않아 다행이라 생각하며 소방서로 복귀하던 중 구시터널 입구에 다다랐을 때 폭우를 맞고 절룩이며 도로를 횡단하는 고양이 새끼를 발견하였다. 하마터면 내가 운전하는 소방차와 부딪힐 수 있는 아찔한 상황이었는데 가까스로 핸들을 돌려 안도의 한숨을 쉬었다.

어딘가 불편하여 절룩이며 비바람을 맞고 터널로 들어가는 새끼고양이가 눈에 아른거렸다. 결국 차를 돌려 터널로 다시 진입하여 떨고 있는 고양이를 발견할 수 있었다.

이렇게 태풍이와 인연은 시작되었다. 태풍이 온 날 만난 태풍이…

소방서에 도착 후 고양이 상태를 보니 오른쪽 뒷다리가 골절되었고 다친 지 며칠 지난 듯 상처가 곪아 있었다. 응급치료 후 붕대를 감고,

다음날 병원에 데리고 갔는데 상태가 심각하여 열흘쯤 치료하고 경과를 지켜본 후 절단 여부를 판단하자고 의사께서 말씀하셨다. 회복이 될 거라 믿으며 보살폈지만, 상태는 호전되지 않았고 결국 절단 수술을 하게 되었다. 이런저런 힘든 과정을 이겨내는 태풍이를 지켜보며 마음이 아팠다.

일단 태풍이가 지낼 집을 지어주었다. 임시숙소가 아닌, 신축아파트 새집을 만들었고 소방서 한 켠에 자리를 잡았더니 제집인 줄 알고 들어가 쌔근쌔근 잠도 자고 사료와 간식도 잘 먹으며 소방서에서 한 식구로 지내게 되었다. 큰 수술을 한 터라 상처도 더디게 낳았지만 직원들의 보살핌으로 하루가 다르게 건강을 되찾게 되었고 비록 발 한쪽은 없지만, 소방서 이곳저곳을 잘도 뛰어다녔다.

그렇게 여름이 지나고 가을, 겨울이 가고, 봄이 찾아왔다.

별다른 아픈 곳 없이 무럭무럭 성장한 모습에 직원들 모두 기뻐했다.

아픈 다리때문인지 보통의 고양이보다 몸집은 작았는데 동네 도둑고양이들의 방문이 잦아지기 시작했다. 배고픈 동네 암컷 고양이들은 밤에 몰래 태풍이 집에 찾아와 사료를 뺏어 먹었고 다리 한쪽 없는 태풍이는 용감하게 맞섰지만, 일방적으로 먹이도 뺏기고 얼굴 이곳저곳에 상처가 났다. 포획틀을 이용해 태풍이를 괴롭히는 녀석을 잡아서 옆 마을로 강제 이주시켰다.

이런저런 노력으로 안정을 되찾았지만, 현재까지 트라우마로 남아 낮이고 밤이고 항상 경계하는 습관이 생겼다. 그래서 그런지 가정집에서 키우는 보통의 고양이와는 사뭇 다르다. 가까이서 보살피는 몇몇 직원 외에는 살갑게 다가가지 않는다.

태풍이가 태어난지 약 10개월쯤 후인 올해 3월에 새끼를 배고야 말았다.

나 또한 중성화 수술을 고민했지만, 자연의 순리대로 가는 게 맞는 듯하여 그냥 두었는데 작은 몸집에 배가 남산만 해지고 뒤뚱뒤뚱 힘들어하는 모습에 안타까운 맘이 밀려왔다.

건강하게 새끼를 잘 낳을 수 있을지 걱정이 되었다.

출산이 임박해지고 안전한 곳에서 새끼를 낳을 수 있도록 전용 산부인과 건물을 지어주었다. 하지만 도둑고양이도 들어갈 수 없는 작은 구멍으로 들어가 감염관리실 바닥에 새끼를 낳았다. 5월 중순이었다. 새끼 여섯 마리를 낳았는데 모두 건강했고 태풍이 또한 무사했다. 태어난지 한 달 후쯤 새끼고양이를 데리고 밖으로 나왔는데 삼색이 두 마리, 호피 네 마리…

봄 늦자락에 어미 배에 달라붙어 젖을 먹는 새끼들은 귀여웠지만, 태풍이는 새끼들을 키우느라 점점 야위어갔고 여름이 다가오며 더욱 힘들어했다. 각종 영양식을 주면서 산후조리에 신경을 많이 쓴 덕분인지 그럭저럭 태풍이도 버텨가는 어느 날, 동네 떠돌이 개들이 밤에 태풍이 집에 찾아와 새끼 두 마리를 물어 죽였다. 태풍이 울음소리와 개 짖는 소리에 직원이 황급히 달려가 더 큰 참사를 막았다. 그 후 직원의 도움으로 목포의 어느 고양이 카페에 입양했고 좋은 환경에서 뛰어놀고 잘

크던 중, 고양이가 흔히 걸리는 급성 질병이 찾아와 모두 죽고 말았다. 소방서에 있을 때부터 감염되었다고 하는데 치료와 간호를 노력했지만 결국 새끼들을 살리지 못했다. 안타까운 일이다.

한동안 태풍이는 실의에 빠져 있었다. 갑자기 없어진 새끼들을 찾아 이곳저곳 돌아다니며 울었다. 직원들 모두 그 모습을 보며 태풍이를 쓰다듬고 위로해 주었다.

다시 여름이 시작되었다.

태풍이가 기운을 차리고 건강해졌을 때 전에 도움을 주었던 동물병원 원장님을 찾아갔다. 직원들과 상의 끝에 중성화 수술을 하기로 했다. 수술은 성공적으로 끝났고 태풍이는 금세 힘을 내고 일어섰다. 윤기 나는 털이 자라고 살도 찌고 배부르고 기분좋을 때 장난치고 재롱떠는 모습이 정말 보기 좋다. 사무실과 제집을 수시로 드나들며 무언가를 요구하는 눈빛으로 야옹야옹하면 미소가 절로 나온다.

아프지 말고 같이 있는 동안 서로 잘 부탁하자 태풍아.

※ 태풍이 치료에 정성을 다해주신 해남동물병원 원장님, 다리 의족을 3D프린터로 멋지게 만들어준 박지원 반장, 그리고 평소 애정어린 보살핌을 같이 해준 모든 직원분께 감사의 말씀 드립니다.

소방관의 운명

손민수 소방사

소방관이란 직업에 대해서 처음엔 잘 몰랐다. 단지 불을 끄고 사람이 위험에 처했을 때 방화복을 입고 나타나는 멋진 영웅이라고만 생각했다. 소방관이 되자고 마음먹기 전엔 '내가 저 일을 어떻게 하겠어'라고 생각했지만, 여러 소방관에 관한 매체들을 접하고 '나도 저런 존경받는 사람이 되고 싶다'라는 생각이 들어서 소방관을 준비하게 되고 체력시험 준비하면서도 운동이란 걸 해보지 않았던 내가 체력을 준비하다가 다리에 힘이 풀려서 버스에서 넘어져도 보고, 평소 느껴보지 못했던 근육통에 아파도 보니 지금은 헬스가 취미가 되었고 근육통을 즐기게 되었다.

체력을 키우면 소방관 하는 데 무리가 없겠지, 라고 생각했다. 하지만 최종합격을 하고 소방학교를 가보니 체력도 물론 중요했지만, 이 일을 더 잘 해낼 수 있는 원동력은 정신력과 소방관이라는 직업이 주는 사명감과 자긍심이었다.

소방학교에서 처음에 훈련을 받으며 정말 너무 힘들다 생각이 들 때도 많았지만 버티고 임용을 할 수 있던 이유는 소방관은 어딜 가든 하나의 팀으로 활동하는데 소방학교에서 느꼈던 내 주위의 든든한 영웅들과 함께하면 어떤 주어진 일이든 해낼 수 있겠다는 자신감과 안정감이 생겼기 때문이다. 또한 점점 사명감이라는 게 생겨났다.

소방학교를 수료하고 해남소방서로 정식 임용되었다. 처음 임용이 되자마자 구급차운전을 하였다. 처음에 운전경력이 얼마 안 되어서 많이 힘들 거라 생각했다. 하지만 임용한 지 2년 5개월밖에 되지 않았지만 가장 보람차고 자긍심을 느낄 수 있었던 순간이 구급차 운전할 때였다. 구급차 운전할 때 첫출동이 차량 전도 사고였는데 같이 있던 반장님들은 정말 멋진 영웅이었다. 척척 차에 갇혀있던 사람을 빼내고 상태를 파악하고 구급차에 태우는데 까지 불과 몇 분 안되는 시간 동안 해냈던 것이다. 병원에 도착하고 보호자에게 감사인사를 받으며 내 직업에 대한, 소방관에 대한 자긍심이 생겨났다. 그로부터 1년 가량 뒤 교통사고로 정신을 잃은 요구조자를 구조하는 첫 출동이 기억난다. 같이 출동한 대원들과 요구조자를 구조하고 귀소하는 길은 정말 뿌듯했다. 나도 영웅 비슷하게 되었다고 생각하며 자긍심을 느꼈다.

소방관의 체력과 사명감에 자긍심을 가지며 항상 국민이 어려운 일, 힘든 일에 처할 때 달려가는 나의 든든한 영웅들에게 항상 존경한다는 말을 하고 싶다.

사랑해요, 소방관!

공부 못하는 머저리의 도전

양영호 소방교

대학 진학을 앞둔 고등학교 3학년, 공부와 담을 쌓았던 나는 고민에 빠져있었다.

여기저기 수많은 곳에서 찾아보기 시작했다. 내가 무엇을 하고 싶은 지, 어떠한 것을 잘 할수 있을지, 그리고 빼놓을 수 없는 게 있었다. 무엇이 수입도 괜찮은지였다.

고민 끝에 활발한 성격과 모험을 좋아하던 나는 우연히 소방관이란 는 직업에 흥미를 가지게 되었다. 단순히 제일 멋있어 보였다. 그래서 소방과라는 학과를 알아 보았지만 학창시절 중간고사에서 0점을 받아보기도 했던 나의 성적으로는 집 근처에 갈 수 있는 소방관련 학교는 없었다. 처음으로 공부와 담을 쌓고 지낸 것을 후회하였다.

부모님께서는 항상 공부 잘하는 누나와는 달리 나에게는 무한한 사랑을 주었기 때문에 내가 공부를 못했어도 혼내지도 않았다. 물론 꾸지람이란 없었다. 그래서 처음으로 원망이라는 걸 해 봤다. 공부 안 한 나의 잘못인 걸 알면서도 원망을 했다. 그럼에도 이곳저곳에 수시원서를 넣었다. 다행히 강원도에 위치한 대학교에 합격하였다.

소방과에 진학하여 꿈을 펼칠 생각을 하며 공부를 해봤다. 하지만 처음으로 해보는 공부는 쉽지 않았다. 대학교 1학년을 마치고 대한민국 남자라면 누구나 가야 하는 군대라는 의무에 소방에 도움이 될 수 있는 군대를 가보자 해서 의무소방관이 아닌 특전사에 입대하였다. 왜냐면 구조라는 특채 분야 시험을 응시할 수 있기 때문이었다.

우여곡절 4년 3개월이라는 군생활을 마치고 전역을 후 꿈을 이어 도전하기로 마음을 먹고 대학교도 복학하며 학업과 공무원 시험을 병행하였다. 준비한 지 8개월째 연고가 없던 전라남도에 구조 분야로 길다면 길고 짧다면 짧은 공부 기간에 첫 시험에 합격하였다. 주변 사람들이 모두 의아해했었다. 간호사인 누나도 축하가 아닌 의심을 먼저 했었다. 하면 된다라는 것을 내가 몸소 보여준 것이 되었다.

인생 페이지는 겉표지라는 두꺼운 페이지를 넘겨야 볼 수 있다. 공부 못하던 청소년 시절로부터 시작해 지금 현재 소방에 입문하여 살아가고 있는, 5년 7개월 차 새내기 소방관이 내 인생의 첫 페이지라 생각한다. 영광, 함평, 영암, 해남소방서를 돌아다니며 많은 사건, 사고에 힘들고 웃기고 슬픈 해프닝도 많았지만 앞으로 있을 25년이 넘는 나의 소방일기를 잘 써내려 가보려고 한다.

사람을 살리는 해남소방서 직원들

양재훈 소방경

사람을 살리는 사람들…
부르면 달려가는 해남소방서 직원들…
사람을 살리는 해남소방서 직원들…

화재출동! 구급출동! 구조출동!
오늘도 소방서는 쉬지 않는다.

나는 소방공무원이다. 도움이 필요한 곳이라면 어느 곳이나 달려가 위급한 환자나 우리에 손을 필요로 하는 국민을 안전하게 구조해야 하는 막중한 임무를 가지고 있다.
재난현장에 젤 먼저 들어가서 국민을 안전하게 구조하고 가장 늦게 나와야 하는 소방관.

나는 2009년 8월 소방공무원에 임용되어 해남군에 위치한 해남소방서라는 곳으로 첫 발령을 받았다. 처음 군대에 입대하는 신병처럼 긴장하면서 첫 소방서에 근무하게 되었다.

첫 화재출동

모든 출동은 신고자께서 119에 신고를 하게 되면 119종합상황실에서 각 소방서로 출동지령을 내려 현장에 출동하게 된다. 그 중 화재출동은 싸이렌 벨소리가 울린다. 어느날 근무 중 태어나서 처음 듣는 화재출동 벨 소리가 들렸다.

순간 온몸이 긴장되어 무서울 정도로 몸이 떨리는 가운데 장비를 착용하고 소방차량에 탑승하였다. 처음 출동한 장소는 주택이었다.

저 멀리서 소방차량 안에서 불타고 있는 주택의 모습을 보니 나도 모르게 온몸에 힘이 들어가면서 빨리 도착하여 뭐라도 빨리하고 싶은 마음뿐이었다.

하지만 나는 현장에서 아무것도 할 수가 없었다. 옆에 있는 선배들을 보고 있자니 슈퍼맨 같다는 생각이 들었다. 서로를 의지하면서 불 속으로 호스 하나만 들고 진압하는 모습을 보니 신기하기도 하고 너무 멋져보였다. 소방관이라는 직업을 잘 선택했다는 생각을 다시 한번 하게 되었으며, 나도 빨리 훈련을 통해 선배 소방관처럼 화재현장에서 활동하고 싶은 마음이 크게 들었다.

첫 구급출동

나는 구급대원으로 채용되지 않았지만, 소방관은 만능이어야 한다.

화재, 구조, 구급 현장에서 모든 것을 할 줄 알아야 한다. 첫 구급출동은 교통사고 현장으로 출동 중 현장 상황을 무전으로 통보받고 구급차 안에서 현장에 대처할 장비를 챙겨야 했다. 현장에 도착한 순간 주위에서는 우리만 쳐다보고 있었다. 부담감은 한순간. 환자에게 응급처리를 빠르게 한 후 구급차로 병원으로 이송하였다. 이송 중에도 병원과 연락하여 환자의 상태를 빠르게 알리고 병원에서는 환자를 바로 처치할 수 있도록 대처하고 있었다. 소방관은 정말 슈퍼맨 같았다.

첫 심폐소생술(CPR)

손으로 사람을 살릴 수 있을까? 나도 할 수 있을까? 라는 생각을 항상 하게 된다. 어느 날 밭에 사람이 쓰러져 있으나 호흡을 하지 않는다는 출동지령이 내려졌다. 단 1초라도 빨리 현장에 도착하기 위해 긴급하게 출동하여 현장에 도착하였다. 신고내용 그대로 남성 한 분이 쓰러져 있었고, 우리 대원들은 달려가 CPR을 시작하였다. CPR을 하는 동안 "제발 일어나세요, 제발 숨을 쉬세요." 딱 두 가지 생각만 하게 되었다. 하지만 병원이송 전까지 끝내 의식이 돌아오지 않았다. 귀소 중 내가 부족해서 그분을 살리지 못했다는 생각이 머릿속에서 가시지 않았다. 정말 죄송하고 내가 조금이라도 더 빨리 현장에 도착했었더라면 하는 생각이 머릿속에서 떠나지 않았다.

이처럼 소방관이라는 직업은 파란만장하다. 현장에서 안전하게 구조하게 되면 웃게 되고, 현장에서 잘못된 구조자를 보면 모든 게 나 때문에 그렇다는 생각을 하게 된다. 하지만 이런 생각을 많이 하면 안 된다.

수많은 현장에서 우리에 도움을 필요로 하는 국민들이 많기 때문이다. 빨리 털어버리고 다음 현장에서 또 열심히 현장 활동을 하여야 한다.

하지만, 한편으로는 두려움도 있다.

나도 한 가정의 가장인데 혹시 내가 잘못되면 우리 아이들은 어떻게 하나⋯ 라는 생각이 가끔씩 들지만, 현장에서는 그런 생각이 들지 않는다. 우선 저 안에 우리의 손을 필요로 하는 구조자를 빨리 구조해 나와야겠다, 라는 생각만 들게 된다. 이게 직업의식이라는 걸까?

전남소방본부 올해 상반기 119신고 접수는 29만 2천 510건으로 지난해 보다 3.9%(28만 1천629건) 증가한 것으로 나타났다.

특히 최근 집중호우에 따른 자연재해 신고접수가 371건으로 지난해(72건)보다 5배 이상 늘어났다. 이것은 기후변화로 인한 특정지역 집중호우 등으로 소방관이 필요로 하는 신고가 늘어난 것이다.

갈수록 출동은 늘어간다. 그럴수록 우리 소방관은 항상 긴장하며 새로운 유형의 재난현장에 적응하기 위해 오늘도 열심히 훈련하고 공부하여야 한다.

소방공무원은 3교대 근무 방식으로 근무가 이루어진다. 1개 팀이 24시간 근무체제, 일반인들이 보면 하루가 너무 길다는 생각을 할 수 있지만 하루 종일 소방공무원 행정업무 및 각 개인별 훈련을 실시한다.

또한, 24시간 근무로 인해 다른 조직에 비해 동료애가 남다르다. 하루 종일 같이 밥 먹고, 같이 훈련하고, 같이 휴식하는 가족과 같은 존재이다. 그러기에 팀원들과 팀워크가 잘 이루어진다. 눈빛만 봐도 뭘 생각하는지 어떤 것을 원하는지 금방 알 수가 있다.

하루 중 오후가 되면 오전 시간보다 조금 더 긴장하게 된다. 중요화재 또는 구조·구급 출동이 오전보다는 오후 즉 야간에 많이 발생하며, 야간에는 시야 확보가 잘되지 않기 때문에 소방관의 안전사고 발생률이 높아 어느 때 보다 우리에 몸은 긴장하고 있다.

최근 집중호우로 인해 해남군 현산면 근처 119신고 건이 접수되었다. 비가 많이 내리는 가운데 동생이 논에 나가서 집에 오지 않는다는 신고였다. 출동한 대원들은 가족을 찾는다는 심정으로 집 주변 일대를 수색 중 농수로에 빠져 허우적대는 구조자를 발견하고 즉시 구조완료 하였다. 비가 많이 내리는 가운데 우리에 손으로 소중한 생명을 지켜 낸 것이다.

나에게도 세상에서 가장 소중한 보물이 3명 있다. 나를 배우자로 선택하여 잘살고 있는 아내와 세상에서 아빠가 젤 멋진 소방관이라고 항상 선생님과 친구들에게 자랑하는 두 아들이다.

항상 재난현장에서 안 좋은 상황만 봐서 그러는지 몰라도 가족과 함께 나가면 "조심해"라는 단어가 떠나지 않는다. 어떤 행동을 할 때면 먼저 어떤 사고가 나지 않겠지, 라는 걱정이 먼저 앞선다. 이게 직업병이라는 것일까? 그래도 이러는 남편, 아빠를 우리 가족은 좋아한다.

소방관이라는 직업은 우리 국민 또는 군민들은 정말 좋아해 주신다. 소방관의 제복을 입고 다니면 지나가시는 분들께서 한마디씩 "고생하네요"라는 말을 건네주신다. 그럴수록 우리 소방관은 더 잘하려고 노력한다. 현장에서 실수하지 않고, 1분 1초라도 더 빨리 안전하게 구조하려고 노력한다.

나의 큰아들은 지금 6학년이다. 세상에서 우리 아빠가 젤 멋진 소방관이라고 친구들에게 말한다고 한다. 이처럼 소방공무원이라는 직업이 국민에게 사랑을 받을 수 있는 건 우리 직업이 사람을 구하는 일이라, 국민이 헌신적인 소방공무원을 영웅이라고 생각하여 주시기 때문이다.

며칠 전 친한 친구들과 술자리에서 한 친구가 갑자기 삼행시를 한다고 친구들에게 말을 하였다. 친구들은 별 기대 없이 '소나기'라는 단어를 외치기 시작하였다.

소 : 소방은

나 : 나라의

기 : 기둥이다

삼행시를 들으니 나도 모르게 눈시울이 불거졌다. 친구들까지 이렇게 소방관이라는 직업에 대해서 남다르게 생각해 준다. 태어나서 소방관이라는 직업을 잘 선택하였구나 하는 생각이 들었다.

나는 대한민국 소방관이다. 오늘도 최선을 다해 달려가겠다.

송호해변축제_곽현석

나의 소방일기

장이주 소방사

2021년 5월 24일 소방서에 들어와 현재까지 2년 5개월 근무한 새싹 소방공무원입니다. 2년 2개월 외근 부서에서 근무하고 내근 부서에서 근무한 지는 3개월이 지나고 있습니다. 짧은 근무경력이지만 제가 느낀 점은 정말 다양한 출동신고가 있고 그 모든 신고에 진심으로 출동하는 소방관들의 모습이었습니다. 작은 민원신고도 해결하기 위해 최선을 다하고 언제 어디서 큰 사고가 발생할지 모르기 때문에 항상 준비하고 긴장하는 하루를 보냅니다. 출동 후 돌아와 현장에서의 작전을 피드백 해주고 자신의 경험과 지식을 후배들에게 알려주는 선배님들의 모습을 보면서 나도 언젠가는 후배들에게 다양한 지식을 알려줄 수 있는 선배가 되어야겠다고 생각했습니다.

현장에서의 다양한 경험과 지식을 알려주는 것도 중요하지만 소방서에는 현장뿐만 아니라 안전하게 현장활동을 할 수 있도록 도와주는 지원부서도 있다는 것을 알게 되었습니다. 소방서에 들어오기 전까지는 소방관은 출동하는 사람이라고만 알고 있었지만, 묵묵히 뒤에서 지원해주는 직원들도 있습니다. 위험한 대상물에 화재가 발생하지 않도록 미리 예방하는 업무를 하고 현장활동을 하면서 불편한 점이 없도록 장비, 차량 등을 관리하는 업무하여 현장대원들이 안전하게 현장활동을 할 수 있도록 도와줍니다.

외근부서와 내근부서가 조화롭게 잘 이루어져 있기에 국민의 안전을 위협하는 화재·재난사고에서 국민의 생명과 재산을 지킬 수 있는 것 같습니다. 앞으로 남은 소방생활 국민의 생명과 재산을 지키기 위해서 열심히 노력하는 소방관이 되도록 하겠습니다.

안전!

상이수

다시 만날 수 있을까

장진영 소방교

제복을 입은 지 어언 4년, 지난날들을 떠올려 보니 참 많은 일이 있었구나. 소방관이 되어야겠다고 마음먹게 된 큰 사건이나 동기는 없었지만, 지금에서야 생각해보니 아버지가 소방관이라서 그걸 보면서 자라왔기에 시나브로 소방관이 된 거 같다.

아직도 기억이 생생한 첫 출근날. 약간 쌀쌀한 3월의 봄날 임용식을 마치고 바로 근무투입을 위해 출근을 했다. 사무실 문을 열고 들어가자마자 언제든 출동을 해야 하기 때문에 장비부터 차량에 실어 놓으라고 하시던 팀장님… 신규직원 수습기간, 업무숙달 시간이란 없었다. 그저 준비된 소방관만이 있을뿐. 그리고 출근한 지 대략 20분. 장비를 적재하고 난 후 자기소개 시간을 가지려는 찰나 우렁차게 들려오는 화재출동 벨소리.

그렇게 출근 첫날 30분도 안 되어 첫 화재출동을 경험했다.

인근 대형창고에서 발생한 화재, 도착하기 한참 전부터 멀리서 보이는 검은 버섯. 소방학교에서 배운대로만 하자고 다짐을 하며 현장에 도착해 화마와 맞서 싸웠다.

건물 내부로 진입하여 불을 끄던 중 갑작스런 손길이 나타나 내 뒷목을 낚아채 뒤로 쭉 잡아당겼다. 순식간에 눈앞에 쏟아지는 건물 천장과 굉음. 출근 첫날 순직할 뻔했던 나를 구해준 건 구조대장이었다. 떨리는 마음을 진정시키고 구원의 손길에 감사의 인사를 보내며 다시 시작된 화마와의 전쟁. 한참을 불과 싸우는 도중 또다시 누군가 내 뒷목을 잡았다. 뒤를 돌아보니 누군가 내 어깨에 손을 얹으며 날 쳐다보고 있었다. 연기와 마스크 때문에 잘 보이진 않았지만 이내 아버지란 걸 깨달았다. 말없는 침묵 속에서 수초 간 서로를 쳐다보다 내가 내뱉은 농담 한마디. "뭐 하다 이제 왔어?" 아버지께선 웃으시며 조심하라고 하시며 현장 지휘를 하러 가셨다. 이후 현장에서 철수하는 길에 팀장님께서 아버지가 현장 도착하자마자 아들부터 찾았더라고 알려주셨다.

본인과는 다른 직업을 선택하길 바랐던 아버지, 아들이 걱정되어서 그랬던 걸 그날 깨달았다. 이후로도 수많은 출동이 있었지만, 아버지와 같은 현장에 서 있던 첫 화재출동이 가장 기억에 남는다.

제복을 입은 지 어언 4년, 지난 날들을 떠올려 보니 참 많은 일이 있었지만, 항상 드는 생각.

언젠가 또다시 아버지와 현장에서 마주할 날이 있을까?

나의 시작, 해남

장한솔 소방사

21년 2월 소방 임용하여 발령받은 해남. 당비휴(24시간 근무후 이틀을 쉬는 근무 방식)라는 근무형태가 맘에 들었다. 제가 자원해서 오게 된 부분이 다른 직원분들보다 큰 자부심을 가지고 근무를 임했다고 생각한다.

신규임용 발령 후 한 달 남짓의 관서실습이 끝나고 근무가 시작될 때엔, 광주에서 해남까지의 출퇴근 거리는 꽤 멀지만 먼저 선배분들이 카풀을 짜주셔서 당비휴에 대한 근무형태에 만족하며 긍정적인 생각으로 근무에 임했다.

특히 해남은 산(도립공원), 바다(땅끝 등), 도로 등 아주 다양한 현장에서 현장활동(인명구조, 화재, 경찰 공동 대응요청, 동물구조 등)을 경험할 수 있다는 인생의 선배, 친한 형처럼 챙겨주시는 선배님들의 조언과 현장 및 행정업무의 가르침으로 잘 적응할 수 있었다. 옆 부서 직원분들 또한 다들 젊고 연령대가 맞아서 업무협조를 하거나 현장에서의 협업을 하는 등의 부분을 어려움 없이 해나갈 수 있었다.

출동이라 하면… 기억에 남는 출동들이 많지만, 산에서 실종된 치매환자의 내용이 먼저 떠오른다. 한여름 폭염의 날씨에, 우거진 산중에 들어가 나무와 덤불에 찔려가며 나를 데리고 끝까지 포기하지 않고 실종자를 발견한 출동 건, 한겨울 산에서 길을 잃어 저체온증 직전의 구조대상자를 찾은 출동 건(구조대상자가 고맙다고 단체사진도 찍었다) 등 나에겐 모든 출동 건들이 비슷하지만 달라서 현장의 경험과 구조기법 등을 잘 배울 수 있었다. 해남이 아니었다면 다양한 경험을 해볼 수 있었을까, 라는 생각도 들었다.

처음은 잊히지 않고 평생 기억한다고 생각하는데, 그래서 해남은 나에게 더 뜻깊은 지역이고 여기서 만났던 직원분들, 경험들, 생각들… 소중하지 않은 기억이 무엇이 있을까. 최소 내년 이후엔 다른 발령지로 가겠지만, 여기서의 모든 순간순간을 발판 삼아 더욱더 전문적인 소방구조대원이 되기를 자신한다.

상현솔

소방공무원

정우일 소방사

소방공무원이 왜 되고 싶었을까? 별다른 이유는 없었다.

9살 초등학교 2학년이던 때 교통사고를 당했었다. 흐려지던 기억 속에서 남아 있던 것은 구급차를 타던 기억과 대원들이 응급처치를 해주던 모습뿐이었다. 이것들이 기억에 남아 '나도 해보고 싶다'라는 생각이 들었었다. 그렇게 자라며 정신없이 살다 보니 점점 잊혀가던 꿈이었다.

고3 때 마지막 10대의 겨울을 보내던 와중 친구들과 모여 이야기를 나누고 있었다. 각자 꿈을 얘기하며 무엇이 하고 싶은지 대화를 하던 중, 문득 소방관이 되고 싶었던 어린 시절 기억이 나서, 기왕 살아갈 거 해보고 싶은 것을 하며 살아야 재밌지 않을까 했었다. 무작정 인터넷을 뒤져보며 어떻게 해야 소방공무원이 될 수 있고, 무엇을 준비해야 하는지 알아봤다. 그러던 중 소방서에서 복무를 하며 특채도 볼 수 있는 의무소방이 있다는 것을 알게 되었다.

이거다 싶었다. 살면서 해본 적 없던 공부를 그때 하게 되었다. 무작정 독학도 해보고 인터넷 EBS 강의도 찾아보며 공부를 했다. 그렇게 하다 보니 덜컥 붙어버렸고, 입대를 하게 되었다. 처음에 모든 것이 신기했다. 구급, 구조, 화재 등 출동을 나가며 경험을 쌓아가며 과연 내가 되고 싶었던 소방관이 소방공무원이, 정말 내가 할 수 있을까 의문을 가지며 생활을 이어나갔다.

비록 직원들 보조만 하는 역할이었지만 함께 보람도 느끼고 땀도 흘리며 정말 해도 되겠다는 생각이 많이 들었었다.

2년간 복무하면서 기억에 남는 출동들이 많았지만 가장 기억에 남던 것은 사고로 자식을 잃은 부모님들을 봤던 것이 가장 기억에 남았다. 그들의 표정은 이루 말할 수 없었고, 내가 감히 헤아릴 수 없는 감정과 생각들이기에 위로조차 쉽게 할 수 없었다. 부모 잃은 자식은 고아라고 하지만 자식 잃은 부모를 칭하는 말이 없다는 말을 그때 많이 느꼈었다. 그렇게 출동도 나가고 직원들과 부대끼다 보니 이 생활이 재밌고 보람있고 맘에 들게 되어 본격적으로 시험 준비를 했었다. 21살이 되던 그 해까지도 공부란 것을 거의 해본 적 없던 내게 영어를 공부한다는 것은 정말 힘들고 어려웠었다. 1년여간 막내 생활하던 내게 후임이 생겼고, 마침 그 후임은 영문학과를 재학 중이던 학생이어서 맛있는 것도 사주며 공부를 배워갔다. EBS 영어강의를 가장 기본적인 유치원 과정부터 시작해서 초등과정, 중등과정, 고등과정 그리고 수능 문제까지 풀어가며 매일 영어를 했었고 후임이었던 그 형에게 정말 많은 것을 배웠다. 센터를 옮길 때에도 공부를 해야 한다고 부탁하며 같이 옮겨다녔고, 남은 1년 정도 되는 시간을 그 형에게 배우며 지식을 쌓고 전역했다. 전역 전, 후로 의무소방 특채를 준비했다. 5과목을 준비하기엔 아직 시간이 부족하다 느껴 당장 3과목 정도만 준비하는 특채를 준비했었다.

지역은 세종시였는데, 자신은 없었지만 정말 열심히 했다. 모든 것이 재밌고, 신기했다. 멀리까지 가서 시험도 쳐보고 내가 살던 곳 만이 아닌 다른 지역도 구경하고 여기 붙으면 좋겠다 생각도 하며 설레는 나날들을 보냈다. 그렇게 필기시험이 붙고 체력준비를 하려고 입시학원도 다니며 새로운 사람들도 만나고 친해진 사람들끼리 삼삼오오 모여 면접스터디도 준비하며 최선을 다해 준비했었다. 결과는 3차 면접까지 갔지만 떨어졌다.

아쉬운 마음을 뒤로 한 채 조금 쉬는 기간을 가지며 공채를 준비했다. 다시 준비하는 공채 시험은 의외로 수월했다. 1년 넘게 영어 공부를 해놔서 다시 시작하는 데 무리 없었고, 그 1년 준비한 것이 정말 잘했구나 생각했다. 그렇게 아침부터 저녁까지 공부하고, 저녁에 운동하고, 주말에는 편의점 아르바이트하며 그때 특채를 붙지 못한 아쉬운 마음을 생각하며 열심히 했었다. 그렇게 2020년 시험을 앞뒀는데 코로나라는 전염병이 유행하여 시험이 밀리게 되었고 처음엔 너무 화가 났다. 시험 날짜에 맞춰 준비를 다 했는데 갑자기 덜컥 2~3개월 정도 밀려 버려서 뭔가 허무했었다. 그래도 이때를 기회 삼아 부족했던 부분들도 조금 더 보완하고, 자신 있었기에 화는 났지만 별다른 문제는 없었다. 그렇게 시간이 흘러 시험 날이 되었고, 시험지를 받았을 때 기분이 좋았다. 그동안 열심히 공부해왔더니 문제들이 쉽게 보였다. 내가 해온 것이 헛수고가 아니라 결과물이 나오는구나 시험을 보고 정말 기분 좋은 마음으로 시험장 밖으로 나와 가족들에게 붙을 거라고 자신 있게 말할 수 있었다.

다시 체력시험 준비를 하며 면접 준비를 할 땐 편했다. 작년에 시험

봤던 경험이 있어 큰 어려움 없이 물 흐르듯 술술 준비가 되었다. 남는 시간엔 아르바이트를 하며 용돈도 벌고 체력시험을 보고 면접을 보며 최종 합격 발표날만을 기다리며 설레는 나날들을 보내다 합격 공문을 보며 정말 그렇게 좋을 수 없었다. 기분이 너무 좋아서 가족들과 맛있는 저녁을 먹고, 친구들과 술 한잔하며 그간 고생했던 날들을 훌훌 털어버렸다.

그렇게 21년 3월에 소방학교 입교를 하고 12주 정도의 훈련을 하며 조장도 해보고 동기들과 웃으며 생활하고 찡그리며 훈련받고 머리를 맞대어 생각도 하며 진짜 안 간다고 생각했던 시간이 순식간에 지나갔다. 어느새 수료 날짜가 되어 다들 일선 서에 배치되어 소방관으로서 생활을 코앞에 두고 있었다. 뭔가 좋기도 하며 아쉽기도 했다. 같이 부대끼던 동기들이랑 헤어지는 것이 너무 아쉬웠고, 언제 또 이렇게 생활을 할 수 있을까 싶었다. 정들었던 동기들, 교관님들 헤어지는 것은 아쉬웠지만 모두 같은 전남소방 직원들 동료들이었기에 언젠가 또 기회가 되면 만날 수 있는 생각을 했다.

마침내 의무소방으로 복무했던 해남소방서로 다시 발령을 받았다. 첨 소방서에 딱 도착했을 땐 너무 반가웠다. 내 20살, 21살, 22살의 생활이 여기에 녹아있었다. 그때 그 모습 그대로 있는 것이 신기했고, 같이 생활했던 직원들도 몇 명 있어서 재밌고, 신기하고, 아직도 날 기억해준다는 사실에 놀라웠다. 한 달 정도의 관서 실습을 같이 발령받은 동기들과 해남 이곳저곳 맛집도 찾아서 같이 먹고, 같이 운동도 하며 보냈고, 지금 아니면 또 언제 가보겠냐 하면서 친했던 동기들과 같이 지리산 계곡도 가서 재미나게 놀았다. 그렇게 한 달이 지나고 처음으로 근무하게 된 곳은 지역대였다.

같이 근무하던 사수분이 정말 좋은 분이라 많은 것을 배웠고, 처음이라 잘 모르던 부분까지 하나하나 친절하게 잘 알려주셨다. 정말 좋은 분을 만나 많은 것을 배웠고, 대부분 선착대로 활동을 하다 보니 현장에 대해 보조가 아닌 내가 직접 주가 되어 하는 경험들이 많이 쌓이게 되었다. 공장화재 선착대도 해보고, 펌뷸런스 출동을 나가 하트세이버도 받아보고, 벌도 따고 개도 잡고 지역대에서 근무하던 8개월간 정말 많은 것을 해보았다. 그렇게 겨울쯤 다시 센터로 발령받아 센터에서 근무하며 많은 사람과 오순도순 다 같이 모여 얘기도 하고 출동도 나가고 고생했다고 야식도 먹으며 지냈고, 구급차 운전원도 하며 정말 재밌게 생활을 했었다. 그렇게 시간이 지나 올해 초 소방행정과를 지원하여 발령을 받았고, 처음하는 업무라 힘들고 낯설었지만, 전임자에게 많이 도움을 받고, 예전에도 같이 근무하던 직원이 있어 그 직원에게 진짜 너무 많은 도움을 받았다. 아직까지도 고맙다.

힘들 때도 많았지만 친한 직원들이 있어 버틸 수 있었던 것 같고, 그냥 포기하고 다시 센터 갈까 했지만 버티다 보니 지금은 좋은 서장님, 과장님, 팀장님을 만나 잘 생활하고 있는 것 같다. 이렇게 일기 아닌 일기를 적어가며 쓰고 있는 것도 좋은 분들을 만나 센터로 가지 않고 소방행정과에 있기에 쓰고 있다고 생각한다. 앞으로 근무할 날이 수십까진 못되지만 2~30년은 더 근무를 하며 소방조직에서 생활을 해야 하는데 앞으로도 좋은 일만 가득하고 웃으며 생활할 수 있는 그런 사람이 되어야겠다고 생각한다.

제복 입은 사람들

안녕하세요? 해남소방서 현장대응단에서 근무하고 있는 소방사 정현재입니다. 저의 현재까지 삶의 이야기를 전하고자 합니다. 고등학생 3학년 학창시절 자기소개를 쓰면서 무엇을 하면서 사회생활을 할까 고민을 하던 중 저의 꿈을 조언 해줬던 사람은 선생님도 아닌 제가 제일 사랑하는 아버지였습니다.

제가 집에서도 고민을 많이 하니까 아버지는 소방관은 어떠냐? 하시면서 조언을 해주셨습니다. 아버지가 조언을 해주셨던 이유는 소방관으로 근무하고 계셔서 장점들이 많아 조언을 해주셨습니다. 저는 조언을 듣고 소방관이 되기로 결심하게 되었습니다. 고등학교 졸업 후 대학교 진학하자마자 꿈을 향해 달리기 시작했습니다. 대학교 수업을 마친 후 독서실에 가서 하루 평균 13~14시간 공부하면서 소방관 시험 준비를 하였습니다. 20살 되어서 여행도 다니고 싶고, 친구들과 술 한잔하면서 놀고 싶었지만, 소방관이 빨리 되기 위해서 많은 것들을 포기하였습니다. 17년 6월부터 9개월간 준비하면서 18년 4월에 소방관 시험을 응시했습니다. 그 결과 많이 부족했습니다. 하지만 저는 포기하지 않고 문제점을 찾고 노력해야겠다고 다짐했습니다. 소방관 시험을 본 지 한 달 뒤에는 군대를 가야만 했습니다. 저의 군 생활은 의무소방으로 복무하였습니다. 의무소방으로 군 복무 중 소방관들의 삶을 체험하고 느껴보니까 저에게 적성이 맞아 다시 한번 더 소방관이 되고 싶다고 느껴서 일과를 마친 후에는 공부와 운동을 병행하면서 19년 4월 소방관 시험을 준비하게 되었습니다. 군대에서는 공부를 많이 하고 싶어도 일과를 마치고 나서 해야 하니까 애로사항이 많았습니다. 하지만 저는 몰래몰래 영단어를 외우고 공부하면서 저의 꿈을 향해 또 달리기 시작했습니다. 그렇게 6개월을 준비한 결과 저도 제복입은 사람 중 한 명이 되었습니다.

저의 꿈이 이뤄졌을 때 너무나 기뻐서 소리도 지르기도 했습니다. 제가 합격해서 가장 먼저 전화드린 사람은 아버지였습니다. 아버지와 통화하면서 감사하다는 말씀 여러 번 했습니다. 아버지 아니었으면 저는 무엇을 하면서 사회생활을 했을까 지금도 궁금하기도 합니다. 어쩌면 지금까지 고민하고 방황을 하고 있었을지도 모릅니다. 저의 꿈을 이루게 해준 아버지에게 다시 한번 더 감사하다는 말씀 전합니다.

울고 왔다가 울고 가는 해남

최형호 화순소방서장*

2022년 1월 인사철이 되었다. 나주소방서장으로 2년을 넘게 근무했으니 이번 인사에는 예외 없이 전보대상자이다. 이때쯤 되면 서장들도 어디로 가야 할지 초미의 관심사이다. 당연히 집 근처가 좋겠으나 어찌 인사가 내 맘대로 될 것인가? 2월 7일 해남소방서장으로 발령받았다. 내 고향은 해남이다. 광주에서 처음 공직생활을 시작한 나는 언젠가는 금의환향하는 고향에서 봉사하고 싶다는 바람을 가진 적이 있었다. 다만, 그 시기가 너무 앞당겨진 것이다. 그런데 인사가 나자마자 해프닝이 벌어졌다. 나주서장으로 부임한 새로운 서장이 관사에서 순직하는 사고가 발생한 것이다. 이 때문에 나를 아는 지인들이 설마 하는 마음으로 홈페이지를 확인하고 안부를 묻는 전화에 '나 아직 살아 있어'라는 답변을 수차례나 해야 했다. 그도 그럴 것이 이동한지 얼마 되지 않아서 소방서 홈페이지에는 아직도 내가 나주서장으로 게시되어 있었기 때문이었다. 암튼 해남의 첫 주는 그렇게 시작됐다.

---

*67년 해남 화원출생. 공학박사, 소방기술사, 소방간부후보 10기, 선 나주·해남소방시장

청사에 들어서는 순간 무거운 짐을 지는 듯한 실망을 느꼈다. 계단은 한쪽 귀퉁이가 깨지고 비틀어져 있었고 2층으로 올라가는 계단참에는 먼지가 수북하게 쌓인 완용펌프가 널부러져 있었다. 차고 바닥은 푹 파여져 눈살을 찌푸리게 했고 구내식당은 관공서 같지 않게 방치되어 있었다. 100명이 넘는 인원이 근무하는 청사에는 차 한잔 마실 휴게 공간도 없었다. 시각이 달라서인지 모르겠으나 한마디로 해남소방서의 첫인상은 심란 그 자체였다. 그런데 신기한 것은 그곳에 근무하고 있는 동료들은 일도 눈에 거슬리거나 불편해하지 않은 것처럼 보였다. 아마도 그곳의 생활에 길들여진 탓이었을 것이다. 그러나 첫인상이 중요하다. 익숙해진 사람들은 와 닿지 않으나 새로운 시각의 첫인상은 대체적으로 옳은 경우가 많았다. 나도 여기에 물들기 전에 이것부터 고쳐야겠다고 생각했다.

먼저 원칙을 두 가지 세웠다. 첫째 돈 안 드는 것부터, 둘째, 당장 할 수 있는 것부터 개선하기로 했다. 그 첫째가 모두가 요긴하게 활용할 수 있는 휴게 공간을 마련하는 것이었다. 첫 번째 원칙에 맞게 공사에 재능있는 직원들을 모으고 공간을 마련하여 날마다 공사 협의를 거쳐 공사를 진행해 나갔다. 필요한 자재를 직접 사다가 자르고 붙이고 못을 박아서 2층에 예상보다 훌륭한 북까페라는 다용도실을 완성하였다. 여기에 당근에서 손수 구입한 까페탁자와 의자, 블루투스 스피커와 커피 머신까지 비치해 놓으니 정말 여느 까페 못지 않는 분위기가 살아있는 새로운 공간이 된 것이다. 완공을 기념하여 직원의 이름을 딴 '형종 하우징 개업'이라는 우리만의 축하행사로 준공식을 가지기도 했다.

이 작은 공사가 미치는 영향은 컸다. 그동안 어제가 오늘 같고 내일도 오늘과 같을 것이라는 무기력증에 깨어나 "우리가 뭔가 해보자, 할 수 있다"라는 주인의식을 가지고 뒷전에 물러나 있던 직원들도 적극적으로 관심을 가지고 동참하는 분위기로 전환된 것이다. 이것을 시작으로 비틀어진 입구 계단은 바로 세우고 얼굴인 간판을 새롭게 단장했으며 계단참의 불편한 구물인 완용펌프는 최첨단의 홍보모니터로 대체되어 새로운 기관장 방문시 기념촬영까지 하는 명소(?)로 탈바꿈했다. 지나가는 행인들의 눈살을 찌뿌리게 한 차고 바닥도 새롭게 단장되어 더 이상 관공서의 이미지를 실추시키지 않게 되었다. 또한 구내식당도 행복한 맛을 음미할 수 있도록 새롭게 변화되었다. 아마 이 모든 것이 내가 떠난 후에도 그대로 유지되거나 더 개선된 것을 보면 그때의 변화를 이끌어낸 첫 판단이 옳았다는 생각을 해 본다.

청사의 환경개선은 센터와 지역대까지 지속되었으나 소방서 환경개선은 아무리 개선해도 끝이 없어 신축이전만이 새로운 대안으로 떠올랐다. 해남소방서 청사는 지은 지 25년이 넘어 건물이 노후된 데다가 부지가 너무 작아(최근 소방서부지는 보통 3,000평 이상이나 해남서 부지는 507평에 불과함) 늘어나는 소방수요에 따라 훈련이나 안전교육 등을 할 수 없는 협소한 공간이었다. 이에 내가 오기 전부터 이전 신축 문제는 염용태 과장님을 비롯한 여러 직원들에 입에 오르내리기는 했지만 별다른 진척은 없는 터였다. 2023년 새로운 해를 시작하면서 나는 재임하는 짧은 기간 동안 소방서 이전신축 하나에만 전념하기로 다짐하고 스스로의 약속을 지키기 위해 동료들 앞에서 신년사에 넣었다.

어디서부터 손을 대야 할까? 되게끔 하려면 말로만 해서는 안 된다. 소방력 보강 5개년 계획에 넣기로 했다. 다행히 전남도내 시군 소방서 설치가 23년도에 완료됨에 따라 이후에는 노후청사를 보완할 수 있는 여지가 생겨 이를 추진하기로 했다. 건의가 받아들여져 25년도에 소방 청사 이전신축 근거가 마련되었고 이를 근거로 해남군에 부지확보를 요청하였다. 그러나 쉬운 일이 아니었다. 그도 그럴 것이 3,000평이 넘는 부지를 군 소재지 인근에서 구하는 것도 쉽지 않지만 국가직 신분인 소방에 부지를 무상 제공한다는 것은 상식과 원칙에서 벗어난 일이기 때문에 해남군 입장에서도 공감은 가나, 발 벗고 나설 일은 아니었다.

이에 우리는 일명 작전이 필요했다. 우선 청사 이전사업에 군민이 공감하고 힘을 보태도록 설득이 필요했다. 이전의 당위성을 정교하게 만들고 만나는 분마다 장소 가릴 것 없이 브리핑을 했다. 기관장 모임은 물론이거니와 소방서 주관 행사가 있을 경우 틈나는 대로 군민들을 포함한 소위 지역의 힘 있는 분들께 적극 홍보했다. 그 결과 소문이 퍼지며 공감대가 형성되었고 만나는 분마다 오히려 '소방서 이전은 언제 하느냐'라고 나한테 되묻기도 했다. 일단 작전은 성공이었다.

다음은 적합한 부지를 최대한 빨리 확보하는 것이었다. 이를 군에 맡기고 손 놓고 있으면 언제 될지 모르는 일이다. 누군가는 나서야 했다. 우리가 직접 부지를 찾고 적합한 땅을 골라 역으로 군에 제시했다. 1차 제시안은 모두 불가하다는 검토 의견이었다. 여기는 건축이 불가하고 저기는 너무 비싸고 어떤 곳은 도로 확보가 안되고… 되는 이유보다 안되는 이유가 더 많았다.

그런데 그동안 노력한 결과가 우릴 배신하지 않았다. 해남소방서 이전한다는 소문이 퍼지자 의소대 박성주 연합회장님을 통하여 알짜정보가 들어온 것이다. 해남읍에서는 다소 떨어져 있으나 4,000여 평이 넘는 평지에 대형차량 진출입이 가능한 도로가 접해있어 소방서 부지로서는 딱이라는 것이었다. 현장 확인 결과 2군데를 후보지로 올렸고 그중 더 나은 한 곳을 우선 이전부지로 자체 확정했다. 당시 우리 주무부서인 예산장비팀뿐만 아니라 다른 팀장 이상 간부들도 현지답사에 참여하게 했는데 그 뒤에는 숨은 뜻이 있었다. 적합지의 평가보다는 향후 잦은 정기 인사이동으로 담당자가 바뀌더라도 이 추진 과정을 모두가 알고 있어야 하며 지속적으로 관심을 갖기 위한 묘책이었다.

23년 10월 28일 해남에 남아있는 예산장비팀장으로부터 반가운 소식을 접했다. 부지는 감정평가를 받았고 공유재산관리심의를 마쳤으며 내년 상반기에 매입할 계획으로 예산편성을 추진 중이라는 중간보고를 받았다. 나를 포함하여 절반 이상이 해남을 떠난 지금도 잊지 않고 잘 추진되고 있는 것을 보면 분명 성공한 작전이었다.

각종 행사 초대를 기회로 군수님과 군의장님께 몇 번을 반복하여 서류를 밀어 넣고 직접 브리핑했던 일, 군민에게 안전을 공고히 하겠다고 약속했던 일, 찌는 뜻한 폭염에 무거운 수박을 들고 관계자를 찾아가 설득했던 일, 거동이 불편한 부지소유자를 어렵게 만나 우리의 사정을 이야기하고 협조를 구했던 일, 이 모든 일이 결코 헛되지 않았다는 것을 화순에서 가슴 벅차게 느낀다. 소방서 이전 신축, 이미 시작되었으니 그 끝은 머지않아 완성되리라는 희망을 가져본다.

해남은 나의 고향이다. 그런데 난 해남을 너무 몰랐다. 내가 자란 곳은 화원면이다. 행정구역으로는 해남이지만 화원면은 해남 끝에 있어 목포생활권에 속했다. 어려서부터 큰 시장을 가려면 배를 타고 목포로 갔고 대학에 다닐 때도 광주에서 목포를 경유하여 고향을 찾았다. 태풍이나 교통편이 끊기면 4시간 반이나 걸리는 해남읍을 통하여 다녀야 했기 때문에 별로 다닌 적이 없다. 따라서 해남이 고향이지만 진정 해남을 잘 몰랐다. 해남에 발령을 받고 고향을 다시 알아야 했다. 우리 직업 특성상 구석구석을 알아야 했기 때문이다. 틈나는 데로 취약지구를 찾았다. 평상시 그냥 지나쳤던 것이 새로운 느낌으로 다가왔다. 해남은 참으로 풍요로운 곳이구나! 라는 생각이 들었다. 어디에 가더라도 광활한 평지에 농토가 있으며 어느 곳이든지 1시간 이내에 도달할 수 있는 바다가 있었다. 내륙에서는 흔히 볼 수 없는 풍부한 자원을 가진 곳 고향이었다.

우연한 기회에 강신권 센터장의 소개로 토문재 박병두 촌장을 만났다. 전직 경찰관이라고 소개했으나 나는 그분의 얼굴에서 전혀 경찰관의 흔적을 볼 수 없을 정도로 순박한 인상의 그냥 평범한 아저씨였다. 공직을 마감하고 고향에 내려와 인문학 전파에 봉사한다고 전해 들었다. 무엇보다 나를 끌리게 한 것은 전망 좋은 곳에 독특한 한옥을 지어 창작공간으로 활용한다는 이야기가 내 귀에 확 와 닿았다. 나도 전원 주택에 깊은 관심이 있었기 때문이다. 언젠가 방문 약속을 하고 헤어진 후 난 그곳을 지나는 길에 우연히 토문재를 찾았다. 토문재는 내가 그리던 예쁜 한옥이었으나 아직 많은 정리의 손이 기다리는 미완성의 작업장 같은 느낌을 받았다. 촌장님 참 고생 많이 하셨겠구나, 생각을 하며 그날 저자가 손수 서명을 하여 줘어 준 몇 권의 책을 받아 들고 귀서했다.

마침 해남의 역사를 더 공부해야겠다고 생각했던 차에 그분이 건네준 『해남 땅 끝에 가고 싶다』라는 서적을 읽고 책에 소개된 역사를 직접 찾아다녔다. 해창막걸리에서부터 녹우당, 미황사, 대흥사, 4est 수목원까지 해남을 상징하는 현장을 구석구석 돌아보고 해남의 역사를 다시 한번 목격하는 시간을 보냈다.

이러한 해남 알아가기는 관내 제복공무원 기관장들과 함께하는 인연으로 이어졌다. 당시 나는 대형재난이 발생하면 공동 대응할 수 있는 가장 좋은 방법이 우선 지도부에서 눈짓만 해도 소통될 수 있는 관계 형성이 무엇보다 중요하다고 생각했다. 기관장끼리 만나 형식에 매인 업무협약을 한다고 해서 해결될 일이 아니었다. 알다시피 얼굴 맞대고 밥 한 끼, 차 한 잔, 술 한 잔이 관계 형성에 지름길이라는 것은 모두가 알고 있는 사실이다. 그래서 소방서 제안으로 경찰, 소방과 간부(과장급 이상)들 족구시합을 하고 나중에는 교도소, 교육지원청까지 참여하여 소방서에서 작은 체육대회를 개최했다. 각 기관이 출연한 기금으로 으뜸상, 본전상, 아차상, 두고보자상 까지 만들어 족발회장(족구발전

협의회장)이 수여하는 재치도 발휘했다. 참여한 기관장들은 해남 기관장 유사 이래 처음 있는 일이라며 참 의미 있고 좋은 일이라 자평을 아끼지 않았다. 이로 인해 더욱 돈독해진 소방, 경찰, 군부대, 교도소 4개기관은 더 특별한 인연을 쌓아갔다. 송년회도 별도로 하고 신년회도 함께 했다. 그러한 인연으로 촌장님 토문재 방문을 제안했고 사정상 함께하지 못한 경찰을 제외하고 두 분이 제안을 수락하여 삼겹살과 막걸리, 과일을 싸들고 토문재를 찾았다. 촌장은 여전히 순박하고 정 있는 모습으로 반겨주었고 그날 그 자리에서 여행작가로서 활동하고 계신 조용연 전 경찰청장님과도 만나게 되었다. 전 고위직 공무원이라 좀 어렵지 않을까 했는데 모임 내내 분위기를 주도하는 달변가여서 깜짝 놀랐다. 그때 무르익어 가는 밤에 정담을 나누는 자리에서 『땅끝, 제복 입은 사람들』에 대한 이야기를 나왔고 이것이 이번에 오늘과 같은 결실을 맺게된 것으로 알고 있다.

참으로 소중한 추억이자 좋은 인연이었다. 그때 만난 조청장님의 내공이 큰지는 사실 화순에 와서 그분이 주신 『빽 없는 그대에게』라는 책을 통해서 알 수 있었다. 역시나 공무원으로서 많은 혜안을 지닌 분이라는 것을 다시 한번 느끼게 되었다.

이를 계기로 나도 보잘 것 없는 공직생활이었지만 내 자신에게 소중하게 남길 몇 자를 적어보기로 다짐할 용기를 갖게 되었다. 다 감사할 따름이다.

특히, 최종일 교도소장과 유광철 대대장은 나에게 많은 감동을 주었다. 최소장은 언제나 기관장 모임과 행사에 빠진 적이 없었으며 조직에 대한 사랑이 대단한 분이셨다. 스스로 조직이 소외당하지 않도록 적극적으로 활동하였으며 절제된 언변으로 다른 많은 기관장의 관심을 받은 것으로 기억된다. 조직은 그 리더가 하기 나름이다. 스스로 열등감에 빠지거나 피해의식을 갖고 움츠리다 보면 거기서 헤어날 수가 없다. 알아주지 않으면 스스로 자기 자리를 찾아야 한다. 그런 면에서 최소장은 정말 조직의 리더가 본받아야 할 덕목을 몸소 실천하는 표상처럼 보였다.

유 대대장은 22년 송년회 저녁식사 자리에서 어려운 이야기를 꺼냈다. 본인이 근무하고 있는 용사들에게 기관장 표창을 수여해 줬으면 하는 건의를 하였다. 소방에서는 서장 표창이 별 쓸모없는 종이 쪼가리가 되었으나 군에서는 아직도 승진 가점이 된다는 것이다. 그래서 본인이 재임하는 기간 동안에 용사들에게 모두 표창을 수여하는 것이 본인이 해야 하는 사명이라고 했다. 그 말을 듣고 나는 뜨끔했다. 자기만 살겠다고 판치는 요즘 세상에도 이렇게 부하를 사랑하는 리더가 있구나! 라고 생각했다. 우리야 표창을 막 퍼줄 수도 없지만 불가능한 것도 아니었다. 간곡한 부탁에 외면할 수 없어 명분을 갖춘 표창 몇 개를 수여하기로 했다. 이후 본인이 사비로 준비한 작은 선물까지 건네주어 고맙기도 했으나 나에게 큰 울림을 주는 지휘관의 모습에 크게 감동했다. 나중에 들은 이야기지만 유대대장은 비육사 출신인데도 중령 진급에서 선두로 되었다는 이야기를 들었다. 역시나 그럴만한 자격을 충분히 갖춘 분이라 여겨졌다. 이제 최소장도 나와 같은 시기에 타 지역으로 전보되었으니 그 곳에서 신망받는 리더로서 또 다른 역사를 만들어 가고 있을 것이다. 함께 해서 고맙고 그리운 분들이었다.

땅끝! 해남, 우리나라 최남단이며 코리아의 시작이라지만 해남으로 발령을 받은 직원들은 사실 그리 반겨하지는 않는다. 예전에는 원거리에다 열악한 근무환경 때문에 자의든 타의든 해남으로 가면 유배지로 좌천되는 됐다는 인식과 가능하면 무슨 빽을 써서라도 빨리 빠져 나오는 것이 최선이라고 여겨지는 때가 있었다. 그러나 그것도 이제는 옛 이야기가 되었고 또한 생각하기에 따라 다른 세상이 펼쳐지기도 했다. 대부분 직원들이 멀리 타지에 와있어 집에 자주 가지 못하니 자연스럽게 일과 후에도 서로 외로움을 달래기 위해 동병상련의 정으로 뭉치는 경우가 많았다. 퇴근하기에 바쁜 도심에서 쉽게 볼 수 없는 광경이다. 요즘에는 쉽사리 갖기 어려운 단체운동, 회식, 문화체험 등은 누가 이끌지 않아도 자연스럽게 이루어졌다. 요즘 화두가 되는 소통과 화합은 이 자리에서 너무나도 자연스러운 것이 되었다. 직장에서 가장 어려운 것은 일이 아니라 관계라는 것을 우리는 잘 알고 있다.

밤낮의 생사고락을 함께하는데 어찌 소통과 화합이 제대로 되지 않겠는가? 날이 갈수록 돈 주고도 못 사는 정은 자동적으로 쌓여만 갔다. 나도 수십 년의 직장생활을 하면서 지금까지 직장생활이 행복한 적은 딱 두 번 있었던 것으로 기억된다. 광주소방학교에서 근무할 때 뜻 있는 동지들과 밤샘 교육을 논하면서 소방의 미래를 설계했던 기억과 이곳 해남에서의 또 다른 동지들과의 만남이었다. 해남소방서의 신축건물을 꿈꾸며 전남 최대 최고의 소방서를 만들어 보자는 열띤 토론, 하루를 설레게 하는 족구, 당구의 작전도 아직 잊혀지지 않는다.

마지막 가는 길에 굳이 식사를 대접해 준 해남종합병원 김동국 원장님, 대흥사 스님들과 축구시합으로 우리 직원들을 위로해 준 법상 주지스님, 업무에 지친 직원들 심신단련을 위해 무료로 필라테스 강사를 지원해 주신 이길운 해남군체육회장님, 그리고 해남에서 소중한 추억의 한 페이지를 장식해 준 한전 유태봉 지사장님과 건보공단 김소연 지사장님을 비롯한 여러 기관장님들이 아직도 눈에 선하다. 화순에 있는 지금, 다시금 되새겨 본다. 땅끝 해남~, "올 때는 오기 싫어서 울고, 갈 때는 가기 싫어서 운다는 해남!"

나 역시 해남은 "울고 갔다 울고 오는 해남"이 되었다.

                    2023년 11월 3일 땅끝을 그리워하는 화순에서

최형호

달마산 추경

제복공무원으로 사는 삶이란

추창환 소방위

"제복을 입는 사람들을 제복공무원이라 부르기도 한다. 경찰, 교정 및 소방 이런 쪽에서 제복이라고 하면 정복을 입고 근무하는 고위직 같은 것을 가리키는 말이 되고 영어에서도 uniformed service 하면 경찰관, 교도관, 소방관, 군인 같은 직종을 가리킨다."

네이버에 '제복공무원' 검색하면 이렇게 쓰여있다.

소방공무원이란 원대한 꿈을 품고 26살에 임용되어 생활한 지도 14년하고도 12일. 5,122일이 지났다. 내가 생각하는 제복공무원이란 무엇일까?

"음주운전 하면 안 돼! 우리는 국민에게 봉사해야 해! 여기는 계급사회야, 선배님들께 잘하자." 이런 생각이 먼저 들었다. 고개를 들어 사무실을 둘러 본다. 소방정신(명예, 신뢰, 헌신), 소방공무원의 직업윤리가 적힌 액자가 눈앞에 있다.

그렇다. 나는 '국가의 안전과 국민의 생명을 보호하는 소방공무원'이다.

어둠이 짙어지고 있는 서늘한 밤이었다. 컴퓨터 작업을 하고 있는데 구조출동 벨소리가 들리자, 장비를 착용하고 현장으로 나선다. '무슨 상황일까?' '어떻게 대처해야 할까?' 머릿속은 복잡해진다. 현장에 도착해 보니 오토바이가 1톤 화물차 아래에 있다. 요구조자는 보이지 않는다. 가까이 가서 본다. 화물차 아래, 사람으로 보이는 그림자가 보였다. 중학생으로 보이는 어린 친구가 음식 배달을 하다 주차된 화물차 후미를 추돌한 것이다. 구급대원은 신속하게 응급처치를 하고 나는 주변에 빠져있는 치아를 수습하며 병원으로 가본다. 두려웠지만, 살아주기만을 간절히 바랐다. 하지만 3일 후 병원으로부터 먼 곳으로 갔다는 소식을 들었다. 나의 첫 번째 출동은 이렇게 시작되었다.

또 한번은 저녁쯤 호텔에서 화재가 발생하였다. 비상이다. 밤에는 투숙객들이 많아 대형화재로 이어질 수 있다. 나를 지켜줄 방화복, 헬멧, 공기호흡기를 착용한다. 현장에 도착했을 때 기다란 복도와 객실은 연기로 가득차 보이지 않는다. 내가 지금 믿을 수 있는 것은 나의 장비와 옆에 있는 동료다. '한 명이라도 더 구해야 한다.' 보이지 않는 객실을 손으로 더듬어 가며 인명검색을 한다. 밝은 곳에서는 10초면 나올 거리를 10분, 20분 찾아다니는 것이다. 그때 공기호흡기의 비상벨이 울린다. 용기의 압력이 부족하기에 퇴출하라는 신호이다. 조금만 더 검색하면 이 방은 검색이 끝나는데… 용기를 바꾸면 처음부터 다시 시작해야 하기에 조금 더 버텨 본다. 마지막까지 힘을 쏟고 들어왔던 입구로 나온다.

다행히 인명피해 없이 상황은 마무리되었다.

시간이 흘러 어느덧 중간 위치에 있으니 드는 생각이다. 이제는 현장에 들어가기 전에 7살, 5살 아들과 아내, 부모님 생각이 먼저 난다. 가족들의 웃는 모습, '내가 다시 살아서 돌아올 수 있을까?'라는 두려움, '내 옆 동료와 소방차를 타며 안전하게 귀소할 수 있을까?'라는 막연한 생각. 물론, 한 명이라도 더 구조해야 한다는 마음에는 변함이 없다.

그렇다. 내가 생각하는 제복공무원. 소방공무원은 두려움 앞에서 동료와 서로 의지하며 안전하게 임무를 완수하고, 국민의 재산과 생명을 보호하는 것이다. 옆에 있는 동료, 사랑하는 가족을 위해 오늘도 땀을 흘린다.

무대 위의 나, 변화의 꽃 피우다

남들 앞에서 이야기를 하는 것은 꽤 부러운 능력이라고 생각했습니다. 특히 나에게는 그것이 더욱 어려웠습니다. 무대에 서는 것은 너무나도 부끄럽고 손이 떨리며 가슴이 떨리는 일이었습니다. 그러나 이 이야기는 내성적인 성격을 가진 내가 어떻게 자신감을 갖고 남들 앞에서 나의 이야기를 자신있게 전할 수 있게 되었는지를 담은 이야기입니다.

몇 달 전, 전 관서 동료들은 하루를 멀다 하며 저를 놀리기 일쑤였습니다. "땅끝 해남까지 출퇴근도 하고 내근직도 하네, 넌 이제 좋은 날 다 갔다" 주변에서 모두 내근은 안좋다는 말만 듣다 보니 마치 도살장으로 끌려가는 소와 같은 기분이 들었습니다. 걱정과 좌절로 가득한 마음을 안고 해남으로 출근했습니다. 그곳에서의 담당은 소방안전교육이었습니다.

사실 저의 첫 번째 소방안전교육은 엉망이었습니다. 말도 더듬고 매끄럽지 않은 진행과 엉성한 마무리까지 모든 것이 그랬습니다. 제일 아쉬운 점은 소방안전에 대한 내용을 충분히 전달하지 못했다는 생각입니다. 그래서 저는 큰 좌절감에 휩싸였습니다.

그러나 기회는 예상치 못한 곳에서 찾아왔습니다. "소방안전강사 경연대회"라는 대회였습니다. 이 대회에서는 여러 소방안전강사들의 강의를 평가합니다. 하지만 사실 처음에는 귀찮아 보였습니다. 몇 달간 준비로 에너지 소비가 크기 때문입니다.

하지만 경연대회를 준비하는 과정에서 저는 많은 변화를 경험하게 되었습니다.

소방서 직원들 앞에서 여러 번 강의 시범을 해보면서 창피함과 죄송함을 겪기도 했습니다. 그렇지만 시간이 지날수록 자신감을 얻으면서 어떻게 말을 전달해야 하는지 알아가게 되었습니다.

많은 연습과 준비를 거친 결과, 발표 스킬과 자신감이 급속하게 성장하기 시작했습니다.

자주 연습하며 발전해 가면서, 경쟁적인 분위기와 평가자들의 주목 아래에서도 저만의 독특한 스타일로 강의할 수 있다는 자부심도 생겼습니다. 그리고 마침내 저는 대회에서 우수상을 달성할 수 있었습니다.

내성적인 성격 때문에 낯선 사람들 앞에서 이야기하는 것이 부담스러웠던 과거와 달리, 지금은 스스로 변화할 수 있는 힘이 있다고 확신합니다.

　저는 여전히 부끄러움과 긴장감이 매번 함께하지만,
　'땅끝 해남까지 출퇴근도 하고 내근직도 하네~ 넌 이제 좋은 날만 있
을 거야'
　내 안에 작아 보였던 목소리와 잠재력으로 인해 한 발 한 발 나아가며,
　아직 배울 여러 이야기와 성장이 남아 기다립니다.

소방공무원의 첫 디딤발

한충현 소방장

2011년 11월 19일 그날은 나에게 잊히지 않는 날이다.

나의 처음 직장생활이 시작한 날이다. 벌써 10년이 넘는 날이 지났지만 설레던 그날이 눈에 보인다. 대학을 졸업하고 막막하게 허송세월을 보내다가 부모님의 권유로 공무원이 되기 위하여 공부하면서 아르바이트 생활을 하던 내가 현재의 소방공무원이 되어 결혼을 하고 아기를 낳고……

처음 입사한 나는 월급을 받으면서 부모님께 떳떳한 모습으로 앞으로의 미래를 그리며 언제 어디서든 무슨 일이 되었건 열심히 해야겠다는 생각을 하였었다.

공부하면서 항상 다짐하였던 초심…… 소방공무원만 된다면 '진짜 불평 없이 긍정적으로 생각하면서 업무를 하여야겠다'라는 마음가짐이 지금도 생각난다.

처음 해남소방서 진도 119안전센터에 근무하게 되었다. 소방서 근무체계를 모르는 나는 아무 생각 없이 출근하게 되었다. 그날 팀장님 포함 총 6명이 근무하고 있었는데 한 반장님께서 '공기호흡기 사가지고 왔어요?' 웃으면서 장난치는 말로 말을 걸던 모습이 나에게 미소를 짓게 했다.

첫 출근 그날 팀장님께서는 '집이 어디냐?, 가족 관계는?, 소방공무원이 무슨 일을 하는지 아느냐?, 1종 운전면허증을 가지고 있느냐?' 등 이것저것 물으셨고, 나는 긴장해서 떨리는 목소리로 성심성의껏 대답했다.

나의 첫 임무는 소형소방펌프차 기관원이었는데 팀장님께서는 기관원이 하는 일에 대하여 자세히 설명해 주었다. 그중 가장 강조하셨던 점은 '기관원은 관내 지리에 대하여 빠삭하게 잘 알아야 한다'라는 점을 3번 이상 말씀하셨었다.

첫 출근 그날 소방펌프차에서 펌프를 조작하여 물이 어떻게 차에서 나가고, 압력은 어떻게 조절하고, 유의사항은 어떤 것들이 있는지를 사수에게 하나하나 배웠다. 물론 그날 했던 것들은 하나도 알아듣지 못했지만, 긴장하지 말고 차츰차츰 배워가자, 라는 생각으로 들었었다.

하루 이틀…… 팀원들과 자유로운 분위기 속에서 업무를 하며 첫 화재현장에 직면하던 순간 실수를 하였었다. 화재 장소에 도착하여 펌프차에서 방수해야 했지만, 항상 생각하고 수많은 연습을 하였었는데, 엄청난 화염에 뒤덮인 주택 앞에 서니 머리가 멍하면서 '내가 무엇을 해야 하나?'라는 생각만 맴돌았다. 우두커니 아무것도 하지 않는 나를 보면서 멀리서 팀장님께서는 '너 뭐하고 있어! 빨리 펌프 작동시키고 방수해! 너 때문에 경방대원이 위험해!'라고 외쳤다. 순간 나는 '아차!' 하면서 그동안의 연습한 걸 차근차근 생각하면서 순서대로 작업하면서 방수했었다. 방수가 되는 순간 '아, 물이 이제야 나간다' 생각하면서 안도했던 '나', 지금 생각해보면 아마추어같이 생각하고 행동했던 내가 부끄럽다.

화재 현장을 마무리하고 센터로 돌아온 나에게 팀장님은 '고생했어, 첫 실전이라 많이 긴장했지? 어떤 걸 느꼈어? 실수한 건 없었니?' 하면서 나에게 물었다.

난 내가 실수한 걸 잘 알고 있었지만, 그 순간을 모면하기 위하여 아무것도 모른다는 식으로 말씀드렸다.

경험 많은 팀장님은 웃으시면서 내가 무슨 생각을 하고 다 아신다는 듯 '처음에는 다 그래, 그렇지만 넌 프로의 세계의 들어왔으니까, 앞으로는 프로답게 생각하고 행동하길 바란다.'라고 말씀하였다.

난 순간 띵 했었다. 나의 실수에 대한 꾸짖음이 두려워서 아무 말도 하지 않는데 팀장님은 그런 나를 보면서 다독여 주시던 모습······

여태껏 느껴보지 못한 나의 행동에 대한 인자한 팀장님의 리더십이 아직도 가슴 한켠에 있다.

내근의 꽃 생활안전순찰대

황성현 소방사

첫 직장, 소방에 임용된지 어느덧 3년이라는 시간이 흘렀다.

소방 생활 3년 중 생활안전순찰대 업무를 맡은지도 어엿 2년을 향해 가고 있다. 몇 백 가구를 돌아다니며 많은 할머니들을 마주했다. 내가 생활안전순찰대를 하며 느낀 할머니들의 공통점은 하나같이 소녀처럼 순박하고 순수하시다는 것이다. 할머니들은 생활안전순찰대원들이 방문해 말벗만 해주어도 항상 좋아하신다. 또 작은 것만 고쳐주어도 너무 고마워하신다. 생활안전순찰대를 하며 가장 많이 들은 말이 "세상 참 좋아졌다"이다. 좋아진 세상처럼 할머니들이 미소 지을 수 있게 순찰대도 열심히 뛰어야 할 것 같다.

내가 순찰대를 하면서 "작은 실천이 누군가에게는 큰 힘이 될 수 있겠다"라고 생각한 사건이 있었다.

12월 추운 겨울 해남 현산면 분토 마을에 방문했을 때였다. 마을 회관에 찾아가 할머니들께 불편한 사항이 있냐고 물었더니 한 90세는 훌쩍 넘어 보이시는 할머니께서 집이 너무 춥다고 하셔서 방문해 보았다. 방문한 결과 침대 밑 전기장판 코드가 뽑아져 있다는 사실을 모르시고 한 달 넘는 기간 동안 추운 겨울을 떨면서 지내셨다. 우리에겐 너무나도 작은 일이지만 누군가에게는 어려울 수도 있다는 생각을 했다. 순찰대가 방문함으로써 할머니께서 더 이상 춥게 겨울을 나지 않을 수 있단 생각에, 생활안전순찰대가 꼭 필요한 존재구나라는 걸 느꼈다. 작은 실천이 그들에게는 큰 힘이 된다는 걸 새삼 깨달았다.

푸른 하늘, 청보리밭, 그리고 나_임일송

땅끝, ────────────────────── 제복 입은

유광철	이승현	김세홍
김남일	김동우	김부찬
김성우	김성현	김주한
노현주	류준영	문준웅
박민건	유현규	이승훈
이재훈	이정우	이훈성
조경현	조윤규	차민서
최진혁	최현준	홍성준
홍승기	황영빈	

사람들 ────────────────────── 군인

우리는 대한민국 최남단
땅끝(해남)을 지키는 전사다!

유광철 중령(해남 대대장)

우리는 대한민국의 안전보장과 국토방위의 신성한 의무를 수행함을 사명으로 하는 대한민국 최남단 끝(해남)을 지키는 전사다. 우리 대대 전 장병은 완벽한 해안경계작전과 지역방위의 의무를 수행한다. 늘 언제나 긴장감을 가지면서 임무를 수행한다.

나는 23년 전 태극기를 보며 가슴의 뜨거움을 느끼고, 눈시울이 붉어진 나 자신을 보면서 우리나라를 위해 내가 할 수 있는 일을 찾았다. 오랜 시간이 걸리지 않고, 너무나 당연하게 군인의 길을 선택하였다. 군인으로서 하루하루 땀을 흘리고 전우를 위해 정성을 다하며, 국가를 위해 목숨이 아깝지 않은 자세로 임무를 수행한다.

아버지께서는 항상 나라를 위해 한목숨 바치는 게 가장 의미 있는 일이라고 가르쳐주셨다. 지금은 가장 높고, 가까운 곳에서 응원해주신다. 어머니께서는 항상 부대를 위해 일하고, 나라를 위하는 일이 가장 중요하다고 가르쳐 주신다. 그리고 내 아내는 누구보다 나를 믿어주고, 정의로운 길을 갈 수 있도록 항상 곁에서 함께해주며, 응원해준다. 아들들도 아빠가 하는 일을 가장 자랑스럽게 생각하며, 항상 응원해준다. 이러한 이유로 나는 군인의 길이 가장 자랑스럽고, 내가 할 수 있는 가장 행복하고 의미 있는 일이 아닐 수 없다.

나는 사람을 가장 중시한다. 부하들이 행복하길 원한다. 부하들에게 인생에서 가장 소중하고 아름다운 추억을 만들어 주고, 전우들의 소중함과 따뜻함을 알려준다. 서로에 대해 이해와 공감, 전우애로 단결된 우리는 적의 어떠한 도발에도 승리할 것이다. 대대 전 장병의 눈빛이 승리를 말해주고 있다. 또한, 우리는 6·25전쟁과 이후 적의 도발을 기억하고 있다. 오직 나라를 지키기 위해 죽음을 두려워하지 않았던 선배 전우님들의 정신을 이어받아 오늘도 대한민국의 안전과 생명을 보전하기 위해 헌신한다. 유사시에는 승리를 확신한다.

우리는 대한민국 최남단 해남(땅끝)을 지키는 전사로 오늘도 가장 의미 있고, 행복한 하루를 보내고 있다. 우리는 오늘도 군인이며, 내일도 군인이다.

나의 해남

이승현 소령(작전과장)

대한민국 최남단 땅끝 해남, 이곳과의 인연의 시작은 12년 전 육군 소위가 되기 위해 교육을 받을 때부터였다. 유격 훈련을 열심히 하고 보상받은 하계휴가 기간, 가장 친한 동기와 나는 무언가에 끌리듯이 대한민국 군인으로서 조국 최남단을 가야겠다는 생각을 가지고 이곳 해남 땅끝마을을 찾았다. 그렇게 해남에서의 추억을 쌓고 군 생활을 하던 중, 육군 대위로 서른이 되었을 때, 이유는 없었지만, 땅끝 해남을 다시 한번 오게 되었다. 정말 이유는 없었다. 그저 한 번 더 가봐야겠다는 생각이었다. 해남은 변함없이 아름다움을 간직하고 있었기에 나의 서른 살의 추억을 갖고 지나갔다.

그 후 영광스러운 소령 진급을 하고 교육을 받고 다음 부임지를 발표를 받았다. 바로 해남이었다. 나는 이곳 해남 땅끝을 지키는 해남 대대원으로서 중요한 직책을 맡게 되었다. 12년 전 그리고 7년 전 아무 생각없이 지나가던 최남단 해남대대였지만, 지금은 이곳을 지키는 군인으로 다시 오게 된 것이다.

땅끝이란 표현은 반대로 생각하면 시작을 의미하는 곳이다. 육군 영관 계급의 시작인 소령을 이곳 대한민국의 시작, 해남에서 시작하게 된 것을 매우 영광스럽게 생각한다. 대한민국 최남단 땅끝이자 대한민국의 시작 해남은 내 인생에서 보면 스쳐 가는 곳이 아닌 새로움의 시작이다. 또한, 내 전우들에게도 군 생활의 시작이자, 학교 이외의 첫 시작을 하는 곳이다. 나와 내 전우들의 새로운 시작이 있는 이곳, 땅끝 해남에서 또 다른 1년을 기대해 본다.

전운이 감도는 한라산 기슭

김세홍 전 군무관*

- 호명한다

유채, 목련, 찔레, 모란, 개나리, 진달래, 산수유, 구슬붕이, 애기똥풀, 흰 바람꽃

- 옛!

- 대군들은 전열을 갖춰라

성산 일출봉 해 뜨기 전 어스름 녘 반도로 진군한다

명령 1

진달래는 개나리와 산수유를 조공으로 하여

경상도와 전라도를 경계로 굽이치는 섬진강으로 상륙하고

여수 영취산과 노령산맥 산등성이를 핏빛으로 물들이며 강화도 고려산을 점령하라

---

*《대한 문학세계》 등단. 시와 늪 작가상. 홍재문학상. 《시집고래와 달》. 동인시집《청무 우밭에 하얀 나비》 외 다수

명령 2

목련은 찔레와 모란을 조공으로 영산강으로 상륙하여

월출산 오솔길 목진지를 점령하고

만경평야 들판을 아지랑이 불을 지르며

서해안을 따라 한양으로 입성하여

경복궁 경회루 뜨락을 꽃 사태로 점령하라

명령 3

흰 바람꽃은 애기똥풀과 구슬붕이를 조공으로 하여

낙동강 하구 을숙도 갈대숲으로 은밀히 침투하고

태백산맥을 연둣빛으로 물들이며 정선 아리랑고개를 점령하라

명령 4

삶의 터전을 잃고 좌절하고 앉아있는 이들에게

지푸라기라도 잡고 일어설 수 있도록

손을 내밀어 축 처진 어깨를 부축해 주어라

허리가 잘린 임진강 변에서 전열을 재정비할 때까지

빗방울로 땅을 깨우고

풍경 소리로 전장의 상황을 보고하라

단편 명령 1

암호는 '연두'

두 글자

김남일 상병

막사 앞에 많은 사람이 모여있다. 선임 한 분이 집에 가는 날이라고 한다. 이맘때쯤 집에 간다고 말해줬던 게 어렴풋이 기억이 난다만, 그 날이 어느덧 아무도 모르게 오늘이 되어있었다. 누구보다 가득히, 마음껏 행복하기만 한 표정을 하고선 위병소 문을 향해 걸어간다. 문 앞에는 그의 가족들이 두 팔을 벌려 그를 맞이하고 있었다.

가는 길을 배웅하기 위해 우리는 도열하여 마지막 인사를 전했다. 곧이어 여러 명의 경례가 울려 퍼졌다. 평소와 다를 것 없는 경례 소리가 이렇게 벅차오르리만큼 와닿은 적이 있었던가. 괜히 나에게 특별한 좋은 일이 생긴 것만 같은 그런 느낌이 들었다. 떠나는 모습 그 뒤로 차가 사라질 때까지 손을 힘껏 흔들었다.

"고생했어, 잘 가."라며.

'회자정리會者定離', 만남이 있으면 헤어짐도 있는 법. 나와 같은 나이임에도 그는 본받을 점이 참 많은 사람이었다.

그랬던 만큼, 시큼한 아쉬움만이 더욱 짙어지는가 싶었다. 썩 반갑지 않은 기분이었지만, 감정은 휘발적인 것임을 잘 알기에, 그냥 그 기분 그대로에 젖어 들기로 했다. 어쩌면 오늘의 아쉬움도, 헤어짐이 없었다면 받지 못했을 소중한 선물일지도 모르기에.

나에게도 언젠가 그런 날이 올 거라 굳게 믿고 있다. 누구에게나 반드시 빛나는 순간은 찾아오기 마련이니깐.

그날이 올 때, 가장 환하고 밝게 빛날 수 있도록 남은 군 생활 동안 나를 깨끗이 닦아놓아야지. 그리고 '가장멋진 나'로 자랑스럽게 집으로 돌아갈 것이다. 스스로에게 건네는 인사와 함께.

가끔가다 생각이 난다면, 그 사람에게 연락을 해봐야겠다. 그땐 선임이 아닌 친구로 불러야지. 이제는 '병장님'보단 이름 두 글자로 부름이 더 어울리는 그가 되었기에.

땅끝, 제복 입은 사람들 / 군인

해남, 근무를 서며

김동우 상병

    정겨운 고향을 떠나 훈련소를 가던 날 막연하지만 이런 생각을 했던 것 같다.

    내 미약한 발자취가 다른 이들이 걸을 수 있는 길이 될 수 있기를 바란다고.

    정든 동기를 떠나 자대 배치를 받는 날엔 날씨가 퍽 좋지 않았다.

    날씨는 흐리고 바람은 세차게 불어오는 것이 마치 다가올 내 군 생활을 상징하는 것 같아 내 기분 또한 날씨같이 흐려지던 중 구름 사이로 들이쳐 내려오는 해를 보고 이런 생각이 들었다.

    "그래도 빛은 들어오는구나!"

    이제는 정이 들어버린 훈련소를 떠나 타지로 향하며 알게 모르게 쌓여왔던 부정적인 생각이 창문으로 들어오는 빛줄기에 씻겨 내려가는 것만 같았다.

    다가올 날들이 썩 기대되기 시작한 것 같다.

김동우

자대를 배치받고 한 달 정도 지났을까.

이제는 해남에서 보내는 일상이 특별하게는 다가오지 않아졌다. 물이 땅에 스며들 듯이 자연스럽게 해남에 녹아드는 내 모습에 점점 먹구름이 사라지기 시작한다. 오기 전 들었던 생각들은 사실 가보지 않았던 곳에 대한 막연한 두려움은 아니었을까?

마침내 겨울이 지나갔을 때 이제야 나는 초입에 들었다고 생각한다. 강성하게 지켜온 의지도, 고집 때문에 버리지 못한 아집도 스치는 봄바람에 한풀 꺾이고 밤바다에 모두 던져본다.

별님도 살며시 내려오는 해남의 밤바다에 부끄러운 과거가. 아집이 침전한다.

아무래도 해남의 별과 바다를 나는 사모하게 된 것 같다.

시간의 흐름에 몸을 맡긴 채로 정신없이 살다 보니 어느새 일 년이 다 되어간다. 혼자 걸어가는 걸음보단 같이 내디딜 수 있는 한 걸음이 좋아졌다. 사람마다 그 걸음이 다르기에 그걸 맞추어 가는 과정이 쉬울 리가 없었고 같이 걷는 한 걸음, 한걸음에 많은 시행착오를 겪었다.

내 과정을 누군가는 알아봐 주길 바라며 과정을 고치며 조심스레 나아가 본다.

이따금씩 고민이 있을 때면 해남의 밤바다를 바라보며 생각을 정리하는 게 어느덧 익숙하다. 이미 많은 고충을 바다에 던지며 다시금 방법을 찾으려는 내 모습이 많이 발전한 것 같아 조금은 대견함을 느낀다.

많이 울었고, 많이 고민했고, 많이 성장했던 지난 군 생활.

"결국, 빛이 들어왔다."

이제는 이렇게 말할 수 있을 것 같다.

별 궤적_최태희

하루살이

김부찬 일병

초여름 아침, 아직은 시원한 새벽 6시, 나는 근무를 준비했다. 근무지에는 하루살이가 참 많이 보인다. 그 수가 어찌나 많던지 제때 치우지 않으면 그들이 근무지를 뒤덮었다. 나는 매일 아침 그 하루살이 시체들을 빗자루로 조심스럽게 쓸어서 치워버렸다. 그들의 몸은 빗자루질이 일으키는 작은 바람에도 흩날렸기에 청소는 항상 조심스러웠다. 쓰레받기에 담긴 하루살이들은 한 뭉텅이의 먼지가 되어 바람을 타고 멀리 사라졌다. 나에게 하루살이는 각각의 개체가 아닌 하나의 군집, 또는 매일 발생하는 현상으로 보였다. 하지만 하루살이에게는 주어지는 하루는 지독히도 개인적이었다. 혼자 하루를 살고 혼자 죽었다. 삶과 죽음은 나누어 가질 수 없는 혼자만의 것이다.

하늘이 짙은 붉은색을 거쳐 어두운 검은색으로 변하면 새로운 하루살이들이 근무지에 찾아오기 시작한다. 몇몇이 내 주위에 떨어졌다. 나는 그들을 유심히 바라보았다. 이 작은 몸들이 끊임없이 꿈틀거리는 이유를 찾아보았지만, 그들이 어디서 왔는지 어디로 가고 있는지 알아낼 방법은 없었다. 그들에게 물어보고 싶었다. 그들은 나에게 꿈과 희망, 사랑과 욕망에 대해 말했을 것이다. 하지만 나는 하루살이의 말을 알아듣지 못했다. 그들의 말은 내 귓가에 맴돌았지만 내 고막을 울릴 수 없었다. 하루살이는 하루만 살기에 하루살이의 하루와 나의 하루는 같을 수 없었다. 하루살이의 몸은 가볍지만, 그의 하루는 무거웠다. 그 무거움이 밀도 차를 만들어 같은 방에 있지만, 우리의 말은 섞이지 못하였다. 나의 말과 시간은 하루살이 위에 기름처럼 떠다녔다.

하루살이는 그날 밤 그의 이상을 이루어야 했다. 하루가 가진 무한한 가능성은 그를 꿈틀거리게 만들었다. 아침에 내다 버린 한 무더기의 먼지들이 어젯밤 이상을 이루었는지 알 길이 없지만 그들의 하루는 아름답고 뜨거웠다. 사람들이 보기에 한없이 가벼워도 이상을 위해 꿈틀거리는 모든 것들은 아름답다.

하루라는 시간은 그렇게 쓰는 것이다. 시간이 빨리 갔으면 좋겠다고, 지금은 아무것도 할 수 없다고 생각하는 자의 하루 밀도는 한없이 가벼워져 어느새 0에 수렴한다. 오늘이 내일이고 오늘이 어제가 되어 버리는 것처럼 시간은 빠르게 흘러간다. 시간이 흘러가도 사람은 어제에 남는다.

하루살이가 되고 싶다. 매일 밤 나의 이상을 향해 온 힘을 다해 꿈틀거리고 싶다.

나는 매일 하루를 산다.

김부찬

내가 성장해 가는 곳

김성우 일병

남자라면 어릴 적 꿈이 있었을 것이다. '통일'이 되어 한반도에 평화가 찾아와 군대에 안 가도 되는 그런 날이 오기를 꿈꾸었을 것이다. 일부는 1년 6개월이란 시간을 부대에서 보내는 것이 청년이 된 우리에겐 시간을 그저 의미 없이 보낸다고 생각했을 것이다. 또한, 하나둘 시간이 지나고, 국방의 의무를 다해야 할 때가 왔을 때까지도 방황했을 것이다. 그러나 '역사를 알아야 미래가 보인다'라는 말이 있듯이, 훈련소에서 우리나라 역사에 대해 자세히 알아가고 동기들과 시간을 함께 보내면서 선조들이 지켜낸 대한민국과 내가 '대한민국에서 어떤 사람인가?'에 대해 생각해보고 알아가는 기회를 가지게 되었다.

해남대대에 처음 전입하게 되었을 때, 대대장님과의 간담회에서 '18개월이라는 기간 동안 어떤 것을 이뤄낼 것인가?'에 대한 질문을 받았다. 그 질문에 나는 '다양한 사람들 사이에서 조화롭게 인간관계를 유지하고, 1년 6개월을 허투루 사용하는 것이 아닌, 미래에 대해 준비하는 시간으로 사용하겠다.'라고 나의 포부를 밝혔다.

군 생활을 하며 나는 소중한 인연들을 만나 동고동락하며 서로를 아끼게 되었고, 훈련과 근무로 몸과 마음이 지칠 때, 함께라는 이유로 위로받고 웃게 되었다. 간부님들과 선임들에게 지혜를 얻고 사회를 알게 되었고, 그분들로부터 내가 배운 것을 후임들에게 가르쳐주며 책임감과 리더쉽을 가지게 되었다.

사람과의 관계가 중요하다고 말해주신 대대장님과 함께 내가 다짐한 나의 목표를 남은 복무기간 동안 지키기 위해, 이 시간을 헛되게 보내지 않고 자기계발을 꾸준히 하며, 해남대대에서 만난 소중한 인연들과의 추억을 웃음으로 가득 차게 만들어 갈 것이다.

김성우

병영일기

김성현 일병

　제복을 입은 사람들은 정말 많습니다. 대표적인 예로 경찰관, 교도관, 군인이 될 수 있습니다. 제복을 입는다는 의미는 무엇보다도 큰 책임을 집니다. 경찰관은 나라의 치안을 유지하고 교도관은 교도소의 질서를 유지하며 군인은 국가의 안보를 담당하는 역할을 합니다. 제복을 입을 사람 중 내가 속한 군인에 대해 내 생각과 경험에 관하여 얘기해 보려고 합니다.

　대한민국 남자들은 국방의 의무를 다하기 위해 군대에 가야 한다고 헌법에 적혀있습니다. 웬만한 정의감 없이는 대부분의 남성은 군대에 가기 싫어할 것입니다. 저 역시도 그랬었습니다. 지금 제가 반년 동안 생활하면서 느낀 점은 사회에서 간접적으로 듣고 경험한 군 생활이 실제 군 생활이랑 다르다는 점입니다. 군대를 오기 전에 어떤 사람을 만나고 어떤 훈련을 하고 어떤 일을 할지 큰 두려움이 있었지만, 실제로는 해남 대대에 와서 좋은 선임, 후임을 만나 즐겁게 축구와 운동을 하고 장난도 치면서 사회에서 겪었던 미래에 대한 두려움 등 스트레스가 사람들과의 인연을 통해서 해소되는 경험도 많았습니다. 한편으로 군대에서 생활하면서 어려운 점이 있다면 사람과 사람 사이의 관계라는 점입니다. 사람마다 살아온 생활환경이 다르고 가치관이 다르기 때문에 당연히 충돌이 생길 수 있습니다. 그렇기에 가까운 사이일수록 이기적으로 나만 챙기는 것이 아니라 '배려'를 통해 서로를 존중해야 합니다. 이를 통해 인과관계가 무엇보다도 중요하다는 것을 알게 되었습니다.

아직 군 생활에 1/3을 경험한 저로서는 군대에 생활하면서 힘든 부분은 당연히 있을 수밖에 없다고 생각합니다. 하지만 고된 훈련을 통해서 정신력을 기르고 체육활동과 독서 등 자기주도 학습을 통해서 지적 능력과 신체 능력을 키워나가고 사람과 사람 사이의 관계 유지를 통해 사회적 능력을 키워나가다 보면 전역하고 내가 민간인이 되었을 때 군대에 가기 전과 후에 '나'라는 사람은 변할 것으로 생각합니다. 이 글을 쓰면서 다른 사람들도 굳이 군대가 아니어도 경험해 보지 못한 것에 대해 먼저 두려움을 가지는 것보다 자신의 상황에 맞춰 어떻게 대응하고 생각해 내면 극복할 수 있다고 알려주고 싶습니다.

김성헌

해남이 나를 품는다

김주한 대위(중대장)

첫날, 몰아치던 눈보라에도 나는
연신, 와이퍼를 흔들어대며 해남에게 인사했다.
해남이 나를 외면했었다.

봄꽃을 시샘하던 날, 미련 남은 쌀쌀한 바람에도, 흩뿌연 황사에도 나는
묵묵히 이곳저곳 발자취를 남기며 해남에게 다가갔다.
해남이 나를 경계했었다.

여름날, 내리치던 빗줄기에도, 내리쬐던 햇빛에도 나는
꿋꿋이 중대원들과 땀방울을 닦아내며 해남에게 적응했다.
해남이 나를 시험했었다.

비로소, 해남이 나에게 묻는다.
나는 해남에게 대답했다.

해남 오일장에서 고소하게 튀겨지는 통닭과 살이 통통하게 민어가
소나무숲이 우거져 낭만 있는 송호해수욕장이
강직한 성품으로 기세 좋게 우뚝 솟은 두륜산과 달마산이
금빛으로 물든 볏논과 황톳빛 고구마밭이
반짝이는 수많은 별로 가득찬 아름다운 해남의 밤하늘이
보인다고, 나는 해남에게 대답했다.

해남이 나를 품는다.
나는 해남을 지킨다.

해남 그리고 나의 군 생활의 시작

노현주 하사 (보안업무 부사관)

처음 내가 해남에 오게 되었을 때는 2022년 2월 초, 22살이던 나는 한평생을 대구에서 거주하다 낯설었고, 그저 들어보기만 했던 '땅끝마을 해남'에 오게 되었다. 사실 해남으로 자대배치를 받은 날, 나는 한 번도 가보지 않은 곳이라는 생각에 사로잡혀 호기심보다 겁부터 먹은 건 사실이다. 당장 내가 할 수 있었던 건 포털 사이트에 해남이 어디인지, 무엇이 유명한지 등 검색할 수 있는 모든 것들을 다 알아보는 것이었다. 결국, 내가 얻은 것은 고구마, 땅끝마을, 다양한 맛집뿐이었고 그렇게 나의 해남은 걱정으로 시작되었다.

추운 겨울 지금 내가 근무하고 있는 부대에 전입 온 날, 가장 인상 깊었던 것은 이곳은 생각보다 넓은 지역이라는 것이다. 중심이 되는 읍내뿐만 아니라 삼산면, 송지면, 산이면 등 해남 곳곳의 지역들이 해안선이 어우러지고, 아름다운 평야가 펼쳐진 풍광이 좋은 곳이었다. 해남군은 전라남도 군들중에 가장 넓은 지역이라는 사실에 알게 되었을 때 감탄보다 내가 '군인으로서 임무수행을 하며 이 지역들을 잘 지킬 수 있을까?' 하는 생각에 겁을 내며 해남대대에서 내 업무를 배워나가기 시작하였다. 그렇게 시간이 흘러 내가 해남에 적응되어 갈 때쯤, 어촌계장 분들을 만나 해안 지킴이 간담회를 하게 된 날이 있었다. 함께 식사하며 이런저런 대화를 하다 보니 계장분들은 진심으로 해남을 사랑하고 있다는 생각이 문뜩 들었다. 해남을 지킨다는 사명감으로 우리 해남대대와 아주 협조적이었다. 그들의 열정이 느껴졌다. 그냥 형식적인 도움이 아닌 진심 어린 도움을 주기 위해서 노력하셨다. 계장분들께서는 자신의 태어나서 지금까지 쌓아오신 경험과 그 경험을 통해 알고 계신 해남지역에 대한 지식들을 나에게 알려주셨고, 나는 해남을 점점 알아가게 되었다. 짧은 식사자리였지만 나에게는 큰 의미가 있던 시간이었다.

종종 외부업무가 있을 때 전투복을 입고 나가게 되면 군인이라 주목을 받곤 하였다. 그럴 때마다 해남의 주민분들에게 들은 이야기는 '항상 고생이 많다, 힘들지 않냐' 등 넘쳐나는 격려와 고맙다는 인사말이었다. 이렇게 나는 주민분들의 따뜻한 말 한마디에 군인으로서의 자부심을 느끼고, 그들에게서 내가 맡은 업무를 해낼 수 있는 원동력을 얻었다. 해남이라는 곳이 생소하고 낯설게 느끼던 나는, 점점 해남에 정이 생겨 이곳은 마음이 따뜻한 사람들이 참 많은 곳이라고 생각을 하게 되었다. 나는 항상 해남에서 근무할 수는 없지만, 나의 첫 군 생활, 나의 첫 타지생활을 시작한 곳이 '전라남도 해남군'이라서 매우 자랑스럽다. 어디를 가던 겁부터 내었던 내가 정서적으로 성장하고 임무수행에 대한 자신감으로 가득 찬 군인으로 만들어 준 해남과 그곳에 있는 해남 대대에 감사하다.

땅끝에서의 첫걸음

류준영 소위

2023년 3월, 졸업 및 임관식을 마치고 육군 소위로 임관하게 되었다. 기대 반, 걱정 반인 마음을 안은 채로 해남부대에서 내 군 생활의 첫걸음을 내디뎠다. 그 누구도 나에게 부담감을 주지는 않았지만 잘해야 한다는 부담감과 압박감을 느낀 채, 대한민국 최남단에서 소대장으로서의 임무수행을 시작했다.

소대장으로서 임무수행한 지 몇 개월이 지난 지금이지만, 처음 소대에 왔을 때의 기분을 잊을 수 없다. '소대장', 이 세글자에 담긴 의미는 나에게 굉장히 크게 다가왔다. 소대에서 일어나는 모든 일에 대해서 알아야 하며, 그에 대한 책임을 진다는 것은 어려운 일이면서도 자랑스러운 일이다. 나의 말 한마디, 행동 하나가 수많은 용사에게 영향을 미치며, 그들을 책임지는 것이 나의 역할이다.

처음 소대장으로서 임무수행할 때 존경하는 대대장님이 하신 말씀이 있다. "소대장은 소대의 왕이 아니다. 소대를 관리하는 사람이다." 소대에서 생활하며 서로 다른 성격과 생활 습관을 지닌 용사들을 많이 봤다. 활동적인 것을 좋아하며 군 생활에 긍정적인 용사도 있지만, 군 생활을 힘들어하는 용사들도 있다. 소대장의 역할은 이들 모두를 소대에서 잘 생활할 수 있도록 지도해주는 역할이라고 생각한다. 용사들이 믿고 따를 수 있는 소대장이 되는 것이 내 목표이자 바람이다.

"할 때는 열심히 하고 놀 때는 신나게 놀자." 내 좌우명이며 소대장으로서 내 지휘 의도이다. 때로는 엄격한 지휘자로, 때로는 형처럼 용사들과 관계를 유지하며 소대장 임무수행을 하고 있다. 군 생활을 시작하는 단계에서, 내 첫 군 생활을 이 소대에서 시작한 것이 천운이라고 생각한다. 나를 잘 따라주고 믿는 우리 용사들, 궂은일도 마다하지 않고 함께 일하는 소대 간부님들, 모두 좋은 사람들이 내게 찾아온 것 같다. 먼 훗날에도 소대장으로서 임무수행했던 소위 시절이 좋은 추억으로 남을 것 같다. 마지막으로, 글의 힘을 빌려 우리 소대 용사들에게 한마디하고 이 글을 마치겠다.

"애들아 항상 믿고 따라줘서 고맙다. 많이 아끼고 사랑한다. 나중에도 서슴없이 연락하고 지낼 수 있는 사이로 만나자."

대흥사 추경_김재은

호남의 방패

문준웅 상병

2023년 2월 나라의 부름을 받아 학생에서 군인 신분이 된 나 문준웅은 정들었던 서울을 떠나 전라도에 위치한 31사단 신병교육대를 거쳐서 대한민국 최남단 땅끝 해남으로 전입했다. 처음 부대를 봤던 나의 심정은 설레는 감정보단 두려운 감정이 더 컸다. '과연 내가 이 땅끝마을에서 잘할 수 있을까'라는 생각이 뇌리를 스쳤지만 이런 걱정과 달리 좋은 간부님들과 선임들이 있던 덕에 나의 군 생활은 걱정했던 것과는 달리 전혀 어려움이 없었다.

늘 그렇듯이 새로운 장소, 새로운 환경에서 적응하는 것은 그리 쉬운 일은 아녔다. 부대에 오기 전 있었던 훈련소와 자대는 엄연히 다른 곳이며, 당연히 다른 하루하루가 나를 기다리고 있었다. 하지만 5주간 열심히 청년에서 군인으로, 군인에서 멋진 전사로 거듭나는 훈련을 받고 온 나는 빠르게 부대에 적응해나가기 시작했고, 어느 순간 아침에 일어나 점호를 나가면 나를 반기는 해남에 바다와 바닷바람이 처음에는 앞이 까마득해지고 어떻게 집에 가지? 등 여러 생각이 들게 했지만, 이제는 집에서 보던 건물 풍경보다 익숙해져 버렸다. 이렇게 완전한 해남대대 사람이 된 나는 다음 달 상병으로 진급을 앞두고 있다.

　지금까지 군 생활을 하며 느낀 나에게 군대는 내 인생의 터닝 포인트라고 생각한다. 당연히 원해서 왔다고는 할 순 없지만, 군대에서 얻어가는 것들이 많다고 생각한다. 우선 각 지역에서 수많은 사람이 오기 때문에 다양한 사람들을 만날 수 있는 것이 좋다고 생각한다. 사람을 만나는 것을 좋아하는 나로서는 처음 보는 지역의 사람들, 처음 보는 유형의 사람들을 알아간다는 것은 기쁜 일이다. 그리고 사회에서는 그렇게 열심히 하지 않았던 운동도 군대에 들어오고 나서는 열심히 하고 있다.

　건강한 신체에 건강한 정신이 든다는 말이 있듯이 몸이 점점 건강해지니까 내 생각들도 더욱 성숙해지고 건강해지는 거 같다. 이러한 내가 병장 만기 전역을 할 때쯤에는 어떤 모습일지 상상만 해도 즐겁고 기대가 된다.

문준용

땅끝에서 밤을 보내며

박민건 상병

눈을 뜨고 손목에서 벗어난 시계를 보는 시간만이 길어지는 시기가 있었다. 생활관에 나 혼자 있을 때, 그 시간에 모두가 자신에게 주어진 일을 하며 자신만의 시간을 가질 때 나 역시 나만의 시간을 가지고 있었다.

밤이 찾아오는 시간에 난 취침을 준비하지 않는다. 군복을 입고 자리에 앉아 남들과는 다른, 기시감을 느끼는 밤을 보내곤 했다. 밤에 바다를 보며, 오직 흑과 백으로 이루어진 그 흑백화면에서 무성영화를 보는 듯한 감정, 재미없는 오래전 코미디 쇼를 보는 시간을 보내고 남들이 일어나 군복을 입을 때 편한 옷으로 갈아입고 붉은 태양을 보며 잠을 청한다. 그때 생각은 '눈이 부시다'는 것과 '잠을 잘 수 있다'였다. 물론 낮에 근무를 서는 경우가 많지만, 밤을 낮으로 보내는 시기에는 고독하다는 말을 쓸 수 있는 자격을 얻은 듯한 생각을 가진다.

'본래 있어야 할 장소'라는 말이 이곳에 와서 그리 맞는 어휘처럼 느껴지지 않는 것은 분명 그러한 이유다. 누구는 내게 주어진 화면을 수목화처럼 볼 수 있을 것이다. 흑과 백으로만 이루어진 것이 당연한 이들도 세상에 있다. 그렇다 하여도 그들이 내가 할 일을 다시 해도 되는가? '아니다'라고 말을 하는 시간이 자연스럽게 나올 것이다. 좋은 것과 편한 것, 나쁜 것과 불편한 것 중에서 내가 골라야 하는 것은 없다. 그저 할 수 있고 주어진 것을 해야만 한다.

약 500일의 시간 속, 바늘이 움직일 때마다 사람들은 움직이고 나 역시 그 흐름에 맞추어 살아가길, 그리고 이후에도 그러길 소원하며, 고장 날 때까지 멈추지 못함을 나는 안다.

해남, 땅끝, 또 하나의 시작

유현규 일병

훈련소 생활을 마치고 자대배치가 해남대대로 정해지자 솔직하게 들었던 생각은 '큰일 났다'였다. 해남이라는 지역은 나에게 교과서에서 봤던 땅끝마을이라는 정보밖에 없었다. 평생을 경기도 성남시에서 살던 내가 대한민국의 최남단으로 산다고 하니 이 얼마나 청천벽력인 소식인가. 마냥 좋은 마음만을 품고 4대대에 도착할 수는 없는 노릇이었다. 해남에 위치한 부대면 사방이 바다겠지? 라는 생각과 다르게 주둔지에서 바다는 전혀 보이지 않았고 평범한 내륙부대와 다를 것이 없어 보였다. 기왕 해남에 도착한 거 열심히 군 생활을 해보자는 다짐에 이르렀고 그렇게 해남 대대에서의 군 생활이 시작되었다.

사실 부대의 위치보다도 내게 중요했던 건 만나는 사람들이었다. 전입 온 나를 따뜻하게 대해주고 친절하게 부대를 알려주셨던 16중대장님, 긴장된 나를 편한 분위기로 적응을 도와주셨던 대대장님, 누구보다 가까운 위치에서 많은 것을 도와주는 생활관 사람들. 전부 나에게 소중한 인연이라고 느껴졌다. 워낙 친절한 사람들이 많아서일까. 해남에서의 적응은 어렵지 않았다. 선임 후임 할 것 없이 모두가 열심히 했으며 나 또한 그런 분위기에 자극받아 더욱 열심히 하였다.

전입 온 뒤부터 지금까지 많고 다양한 대한민국의 제일 앞을 지키고 있는듯한 느낌도 주었다. 많은 훈련을 했지만, 그중에서 내가 제일 좋아하는 것은 해안선을 순찰하는 훈련이다. 해안선을 순찰하는 임무는 내가 해남 바다를 처음으로 볼 수 있게 해준 훈련이었다. 해남은 흔히 땅끝으로 불리지만 나에게는 또 다른 시작점으로 느껴지기도 하였다. 그 때문에 이 훈련은 마치 대한민국의 제일 앞을 지키고 있는 듯한 느낌도 들었다.

사실 아직 남은 군 생활이 지금껏 지내온 군 생활보다 훨씬 많다. 하지만 얼마 하지 않은 군 생활이어서 내가 느끼고 배운 것 또한 얼마 없다고 생각되지는 않는다. 오히려 남은 군 생활이 한숨이 나오는 것이 아니라 내가 또 앞으로의 군 생활에서 어떤 것을 보고 배울지 기대가 되기도 한다. 대한민국의 끝, 땅끝이라고 불리는 이 해남에서 나는 새로운 시작을 한다.

해남의 겨울

이승훈 상병

차 문이 열리고 나는 해남에 첫발을 디뎠고 차가우면서 시원한 바람이 나의 코끝을 스쳤고 겨울이 시작됨을 알릴 때 나의 군 생활은 차가운 겨울과 함께 시작되었다. 해남은 남쪽 끝 땅끝에 위치해 있다. 남쪽 끝에 있으니 겨울이 와도 비교적 따뜻하겠다고 생각했던 것은 나의 큰 오산이었다. 해남에서의 겨울도 나에겐 너무나도 춥고 또 하였다. 눈이 정말 많이 왔다. 내가 초등학교 때 나 보던 많은 눈이었는데 군대에 입대해서 보니 신기하고 내가 다시 초등학생으로 돌아간 기분이었다. 근데 지금 생각해보면 초등학생으로 돌아간 것이 어느 정도는 맞는 것 같다. 이등병 때는 작은 것부터 모르는 게 너무 많았고 궁금한 것도 많았다. 그런 모습을 돌이켜보면 마치 내가 어린아이로 돌아간 것 같았다.

시간이 지나 지금은 그때와는 다르게 후임도 생기고 일도 더 늘어나서 그때와 같은 생각은 못 하지만 그땐 정말 낭만이 있었던 것 같다. 눈이 정말 많이 와서 주둔지 제설을 정말 많이 했었는데 그때마다 나는 신병이었지만 정말 재미있게 제설을 했던 것 같다. 평균 연령 21살에 수

많은 눈이 쌓인 곳에 있는 청년들 그들이 그곳에서 정말 제설만 한다는 건 말이 안 되지 않는가? 나는 그렇게 생각한다. 동심으로 돌아가 고작 눈 하나로 정말 재밌게 놀았다. 눈싸움은 기본이고 눈사람도 만들고 눈으로 할 수 있는 것은 다 했었다. 그 순간만큼은 후임 선임할 것 없이 모두가 동심으로 돌아간 낭만 있는 순간 들이었다. 그 시간이 지나 이등병이었던 나는 어느덧 상병이 되고 병장을 바라고 보고 있다. 선임과 추억을 만들었던 이등병이 이젠 그 선임이 되어 추억이 가득했던 겨울을 맞을 준비를 한다.

군대는 참 신기하다. 고작 군복 하나 입었을 뿐인데 전우애가 생긴다. 생판 처음 보는 사람들끼리 만나 생활하는 것이지만 후임이라고 하니 자꾸 신경 쓰이고 챙겨주게 되는 것 같다. 자주 전역하고 싶다고 생각하지만 그래도 버틸 수 있는 것은 사람 때문인 것 같다. 사람 때문에 화나지만 사람 덕분에 웃을 수 있었다. 이번 겨울도 춥지만 따뜻했으면 좋겠다.

이승훈

소중한 시간은 보물이 되어

이재훈 일병

37일간의 훈련소 생활을 마치고 자대로 가는 차 밖의 풍경은 온통 논과 밭이었습니다. 집과 멀리 떨어진 해남이라는 낯선 곳에서 1년 5개월을 보내야 한다는 생각에 걱정만 가득했습니다.

대대장님께 군 생활을 넘어 인생에 좋은 조언, 중대장님껜 앞으로 함께 열심히 해보자는 말씀, 여러 선임들의 관심을 받으며 해남 대대에서의 군 생활이 시작되었습니다.

처음엔 기본예절, 대대 투어, 위병소 임무 수행 등을 배우며 점차 적응해나갔으며 중대원들 모두 힘을 모아 대대 분리수거, 취사장 청소, 예초 등 여러 작업을 끝낸 후 맛있는 음식을 먹기도 하고 함께 합을 맞춰 풋살도 하고 그렇게 점차 시간이 흘러 걱정 가득했던 저의 마음은 사라졌습니다.

어느샌가 후임이 들어오게 되었고 지금의 저는 누군가의 선임이 되어 제가 배웠던 모든 것들을 저의 후임들에게 알려주고 있습니다.

예비군 조교, 전술 훈련, 야간훈련 등 힘들었던 상황들도 많았지만, 중대원들과 여러 시련을 극복해 나가는 과정에서 이제는 서로를 의지하고 존중하게 되었으며 외출, 체육대회, 명량 해상케이블카, 대대 단결 활동 같은 휴식의 시간 동안 함께 즐거움을 느끼고 웃음과 대화를 나누며 이제는 소중한 전우가 되었습니다.

이렇게 몇 달간 함께했던 선임들이 한 명 한 명 가는 모습을 볼 때마다 너무 부러워 제가 전역하는 모습을 상상하기도 하지만 그 사람과 보냈던 추억들이 떠오르며 이제는 같이 생활하지 못한다는 것에 아쉬움이 더 크게 남는 것 같습니다.

지금은 시간이 느리게 간다고 생각할 수 있지만, 우리가 군대에서 배운 리더십과 팀워크, 그리고 어려운 상황에서도 냉정하게 문제를 해결하는 능력은 1년 6개월이라는 시간이 지나 원래의 일상으로 되돌아갔을 때 평생 가질 가치 있는 보물로 남을 것입니다. 그러니 우리 모두 현재 주어진 일에 최선을 다하며 무엇보다도 다치지 않고 건강하게 군 생활 마쳤으면 좋겠습니다.

이세훈

명량대첩 재현_강경화

백일白日

이정우 일병

때로는 누군가를 자신도 모르는 사이에 상처입히기도 하고
잃어버리고 나서야 비로소 자신이 저지른 죄를 깨닫고
주워 담고 싶은 말들은 조용하고도 서서히 흩어져 기억에서도 잊혀
져 가고
찬란히 빛나 보이는 과거로는 돌아가고 싶어도 돌아갈 수 없기에

내일을 향해 걸어 나가야 한다
눈보라가 몰아치더라도
구름 한 점 없는 나날 속으로.

불편함

이훈성 상병

살을 찌르는 듯한 추위, 처음 보는 낯선 사람들. 내가 지금 앉아 있는 이 자리, 공기, 냄새, 분위기, 이 환경을 둘러싼 모든 것이 불편하다. 주위의 사람들은 마치 모든 게 0부터 다시 시작하는 것처럼 사회의 입장은 전혀 생각하지 않은 채 서로 이야기를 주고받는다. 그 공간에서 나혼자만이 침묵한 채 조용히 책을 읽고 있었다. 불편하지만, 내 인생에서 그 어느 때보다도 무척이나 편안해서, 그 공간에서 있었던 스트레스도, 걱정도 전부 한순간에 날아가 버린 것만 같은 기분이 들었다. 그 누구도 오지 않고 싶은 장소, 그렇지만 내 의지로 들어온 곳, 여기는 바로 군대다.

모든 것이 불편한 이곳에서 난 무엇을 본 걸까? 분명 기회, 날 0부터 다시 재구축시켜줄 인생의 터닝포인트라고 확신한 거겠지, 아 이때까지 난 도대체 얼마나 거짓되고, 허무한 삶을 살아왔던 걸까. 어째서인지 용기 있게 모든 것을 포기하고 내딛는 그 한걸음은 나에게 그런 생각이 들도록 해주었다. 어쩌면, 그 어느 하나 안 불편한 게 없는, 하지만 무척이나 편안하게 느껴지는 이곳이라면 이런 나라도 최선을 다 할 수 있지 않을까? 남에게 보이기만 하는 겉모습을 신경 쓰는 것이 아닌, 오로지 나 자신의 성장과 하고 싶은 것에만 전념하는 내가 되는 거다.

책, 스마트폰, 컴퓨터 사회라면 당연히 할 수 있던 모든 것이 제한되고, 신교대에서 군인이 되어가는 2주가 지나갔다. 그 2주 동안 무척이나 괴로울 데도, 참기 힘들었는데도 내가 정말 하고 싶은 게 무엇인지 깨닫게 해주었다. 난 책을 그 무엇보다도 좋아했던 것이다. 너무나도 좋아해서 일본어 원서를 읽고 싶어서 일본어를 공부하겠다고 다짐할 정도로, 아니, 그 각오를 다진 순간 1분 1초가 아까워서 당장이라도 하지 않으면 내가 나로서 있을 수 없을 것만 같았다. 택배로 부탁해 책을 받아서, 그때부터 밥 먹는 시간, 근무 대기시간, 기상 전 시간까지 모든 자투리 시간을 할애해서 필사적으로 공부했다. 신기했다. 이 정도로 열심히 하는 녀석이었던가. 나는 불편했기에 '조금 더 쉬고 싶다.', '이 정도면 됐겠지' 같은 편안한 생각은 하지 않게 됐다고 생각한다.

지금의 나는 그런 매일매일을 거듭해서 일본어 원서를 읽는다는 목표를 이뤘다. 단 4개월, 그 후로는 오로지 원서든 책이든 그냥 읽기만 하고 있다. 목표 5권을 이루니 또 다른 도전이 생각나고, 지금은 책 300권을 깊게 읽는다는 도전을 가슴에 새기고 매일매일 치열하게 살고 있다. 불편함에 스스로의 발을 내딛어 보는 것은 결코 두렵지 않다. 난 편안함의 무엇이든 포기해버리고 싶어 하는 따뜻함보다 불편함에서 모든, 뭐라도 하고 싶어지는 차가움이 자신을 더욱 성장시킬 거라고 확신한다. 난 무엇이든 포기해버리고 싶을 때마다 불편함을 찾아 떠날 것이다. 나 자신이 선택한 미래도.

추억

조경현 중위(군수과장)

　경기도 성남시에서 태어나 세 살에 아빠 손을 잡고 모란공원에서 사진 찍은 추억

　경기도 광명시에서 유치원 야외 체험활동을 나가 공원을 뛰어다닌 추억

　경상북도 구미시에서 학창시절 동안 학교운동장에서 뛰고 학교에서 공부하던 추억

　충청북도 괴산시에서 소위 계급장을 달기 위해 후보생으로서 훈련받았던 추억

　전라남도 장성군에서 동기들과 함께 보병 초급지휘 참모과정 교육을 받았던 추억

　전라남도 해남군으로 첫 자대배치를 받아 해남예비군훈련장 위병소를 처음으로 통과하던 추억

　전라남도 해남군 송지면 대흥사로 첫 휴가를 나가 노란 단풍나무들을 바로 보던 추억

　그리고 지금 이곳 해남예비군훈련장에서 군인으로서 임무수행하고

있는 지금까지의 추억

　나의 추억들, 내 소중한 사람들의 추억들, 우리 국민의 추억들을 지키기 위해 우리는 오늘도 지난 추억들을 회상하며 지금 이곳을 지키겠습니다.

땅끝마을의 땅끝에서의 병영일지

조윤규 일병

2023.04.26.

끝나지 않을 것 같았던 육군훈련소 기간과 후반기 교육과정이 끝났다. 아침부터 버스와 기타를 갈아타며 31사단으로 내려와 저녁식사를 마치고 자대 배치만을 기다리고 있었다.

"주목! 너희 3명은 해남으로 배치됐다."

옆에는 나의 남은 군 생활 500일을 함께하게 될 동기가 같이 바라보고 있었다. 전남지역이라는 것을 알았다. 하지만 여수도, 목포도 아닌 해남이라니…… 흔히들 땅끝으로 유명한 곳이라는 것밖에 아는 것이 없다. 아직은 어색한 동기들과 군 차량에 앉아 30분, 40분, 한 시간을 달리니 어느덧 주변이 어두워져 차량 라이트로 보이는 좁은 길밖에 보이지 않았다. 새로운 자대에 대한 불안감으로 굳어있던 내 몸이 크게 흔들리며 차량이 가파른 비탈길을 오르기 시작했다. 오르고 또 올랐다. 내가 근무하고 생활하는 곳이 진짜 힘든 곳임을 실감했다. 차량을 내리자 스산한 바닷바람이 볼살을 스쳐 지나간다, 앞의 언덕 위에 자그마한 3층 건물이 보였다. 이제부터 진짜 시작이라는 생각과 함께 옆의 동기들과 앞으로 나아갔다.

2023.10.11.

"흐하하함, 날씨 좋구먼!"

아침 점호시간 선선해진 날씨에 따스한 아침 햇살이 환하다.

"날씨 좋으면 뭐 하냐… 바람 안 부는 거 보니, 오늘도 많이 바쁘겠네."

이제는 친숙해진 동기가 옆에서 반쯤 잠긴 눈으로 투덜거렸다.

나는 옆의 바다를 보았다. 아침 해를 비추며 반짝이는 바다와 흰 구름을 군데군데 머금은 파란 하늘은 볼 때마다 아름다운 풍경을 자아낸다.

아침점호가 끝났다. 오전 근무인 나는 가장 먼저 아침식사를 하고 근무 준비를 빠르게 마친 뒤 상황실로 들어간다. 화면을 보니 항상 바쁘게 어업을 하는 수많은 어선, 정해진 간격으로 다니는 여객선, 늘 다니던 항로를 다니는 커다란 화물선과 유조선들이 보인다. 해남 끝자락의 자그마한 3층 건물에서 우리는 오늘도 해남을 지켜낸다.

조윤서

트리거

산업혁명이 시작된 이래 인류는 눈부신 발전을 이루었습니다. 어느덧 전 대륙에는 지구 둘레의 1,500배가 넘는 도로가 깔렸습니다. 한 해에는 약 25톤의 식량이 생산됩니다. 70억 인구가 하루에 1kg씩 소비할 수 있는 어마무시한 양입니다. 슈퍼컴퓨터로 1만 년이 걸리는 연산을 단 3~4분 만에 해결할 수 있는 양자컴퓨터가 개발되기도 했습니다. 당장 내일 일용할 양식을 걱정하던 수렵 채집인은 어느덧 먹이사슬의 최상단 피라미드에 우뚝 서며 행성의 최강자로 군림했습니다. 부족할 것 없어 보이지만 딱 한 가지, 시간이라는 흘러가는 존재를 제어하진 못하였습니다.

우리는 과학이 닿지 못한 길을 상상으로 채웠습니다. 사람들은 종종 과거로 돌아가는 모습을 그립니다. 지금의 기억을 가진 채 어린 시절로 회귀하는 것은 영화나 소설에서 쓰이는 흔한 소재입니다. 혹은 일련의 사건으로 평행우주나 다른 세계, 미래의 시간대로 가 두 번째 삶을 살아가기도 합니다. 사연은 다양합니다. 그리운 누군가를 만나기 위해, 매

348
땅끝, 제복 입은 사람들 / 군인

듭짓지 못한 일을 해결하기 위해, 후회되는 무언가를 다시 바로잡기 위해서 등등. 전생과 환생을 믿으며, 현생을 바쳐가며 보장되지 않은 다음 생을 사려고 하는 자들도 있습니다. 이들은 대개 다시 기회가 주어진다면 잘할 수 있다고 생각합니다.

사실 우리에겐 한 번의 인생 리셋 체험이 주어졌습니다. 바로 군대입니다. 모두가 평등한 외모를 가진 채로 같은 보급품을 받고 같은 장소에서 생활을 시작합니다. 또한, 대부분 최선을 다하겠다고 다짐합니다. 그러나 현실은 생각처럼 쉽지 않습니다. 결국에는 과거부터 쌓아온 진짜 모습과 개개인의 능력치가 조금씩 드러나기 시작합니다.

누군가는 군 생활과 사회는 다르다고 말합니다. 물론 상명하복 정신을 기반으로 한 수직관계가 일상인 군대와 바깥세상의 차이점은 분명 존재할 것입니다. 하지만 기본적인 틀은 크게 바뀌지 않습니다. 훈련병, 이등병, 일병, 상병, 병장이 인턴, 대리, 과장, 부장으로 바뀌었을 뿐입니다.

군대란 새로운 삶이라고 생각합니다. 단, 어떻게 보내느냐에 따라 인생을 바라보는 가치관이 달라질 것이라는 점은 확신합니다. 모두가 1년 6개월이라는 짧고도 긴 시간을 의미 있게 사용하면 좋을 것 같습니다.

표충사_정용석

전우들과 함께 한 병영일기

최진혁 일병

나는 21살의 나이로 육군에 입대해 6개월째 군 복무를 하고 있다. 입대 전과 입대 초반에 나는 군대에 대한 인식이 정말 안 좋았다. 휴전상태의 국가에서 병역의무라는 이유로 강제로 입대하여 20대의 소중한 2년을 버려야 한다는 생각으로 인해 군대를 좋은 방향으로 생각할 수 없었다. 하지만 지금은 생각이 많이 바뀌었다.

처음 들어간 훈련소, 나와 똑같은 상황으로 입대한 수백 명의 훈련병 그리고 짧지만, 함께 훈련소 생활한 20명의 동기는 처음 나에게 매우 낯설고 좋지 않던 기분으로 다가왔다. 훈련소 생활은 한주, 한주 아주 느린 시간으로 지나갔고 또 다음 한 주, 한 주가 점점 익숙해지는 생활과 어색함이 풀리는 시간이었다. 함께 생활하며 친해지는 동갑내기 동기들은 재밌는 사람들도 있고, 싫어하는 사람들도 있었지만 다양한 경험을 하며 내 대인관계 능력도 올라갔다. 훈련소에서 나는 여자친구와 부모님에게 계속 전화를 했다. 그때만큼 많이 울었던 적도 없을 것이다. 전화 한 통에 눈물이 났고 편지 한 통에 눈물이 났다. 내 주변 모든 사람이 애틋하게 느껴졌다. 6주간의 훈련소가 끝내고 수료하던 날 부모님과 여자친구가 왔을 때, 여자친구와 사귀면서 가장 예쁜 모습을 보았다. 그때만큼 예뻤던 적이 없다. 아직 그때를 생각하면 가슴이 몽글몽글해진다.

짧았던 수료식이 끝나고 나는 또 새로운 시작이란 생각에 무거운 마음을 안고 운전병훈련소에 들어갔다.

훈련소를 2번 해야 한다는 착잡한 마음으로 갔었지만, 생각보다 많이 힘들지는 않았던 것 같다. 또 새로운 동기들을 만나서 대화하고 단체생활을 배우며 나는 좀 더 어른이 되어가는 느낌을 많이 받았다. 수송교육대에서 운전 교육을 받으며 내가 갈 자대를 기대하며 수료를 위해 한 걸음 나아갔다.

해남대대로 전입을 왔다. 처음 들었을 때, 나의 고향은 경기도인데 전라남도로 가라는 말을 듣고 진짜 하늘이 무너지는 듯했다. 그러나 처음 생각과 달리 좋은 선임들과 좋은 대대장님 그리고 땅끝 해남의 매력에 조금씩 빠져들었다. 해남에 와서 여러 가지 훈련과 파견 임무수행도 해보고 바다 경치를 보며 해남 여기저기를 운행해보고 선임들과 함께 케이블카도 타보고 새로운 사람들과의 인연도 쌓아보면서 지금 해남 대대원들과 1년 6개월이라는 시간을 잘 보낼 수 있겠다는 생각을 해본다.

나는 군 생활 중에 휴가를 많이 받고 싶다. 나에게는 중요하다. 그래서 여단 장기자랑에 출전해 내가 좋아하는 선임과 노래 한 곡을 부르고 왔다. 무대 위에서 노래를 부르는 것처럼 창피한 일은 살면서 한 번도 안 해봤는데 군대에 입대하고 많은 사람을 만나고 다양한 것들을 경험하면서 내 성격이 바뀐 것 같았다. 그런 경험을 하고 나니, 대대 체육대회 날 삼겹살에 술도 한잔 마셔보고 대대장님이 계셔도 주저 없이 나가서 노래도 불러봤다. 군대에 입대하고 나서 윗사람을 대하는 법, 사람들과 재밌고 진중하게 대화하는 법, 운전하는 법 등 나는 많은 것들을 배웠다. 앞으로의 나의 군 생활이 기대된다. 그리고 이제는 앞으로 내가 어떤 어른이 될지 기대된다.

바람에 부친 편지

최현준 상병

누나 잘 지내? 헤어진 지 벌써 1년이 넘었네. 사귈 때 항상 혼자만 편지 쓴다고 서운해했잖아.

늦은 감이 있지만 생각난 김에 몇 줄 써봐, 이 글이 전해졌으면 좋겠네.

우리가 사귄 지 두 달 정도가 됐을 때 누나가 해줬던 말 기억나? 내가 학력도 낮고 공사장 잡부일 하는 거 때문에 의기소침할 때 자기는 다리가 불편하니 비겼다고, 우린 천생연분이라고 했잖아.

그 말 덕분에 나는 용기 낼 수 있었는데 어째서 그렇게 떠난 거야. 심지어 말도 없이……

그날 새벽에 어머님 전화를 받고 많이 놀랐어. 급하게 아버지 정장을 빌려 입고 터미널에서 청주 가는 차표를 뽑는데 눈시울이 뜨겁더라고, 처음 정장 입은 모습은 성공하고 보여줄 거라 생각했는데. 이렇게 보여준 게 아쉬웠나 봐. 그래서 울었어. 누나는 누워있는데 난 눈물이 안 멈추고. 그게 참 부끄러워서, 미안해서 도망쳤나 봐.

최현준

그때 만나고 2주 뒤에 다시 만났을 때는 키가 커졌더라. 데이트할 때는 휠체어 미느라 누나 정수리만 봤는데 이제는 미소 지은 얼굴만 보이더라고. 심지어 살짝 올려본 거 있지? 오랜만에 웃는 얼굴을 봐서 좋았어.

나는 지금 해남에서 군 생활 중이야. 최대한 사람들에게 피해 안 주려고 열심히 하고 있는데, 솔직히 항상 잘할 수는 없더라. 실수도 하고 반성도 하면서 지내고 있어. 아 그리고 나 아직 누나 사진 못 버렸다? 가끔 너무 힘들 때만 보고 있어. 전 여자친구 잊으라며 가끔 핀잔도 듣지만 어쩌겠어. 내가 이런 걸 누나라면 이해해줄 거라 믿어.

이제 슬슬 작별인사를 해야겠네. 요즘 환절기라 감기도 유행이야. 누나도 따뜻하게 입고 물 많이 마셔. 나도 조심할게. 아쉽지만 주소가 없어서 이 편지는 사진이랑 같이 태울게. 아마 바람이 전해줄 거라 믿어. 못 가는 곳이 없으니깐. 아프지 말고 사랑해.

쿠쿠이 나무

홍성준 하사(TOD반장)

햇볕에 말린 쿠쿠이 나무 열매로 폴리네시아 사람들은 타투 예술을 하였다. 쿠쿠이 나무는 하와이를 상징하는 나무이기도 하다. 첫 바늘 땀에서 치유의 마지막 단계까지 시련은 몇 달이나 지속되었다. 타투예 술가들이 소독되지 않은 나무 빗이나 거북이 등딱지, 인간의 뼈, 상어 의 이빨 등을 도구로 사용했기 때문이다.

폴리네시아인들의 복잡한 문신은 존경을 부르는 인내심의 상징이다.

제복 입은 이들도 타투 예술을 받는 것과 같다. 그들의 시련은 계속 된다. 실제상황을 자주 마주하는 이들은 국가와 국민을 위해 헌신한다. 그들이 쌓아온 경험과 내공은 존경받아 마땅한 인내의 상징이다.

내가 해남에 온 것은 2021년 4월의 어느 목요일이었다.

봄바람이 차게 불던 어느 날 무등산이 있는 광주에서 나는 땅끝 해 남으로 와서 군 생활을 시작하였다.

4월의 해남은 땅을 뒤덮은 노란색 유채꽃이 만연하게 피어있었다. 고 개를 들어 파란색 바다와 땅끝 탑을 바라보니 내가 이곳 해남에 온 것이 실감이 났다.

그렇게 시간이 흘러 2023년이 되었다. 2년이 지난 지금 정신적으로 육체적으로 성장해 있는 나를 발견했다. 바다를 지키기도, 육지를 지키기도 하는 나와 내 전우들에게 항상 감사함을 느낀다.

해남은 기름진 땅에 고구마와 배추가 유명하며 여행의 시작과 끝이기도 한 곳이다. 정식적으로 군 생활을 시작한 이곳 해남에서 기나긴 여정을 지나 마지막 군 생활도 이곳 해남에서 마무리하고 싶다는 생각을 한다.

여행을 좋아하는 나에게, 예술을 좋아하는 나에게 이곳에서 대한민국 전국 산과 바다 저 멀리 제주도까지 이리저리 돌아다닐 수 있게 발판을 마련해주신 해남에 감사함을 느낀다.

쿠쿠이 나무가 폴리네시아인들에게 아낌없이 주는 나무가 되었듯 나 역시 대한민국이라는 나라와 국민에게 아낌없이 주는 나무가 되고 싶다. 군인인 나는 나라와 국민을 지지키고 국가에 충성한다는 자부심에 살고 싶다. 조직을 위한 삶을 통해 인내심과 경험과 내공을 쌓아, 바람에는 흔들릴지언정 쓰러지지 않는 단단한 나무 같은 사람이 되어야겠다.

먼 훗날 저에게 물어봅니다

홍승기 일병

어머니, 접니다. 훈련소에서 첫 편지를 썼을 때 고개를 반듯이 들고 있던 벼들이 노랗게 익어 고개를 숙이는 계절에 이렇게 두 번째 편지를 부칩니다. 종로에서 증평을 거쳐 해남에 오기까지 예상치 못한 일들도 많았고 다사다난한 시간을 보냈습니다. 지금은 해남에서 한 명의 몫을 다하는 장병이 되었지만, 유월에 처음 군복을 입고 이등병 약장을 붙일 때의 그 무게감은 아직도 생생합니다.

해남은 평화롭고 아름다운 곳입니다. 수평선이 보이는 바다가 있고 산과 들이 조화를 이루고 있어요. 그렇다고 종로가 그립지 않은 것은 아닙니다. 광화문 광장과 청계천, 인왕산 자락길과 수성동 계곡, 서촌과 북촌, 여러 고궁까지 삶의 대부분 기억이 머물고 있는 종로에 너무나 가고 싶습니다. 그곳에 있는 사랑하는 사람들을 보고 싶은 제 마음의 크기를 헤아리려면 눈을 감을 수밖에 없습니다. 종로에 비해 해남은 저에게 아직은 작은 장소입니다만, 최근 들어 이곳 해남은 나중에 어떤 추억으로 남을지 궁금합니다.

동기들과 훈련이 끝나고 나눠 먹는 아이스크림, 취침 시간이 직전에 다 같이 둘러앉아 보는 TV 프로그램, 도시에서 쉽게 볼 수 없는 풍뎅이와 도마뱀까지 생각해보니 반년이 채 안 되는 기간이지만 소소하면서도 소중한 장면들이 많이 생각납니다. 아마 복잡한 도심인 종로였으면 그저 넘겼을 많은 것들이 이곳 해남에서는 다시 새롭게 각인되고 있습니다.

군복을 입고 있는 시간은 마냥 쉽지 않은 것 같습니다. 백 년 전 한 시인은 "인생은 살기 어렵다는데 시가 이렇게 쉽게 씌어지는 것은 부끄러운 일이다."라고 했고, 이를 본 한 평론가는 "시는 쓰기 어렵다는데 인생이 이렇게 쉽게 살아지는 것은 부끄러운 일이다."라고 했습니다. 저는 시를 쓰는 것도 인생을 살아가는 것도 어렵기만 합니다. 이런 나날 속에서 먼 훗날 해남은 어떤 모습으로 기억될 수 있을지 스스로에게 묻는 밤을 보내야겠습니다. 그럼 다음 편지에서 또 뵙겠습니다. 그때까지 무탈하시길 바랍니다.

해남, 근무를 서며

황영빈 일병

해남 지평선 너머의 해가 떠오르기 한참도 전, 근무를 준비하기 위해, 군화 끈을 묶었다. 비몽사몽한 상태로 밖을 나가보면, 해남 바다의 찬 공기가 느껴지며 피곤함이 확 사라진다. 전번 초와 교대를 진행하면서, 그들의 피곤함이 눈에 보이는 것이 한편으론 웃기지만, 다른 한편으론 고마움을 느낀다. 전번 초와 교대가 끝나고, 모두가 숙면하는 밤이 시작될 때면, 그때야 우리의 근무가 시작된다. 평소와 같이 근무에 임하면서, 문득 처음 해남에 왔을 때가 기억났었다.

해남 땅끝.

나의 자대가 이곳이라는 말을 처음 들었을 때, 호기심과 걱정거리가 공존하여 잠을 못 이루었던 것이 기억에 남는다. "만약 내가 군대가 아니라면 이곳에 한 번이라도 와봤을까?"라는 답변에 확답을 못 할 정도로 나에게는 낯선 장소였다. 그랬기에, 군 생활과는 별개로 해남에서의 다양한 경험들이 전부 기억에 남았다. 휴가 후기를 물어보시던 택시 기사도, 군복을 입었다는 이유로 말을 걸어주던 아저씨도, 지금은 전부 추억이 되었다.

해남이 고맙고, 감사한 기억들이다.

근무는 지속되고, 잠깐 주위를 둘러보면 광활한 바다가 우리를 반기고 있다. 이런 바다를 보면 내가 정말 대한민국의 최남단을 수호하고 있다는 것이 상기되곤 한다.

다시 정신 차리고 근무에 임하다 보면, 아침이 밝아오는 것을 느낄 수 있었다. 그러면서 오늘도 다시 한번, 이곳에 자대를 배치받은 것이 좋은 경험이자, 큰 행운이라고 생각한다.

해남 지평선 너머의 해가 떠오를 때, 그제야 하루가 시작하며, 비몽사몽한 상태로 내려오는, 후번초와 교대를 진행하면서, 앞으로 고생할 그들이 한편으로 안쓰럽지만, 다른 한편으로는 고마움을 느낀다.

후번초와 교대가 끝나고, 밖을 나가보면, 해남의 따스한 햇살이 느껴지며 피곤함이 확 몰려온다. 모두가 일어나는 아침이 시작될 때면, 그때야 우리의 근무가 끝이 난다. 평소와 같이 철수를 하며, 훗날 해남을 생각하면 좋은 추억과 기억만이 있기를 바라며, 군화 끈을 풀었다.

땅끝, ——————————— 제복 입은

지경선　　　　김석환　　　　김헌기

박용수　　　　방정환　　　　안하욱

이건아　　　　최종일

사람들 ——————————— 교도관

교정 행정의 울림과 끌림

지경선 해남교도소장*

안녕하십니까? 해남 가족 여러분 대단히 반갑습니다. 신임 소장 지경선입니다.

여러분과 함께 해남교도소에서 근무하게 되어 매우 기쁘고 무한한 영광이라고 생각합니다.

부임하는 날 우리 소 이곳 저곳을 둘러보고 직원 여러분과 인사를 하면서 잘 정리된 시설과 여러분의 활기차고 밝은 모습을 보고 여러분에 대한 무한한 신뢰를 느꼈으며 그 동안 노고에 감사를 드립니다.

해남교도소가 역사는 짧지만 전국 어느 교정기관 못지않게 기틀이 확립된 것은 직원 여러분들의 노력으로 가능했다고 생각됩니다.

저 역시 여러분이 잘 가꾸어 놓은 해남교도소가 한 단계 더 발전할

---

*전남 목포출생. 한국외대 영어학과졸업. 교정간부임용. 광주지방교정청보안과징

수 있도록 여러분과 함께 최선의 노력을 다하겠습니다.

해남교도소 가족 여러분. 교정의 중심은 여러분이고, 해남의 주인 또한 여러분입니다.

앞으로 저는, 모든 기관운영의 중심에 여러분을 염두에 두고, "우리 직원이 행복해야 수용자가 행복해 질 수 있다"는 교정의 기본적인 철학을 현장에 심어 놓는데 힘을 쓰겠습니다.

우리 스스로 행복한 직장을 만들도록 함께 노력했으면 합니다. 저는 소장으로서 여러분들이 열심히 일하고 행복한 직장이 되도록 든든한 방패막이 되겠습니다.

오늘 인사를 드리면서 직원여러분에게 몇가지 당부 말씀을 드리겠습니다.

첫째, 법과 원칙에 입각한 근무자세로 수용자 인권보장과 수용질서 확립에 최선을 다해 주시기 바랍니다.

교정의 최우선 과제인 엄정한 수용관리를 위해서는 직원들의 복무기강 확립이 전제되어야 합니다. 효과적인 교정교화 업무 수행과 수용자 인권의 실질적인 보장을 위해 수용질서 확립에 힘써 주시길 바랍니다.

둘째, 청렴한 해남교도소를 만드는데 노력해 주시기 바랍니다.

개인의 한순간 잘못된 행동으로 교정 조직 전체의 명예와 자존심이 훼손된다는 것을 절대로 잊어서는 안 됩니다.

스스로 엄격한 자기관리와 절제로, 공무원으로서의 품위를 손상시키는 일이 없도록 하여 주시기 바랍니다. 특히 음주운전은 본인은 물론 가정에도 돌이킬 수 없는 피해를 가져오므로, 직원 여러분들은 음주운전 근절에 노력해 주시길 바랍니다.

셋째, 직원 여러분들의 적극적인 참여를 통한 소통과 신뢰로 건강하고 행복한 직장을 만들어 갑시다.

조직발전의 원동력은 조직구성원 간 소통과 화합입니다. 업무수행 과정 중 어렵고 힘든 상황일지라도 직원 상호 간 신뢰와 협력이 이뤄진다면 이를 슬기롭게 헤쳐나갈 수 있을 것입니다. 행복한 직장생활은 곧 행복한 가정생활로 이어진다는 점을 명심하시길 바랍니다.

저 또한, 직원 여러분들이 직장에 대해 보람과 긍지를 느낄 수 있도록 직원 상호간 다양한 의사소통 경로를 마련하여 여러분의 의견을 최대한 기관운영에 반영하겠습니다.

우리는 하루의 절반 이상을 직장에서 보내고 있습니다. 이러한 직장에서 행복하지 않다면 삶 자체가 행복하지 않은 것입니다.

여러분이 즐거워야 우리 소가 발전할 수 있고, 국민을 행복하게 만드는 교정서비스를 제공할 수 있습니다.

저도 여러분과 동고동락함으로써 고난과 보람을 함께 하면서 아침에 부담없이 즐거운 마음으로 출근할 수 있는 직장을 만드는데 최선을 다 하겠다고 약속드립니다.

마지막으로, 힘든 여건이지만 해남교도소와 교정 전체의 발전을 위하여 헌신하시는 여러분들의 앞날에 무한한 영광이 있기를 기원합니다.

감사합니다.

시 그 니 엘

김석환 교사

시를 마지막으로 써본 적이 언제였는지

그때가 지금은 기억이 나지 않는다

니가 내 옆에 있을 때는 매일매일이 시와 같았다

엘사보다 아름다웠던 그 시절의 네가

나무를 심는다는 것은

김헌기 교위(장흥교도소)

나무를 심는다는 것은
가장 낮은 모습으로 세상에 대해 겸손해지는 것이다
맨바닥에 엎드려 말끔하게 죄업을 씻어내고
더없이 드높은 경지로 끌어올리는 수양의 길이다
이른 새벽 가쁜 숨을 연거푸 몰아쉬며
온몸으로 민둥산 이슬을 듬뿍 맞는 영금이 아버지
검게 그을린 이마에 송송 맺힌 구슬땀으로
나무 한 그루 정성 가득히 심을 때마다
드러내지 않는 은덕을 수북하게 쌓는다
복 짓는 일이 이만한 것을 어디에서 찾아보겠냐며
조금씩 숲의 모습을 찾아 영글어가는 민둥산에
나무마다 해맑은 볕살을 한 소쿠리 퍼주고
쉬지 않고 온종일 크나큰 동량을 기르신다
나무는 그저 한낱 아궁이에 땔감이나 쓰려는 것이 아니라
우리들의 모든 생명을 송두리째 받들고 서서

이 땅의 자연을 소중히 가꾸는 것이다

나무 하나하나에 다정한 그 이름을 불러주며

사람 사는 곳곳마다 아름다운 인연을 널리 심는 것이다

때로는 칼바람이 다가와서

때로는 찬 서리가 다가와서

민둥산에 다져놓은 끈덕진 삶을 통째로 흔들어도

영금이 아버지는 좀처럼 아랑곳하지 않는다

오늘도 한바탕 소동을 격은 나무들은 나무들끼리

서로서로 이끌어 힘을 북돋아주고

짠하게 바라보는 형제처럼 믿음이 더욱 돈독해진다

아무 일 없다는 듯 배시시 웃으며

저렇게 나무들은 땅 깊이 단단한 뿌리를 내리고

큰 잡목 숲을 이루기 위해 씩씩하게 다시 일어선다

나무를 심는다는 것은

어쩌면 두 손을 공손하게 맞잡은 옛 선비처럼

넓은 가슴에 차고 넘치는 것들을 그윽이 비워내는 것이다

막걸리 한 사발 얼큰하게 걸치고

징검다리 물쩡물쩡 밟고 돌아오는 영금이 아버지

저기, 저 달그림자 능청맞게 휘어지는 민둥산 끝자락에

꿈과, 아픔과, 사랑을 듬뿍듬뿍 풀어놓는 것이다

지난 밤 나의 꿈

박용수 교감(총무계장)

지난 밤 꿈을 꾸었네
깊고 슬픈 밤이었네

잠을 깨고 일어나보니
아무것도 생각나지 않네

얼마나 슬픈 꿈이기에
기억마저도 희미할까
얼마나 아픈 꿈이기에
기억마저도 지운걸까

기억하고 싶지만 기억나지 않는
기억하고 싶지 않지만 가슴이 아픈

잊어야만 살 수 있는
잊어서는 안되는

지난 밤 나의 꿈
지난 날 나의 과오

박용수

30여 년 직장생활의 반환점에서

방정환 교위

벌써 14년이 지났다.

이 죽일 놈의 직장에 첫 발령을 받고 일을 시작한 지 말이다.

첫 발령을 받은 날의 기억이 아직도 생생하다.

당시 아주 추운 겨울이었고, 송년회로 다들 바쁜 시절이었다.

기관장에게 임용 신고를 하고 그렇게 근무를 시작했다.

첫 근무를 야간 교대 근무하는 것으로 시작했고, 밤새 내리는 눈을 수용동 근무자실에 있는 창문의 쇠창살을 통해 본 기억이 아직도 생생하다. 수용동 거실안에서 수용자들이 팬티바람에 코를 골고 자고 있는 소리와 함께…(당시 앞으로 이런 생활을 잘 할 수 있을까라는 막연한 두려움과 걱정이 뒤섞여 있었던 것 같다.)

그렇게 교도관으로서 근무를 시작한 지 어느덧 15년째…

그동안 이런저런 일들이 있었고, 부침이 있을 때마다 때려치우고 싶은 생각이 굴뚝 같았지만,

어찌어찌해서 이겨내고, 견디고 하다보니 벌써 여기까지 온 것 같다.

물론 지금도 때려치우고 싶은 마음은 한결같다.

그렇지만, 생각만 할 뿐, 지금 당장은 행동에 옮기지는 않을 것이다.

미우나 고우나 어쨌든 인간답게 살 수 있게 매달 월급을 주는 직장이고, 이것 덕분에 지금의 와이프를 만나 결혼해서 토끼같은 자식을 낳아 기를 수 있었기 때문이다.

정년이 만 60세라고 한다면, 앞으로 딱 16년 더 직장생활을 할 수 있는 시간이 남아있다.

지금까지 그래왔듯이 앞으로 남은 시간에도 큰 시련이나 상처 없이 무탈하게 지나갔으면 하는 바람을 적어본다.

우리 가족의 행복을 위하여…

방정환

대죽마을 바닷길_박미향

닻과 교도관

안하욱 교위

나의 직업은 교도관이다. 경찰관, 소방관처럼 국민의 안전을 위해 일하는 공안직군 계열의 공무원이다. 대민업무에 있어서 접촉이 많은 직렬인 경찰과 소방관은 국민들이 '수고가 많다, 처우 개선이 필요하다'라는 격려의 말을 많이 해주지만 정작 형사사법체계의 최후의 보루인 교도관은 가려져 보이지 않으니 이런 말을 듣기가 어렵다. 가끔 경찰과 소방 공무원에 대한 기사에 달린 격려 댓글들은 솔직히 나의 부러움을 샀다. '나도 고생 많이 하는데……'라는 섭섭함이 밀려왔다. 그 섭섭함에 교도관이 아닌 척 '교도관들도 고생 많이 합니다'라고 인터넷 기사에 댓글도 달아보았다. 사람들에게 교도관에 대해 좀 더 알리고 싶은 마음에 SNS의 중 하나인 인스타그램이나 페이스북에 '교도관'이란 해시태그를 써서 사진과 글을 올려보기도 하였다. 격려의 댓글을 볼 때마다 기분이 좋았다. 또 교도관을 준비하는 수험생들의 문의에 답변도 해주며 교정공무원에 대해 알리는 것에 자부심을 느꼈다.

그러다가 우연히 학창시절의 선생님과 페이스북을 통해 연락이 닿게 되었다. 바쁘다는 핑계로 잘 찾아뵙지도, 연락도 못 드렸기에 선생님께서는 나를 기억하지 못하실 것이라고 생각했던 것과는 달리 반갑게 내 연락을 받아주셨다. 교정공무원이 되었다는 말에 큰일을 하고 있구나 라고 격려해주셨다. 합격하면 꼭 정복을 입고 졸업한 학교를 찾아가 선생님께 인사드리려고 했는데 그렇지 못했다는 변명도 하며 풋풋한 학창시절에 대해 잠시 이야기를 나누었다.

학생 때 일어났던 여러 일들, 같은 반이었던 친구들의 동향에 대해 이야기를 나누다 보니 문득 학창시절 학교 정문 앞에 있던 커다란 닻 모양의 조형물이 생각이 났다. 그리고 그 밑에 작은 비문으로 '닻은 보이지 않는 곳에서의 선善을 상징한다'라는 문구가 적혀 있던 기억이 떠올랐다. 그 격언을 떠올리자 새삼 부끄러워졌다.

내가 하는 일에 자부심을 가지는 것은 분명 옳은 일이다. 그러나 그일에 대해 누군가가 알아주고 칭찬받고자 하는 일은 올바른 것은 아니라고 생각한다. 옛말에 '왼손이 하는 일을 오른 손이 모르게 하라'라는 말이 있다. 내가 나의 일에 대해 알리고자 했을지라도 그것이 칭찬이나 격려를 받고자 하는 일이었다면 하는 일이 아무리 좋은 일이라도 그 의미가 퇴색되고 만다. 분명 그 비문에 적힌 글은 내 마음에 담아두고 있는 말이었다. 그리고 "당당하게 살자, 그러나 겸손한 마음으로 살자"라는 인사로 하루를 여셨던 학창 시절 은사님의 가르침을 잊고 산 것 같아 선생님께 죄송스러워졌다.

남들이 알아주지 않는다 하여 내 스스로 고생한다는 댓글을 달았던 기억에 얼굴이 화끈거렸다. '닻은 보이지 않는 곳에서 선을 상징한다'라는 격언을 나는 잊고 있었던 것이다.

항해에 있어서 배와 승객의 안전을 지키는 최후의 보루는 닻이다. 배가 피항을 가게 되면 닻은 제 몸을 던져 거친 풍랑 속에서 배 안에 탄 사람들을 지켜준다. 흔들리지 않을 것 같은 바다 속에서도 거친 물살은 분명 존재할 것이다. 그럼에도 닻은 아픈 표정 하나 짓지 않는다. 그 큰 파도와 바람이 지나가고 나면 사람들은 닻의 소중함과 고마움을 잊고 산다. 섭섭한 마음이 들 법 하지만 닻은 항해에 혹여 방해라도 될까 상처 난 제 몸을 서둘러 닻 구멍에 숨긴다.

형사사법 최후의 보루라는 교정공무원은 그런 의미에서 배의 닻과 많이 닮았다. 1만 7천여 교정공무원들은 사회의 안전을 위해 오늘을 산다. 보일 듯 보이지 않는 곳에서 나와 같은 교도관들은 그 자리에서 묵묵히 자신이 맡은 일을 한다. 보이지 않는 곳에서 입는 상처도 분명 존재한다. 원래 보이지 않는 곳의 물살이 더 거센 법이기 때문이다. 닻과 교도관은 누군가가 자신을 알아봐 주기를 바라지도 않을 뿐 더러 애써 알리려고도 하지 않는다. 알아봐 주길 바랐던 나의 철없는 행동이 조금은 부끄러워졌다. 자부심이라 생각했으나 너무 겸손하지 못했던 것이 아니었던가 생각이 들었다.

누군가가 나를 알아봐 주지 않는다 하여 내가 하는 일이 퇴색되는 것이 아님은 분명하다. 각자의 자리에 맞는 역할이 있다. 세상에서 관심 받지 못하는 일이라 하여 중요하지 않은 일은 없다. 내 직업뿐만 아니라 사회에서 제 역할을 해 주시는 닻들이 있기에 살아 갈 수 있는 일이다. 선생님과의 연락에서 잊고 있던 점을 깨달았다. 나 역시 닻이다. 닻이 보이지 않는 곳에서 선을 상징하는 것처럼 나 역시 보이지 않더라도 누군가 알아주지 않더라도 실망감이나 자괴감을 가질 필요는 없음을 다시 배우게 되었다.

우리나라에는 나와 같은 일을 하는 1만 7천여 개의 닻이 있다. 그 닻들은 오늘도 거친 파도에도 흔들리지 않고 묵묵히 오늘도 보이지 않는 곳에서 안전한 항해의 역할을 하고 있고 앞으로도 그럴 것이다.

안하욱

복통

이건아 교도

아이고 배야 내 배에 뱀이 배회한다
누군가는 나를 거짓으로
누군가는 나를 진심으로
누가 나의 마음을 알아주리
이 아픈 나의 마음을

이별 흔적

최종일 서기관[*]

눈물 자욱을 지우려

빗방울이

수면 위에 떨어진다

두 뺨 위에 떨어진다

보이지도 않는 그 흔적을 기억하려

작은 숨을 토해내듯

부끄럽게 수면 위로 떠오른다

나지막한 여울에 흔들린다

미처 느끼지도 못할 때

나 여기 있노라 말하듯

잔잔한 수면 위에 하나 둘 그리고 셋

동그란 여울을 흔든다

불현듯 그 존재를 알았을 때

---

*68년 전남 영광 출생. 전남대 사회학과 졸업. 교정간부 임관. 전 해남교도소장. 현 대전지방교정청 사회복귀과장

수면 위에는 하나 둘 그리고 셋 또 그리고…

셀 수 없이 많은 나고도 부드러워

그래서 부끄러운 동그란 꿈의 파편들

바람 불어 물결이면

보이지도 않을 흔적의 저 선명함은

마음속 눈이 혼돈하는 것일까

그저 눈으로만 쫓아본다.

애써 그 모습을 잊지 않아 기억하려

왔던 길을 몇 번을 되짚어 오르내려 보지만

어느새 빗방울에 지워진 눈물의 편린들은

그렇게 사그라져 간다